▶让我们成功的优秀品质

坚强

林山　编著

黑龙江美术出版社

图书在版编目(CIP)数据

让我们成功的优秀品质. 坚强 / 林山编著. -- 哈尔滨：黑龙江美术出版社，2017.3

ISBN 978-7-5593-0006-5

Ⅰ. ①让… Ⅱ. ①林… Ⅲ. ①儿童故事-作品集-世界 Ⅳ. ①I18

中国版本图书馆 CIP 数据核字(2017)第 039001 号

书　　名/ 让我们成功的优秀品质——坚强
RANGWOMEN CHENGGONGDE YOUXIU PINZHI——JIANQIANG

编　　著/ 林山
责任编辑/ 杨玉红
出版发行/ 黑龙江美术出版社
地　　址/ 哈尔滨市道里区安定街 225 号
邮政编码/ 150016
发行电话/ (0451)84270514
网　　址/ WWW.HLJMSCBS.COM
经　　销/ 全国新华书店
印　　刷/ 北京市通州兴龙印刷厂
开　　本/ 700mm×1000mm　1/16
印　　张/ 17.75
版　　次/ 2017 年 3 月第 1 版
印　　次/ 2017 年 3 月第 1 次印刷
书　　号/ ISBN 978-7-5593-0006-5
定　　价/ 35.50 元

目录

司马迁忍辱著《史记》

苏武出使匈奴的第二年，汉武帝派贰师将军李广利带兵3万，攻打匈奴，打了个大败仗，几乎全军覆没，李广利逃了回来。李广的孙子李陵当时担任骑都尉，带着5000名步兵跟匈奴作战。单于亲自率领3万骑兵把李陵的步兵团团围困住。尽管李陵的箭法十分好，兵士也十分勇敢，5000步兵杀了五六千名匈奴骑兵，但是匈奴兵越来越多，汉军寡不敌众，后面又没救兵，最后只剩了400多汉兵突围出来。李陵被匈奴逮住，投降了。

李陵投降匈奴的消息震动了朝廷。汉武帝把李陵的母亲和妻儿都下了监狱，并且召集大臣，要他们议一议李陵的罪行。大臣们都谴责李陵不该贪生怕死，向匈奴投降。汉武帝问太史令司马迁，听听他的意见。

司马迁说："李陵带去的步兵不满五千，他深入到敌人的腹地，打击了几万敌人。他虽然打了败仗，可是杀了这么多的敌人，也可以向天下人交代了。李陵不肯马上去死，准有他的主意。他一定还想将功赎罪来报答皇上。"

汉武帝听了，认为司马迁这样为李陵辩护，是有意贬低李广利（李广利是汉武帝宠妃的哥哥），勃然大怒，说："你这样替投降敌人的人强辩，不是存心反对朝廷吗？"他吆喝一声，就把司马迁下了监狱，交给廷尉审问。

审问下来，把司马迁定了罪，应该受腐刑（也就是阉割）。司马迁拿不出钱赎罪，只好受了刑罚，关在监狱里。

司马迁认为受腐刑是一件很丢脸的事，他几乎想自杀。但他想到自己有一件极重要的工作没有完成，不应该死。因为当时他正在用全部精力写一部书，这就是我国古代伟大的历史著作——《史记》。原来，司马迁的祖上好几辈都担任史官，父亲司马谈也是汉朝的太史令。司马迁十岁的时候，就跟随父亲到了长安，从小就读了不少书籍。

为了搜集史料，开阔眼界，司马迁从 20 岁开始，就游历祖国各地。他到过浙江会稽，看了传说中大禹召集部落首领开会的地方；到过长沙，在汨罗江边凭吊爱国诗人屈原；他到过曲阜，考察孔子讲学的遗址；他到过汉高祖的故乡，听取沛县父老讲述刘邦起兵的情况……这种游览和考察，使司马迁获得了大量的知识，又从民间语言中汲取了丰富的养料，给司马迁的写作打下了重要的基础。以后，司马迁当了汉武帝的侍从官，又跟随皇帝巡行各地，还奉命到巴、蜀、昆明一带视察。

司马谈死后，司马迁继承父亲的职务，做了太史令，他阅读和搜集的史料就更多了。在他正准备着手写作的时候，就为了替李陵辩护得罪武帝，下了监狱，受了刑。他痛苦地想：这是我自己的过错呀。现在受了刑，身子毁了，没有用了。

但是他又想：从前周文王被关在羑里，写了一部《周易》；孔子周游列国的路上被困在陈蔡，后来编了一部《春秋》；屈原遭到放逐，写了《离骚》；左丘明眼睛瞎了，写了《国语》；孙膑被剜掉膝盖骨，写了《兵法》。还有《诗经》300 篇，大都是古人在心情忧愤的情况下写的。这些著名的著作，都是作者心里有郁闷，或者理想行不通的时候，才写出来的。我为什么不利用这个时候把这部史书写好呢？

于是，他把从传说中的黄帝时代开始，一直到汉武帝太始二年（公元前 95 年）为止的这段时期的历史，编写成 130 篇、52 万字的巨大著作《史记》。

司马迁在他的《史记》中，对古代一些著名人物的事迹都做了详细的叙述。他对于农民起义的领袖陈胜、吴广，给予高度的评价；对被压迫的下层人物往往表示同情的态度。他还把古代文献中过于艰深的文字改写成当时比较浅近的文字。人物描写和情节描述，形象鲜明，语言生动活泼。因此，《史记》既是一部伟大的历史著作，又是一部杰出的文学著作。

司马迁出了监狱以后，担任中书令。后来，郁郁不乐地死去。但他和他的著作《史记》在我国的史学史、文学史上都享有很高的地位。

曹雪芹写《红楼梦》

曹雪芹，名霑，字梦阮，号雪芹、芹圃、芹溪，生于约康熙五十四年（1715年），卒于约乾隆二十八年（1763年）。曹雪芹的祖上是汉族，明朝末年加入满洲籍，为正白旗，其实是满族的奴隶。曹雪芹的曾祖母是康熙的奶妈，曹雪芹的祖父曹寅，曾做过康熙的侍读。

康熙当了皇帝之后，曹家受到重用，荣华富贵，也就接踵而至。

从曹雪芹的曾祖父到他的父亲，都先后担任江宁织造，有时还兼任苏州织造或两淮盐政。

织造是专门为皇室织造绸缎，采办什物的机构。

织造虽然官无一定的品级，但多为皇上的心腹担任。

织造有事，可以直接向皇上奏报，可以呈密折，监视江南的吏治民情，充当皇帝的耳目。因此，织造的权势很大。

曹雪芹的祖父曹寅博学能文，擅长诗词戏曲，与许多著名的文人学者有密切的往来。

康熙对曹寅特别赏识。康熙六次南巡，四次在曹寅的江宁织造署内。

当时的曹家，声名显赫，为江南最有名的富贵之家。曹雪芹就出生在这样的家庭，从小过着锦衣玉食的生活，并受到文学艺术的熏陶。

可是，曹雪芹的好日子并没有过上多久。

康熙死了之后，换了雍正当皇上，老账一算，曹家的好日子也就过到头了。

曹家长期担任织造、盐政等职，财务亏空很大，由此，曹雪芹的父亲曹頫被革去江宁织造，家产被抄。年幼的曹雪芹随父母由江宁回到北京。

乾隆当上皇帝之后，曹雪芹的父亲又被启用，当内务府员外郎。可是没过多久，曹家又遭到更大的打击，从此这个显赫百年的家族便彻底败落了。

曹家败落以后，曹雪芹过着极其艰难的生活，庭院中长满荒草，而喝粥是家常饭，想喝酒，只有去赊账了。

曹雪芹的才气极高，对金石、书画、风筝、编织、医学、建筑、烹饪、工艺、印染、雕锦等各种学问，无不精通，尤其擅长诗词和绘画。他的好友敦敏称赞他"诗笔有奇气"。

曹雪芹虽然多才多艺，却厌恶八股文。对于入仕与求取功名，更视如粪土。他的性格孤傲，因此遭到一些士大夫的轻视。

由幼年富豪到中年的家境败落，大起大落的变故，使曹雪芹目睹了封建末世各种腐败丑恶现象和尖锐复杂的社会矛盾。由贵族落魄成了穷苦的老百姓，使曹雪芹得到广泛接触社会、观察社会的机会，从中也真正体验了究竟什么为世态炎凉。

中年的曹雪芹，决心把自己亲身经历以及耳闻目睹的一切写出来，并把这一切告知天下。但是，在封建专制统治下，任何一点触及封建统治的文字，都会遭到残酷的迫害。基于这样的考虑，曹雪芹发挥自己的文学才能，将"真事隐去"，"用假语村言"写出一部长篇小说，以"醒同人之目"。

曹雪芹写《石头记》历时十年，增删五次。在写作过程中，他的生活愈发贫困，住的是风雨飘摇的茅屋，吃的是稀粥，甚至时有断炊的情形，曹雪芹不得不靠卖字画或靠朋友的接济和借债过日子。不管生活怎样窘迫，他仍旧埋头创作。丧妻失子，使曹雪芹悲痛欲绝，可这没有压垮他。他继续奋笔疾书，终于完成了《石头记》，也就是《红楼梦》的前 80 回。

《红楼梦》是一部现实主义的杰出作品。它结构严谨，语言精练，描写细腻，人物形象栩栩如生，人情世态跃然纸上，对读者具有极大的吸引力。

压力可以成为前进的动力，逆境能够磨炼人的意志。曹雪芹之所以能够创做出不朽的《红楼梦》，是因为他有着顽强的进取精神。这种精神，不但对后人有启迪，也将产生鼓舞人奋进的积极影响。

李嘉诚的童年

李嘉诚的祖先原为中原人士，因灾荒而南迁至福建莆田。后又因战火连绵不断而由世祖李明山带领全家迁至粤东潮州府海阳县，定居于潮州城内北门面线巷。从此李氏家庭同大批因战乱而南迁的中原人一起成了潮州各部落、各家族中的一支。李氏家庭可以说是书香世家。李嘉诚的曾祖父李鹏万曾经是清朝每 12 年选拔一次的文官八贡之一，一时传为佳话。李氏祖居门前用于插贡旗的碑座，就是历史的见证。因其家族人士治学风气甚浓，知书识礼，学问渊博，在乡村之中颇有名望，颇受村民尊重，故地位极高。

大凡有志之人，无论年长年幼，只要心里一旦有了宏大的目标，就会有永不枯竭的动力和永不气馁的行动。所以李嘉诚一有时间就躲在小书房里，如痴如醉地看书，海阔天空地去考虑问题。即使有很多书他不能看懂或似懂非懂，但他仍能凭他的天赋和聪颖努力去领悟。在书房的小小天地里，李嘉诚常常做着状元及第、衣锦还乡的好梦，他对那些精忠报国的有识之士敬佩不已。

然而美丽与祥和却是暂时的。

1939 年 6 月，日本帝国主义的铁蹄开始践踏这片宁静的土地。整日整夜，日本的飞机对潮州地区狂轰滥炸，宁和而美丽的潮州城成了一片废墟。李氏一家冒着随时可能被杀的危险，躲着不时而来的流弹，爬过一道道封锁线，步行十几天，一路风餐露宿，历尽千辛万苦，辗转到香港。一家人寄居在舅父庄静庵的家里。祸不单行，这时候李嘉诚的父亲李云经因劳累过度不幸染上肺病。身为长子的李嘉诚一边照顾父亲，一边拼命地温习功课。他知道父亲是给累病的，因此，他希望通过自己的努力学习，以取得好成绩，让生病的父亲能获得一份精神上的慰藉。

为了给父亲治病，李嘉诚一家的生活过得相当清贫。两顿稀粥，再加上母亲去集贸市场收集的菜叶子便是一天的"美食"。全家唯一的希望都寄托在李嘉诚的父亲身上，希望他能尽快把病养好，让全家能渡过这一难关。父亲没能熬过那年冬天，还是撒手归西了。作为长子，李嘉诚无奈地结束他的学业出来打工，以维持一家人的生活。父亲死后，14 岁的李嘉诚被迫离开了心爱的学校用他还很稚嫩的肩膀，毅然挑起赡养慈母、抚育弟妹的重担。

李嘉诚先在舅父庄静庵的中南钟表公司当泡茶扫地的小学徒。李嘉诚到这里之后，学到的第一个功夫就是察言观色，见机行事。他每天总是第一个到达公司和最后一个离开公司的。

辛苦而困难的 3 年过去了，当年那个 14 岁的少年已经长成精瘦但结实、英气十足的小伙子了。17 岁的李嘉诚在一家五金制造厂以及塑胶带制造公司当推销员，开始了香港人称之为"行街仔"的推销生涯。

当今世界很多杰出的企业家都从事过推销工作。推销是一门十分复杂而且不容易学会的工作。李嘉诚酷爱读书。每天白天工作之后，晚上他还要买些旧书来自学，学完的旧书再拿到旧书店去卖，再用卖掉的钱买"新"的旧书。这样既学到了知识，又节省了很多钱。最初，李嘉诚向客户推销产品之前，心情总是十分紧张。于是他就在出门前或者路上把要说的话想好，反复练习，从而成功地克服了紧张的心理。渐渐地，李嘉诚发现自己不仅推销有术，而且大有潜力。他那与生俱来的观察能力和分析能力十分适合于做推销员。他总是能凭着直觉看出客户是什么类型的人物，并且能马上了解客户的心理和性格，从而定好相应的推销策略。

李嘉诚认为，在从事推销工作的时候，必须充满自信，而且要熟悉所推销的产品，尽最大努力，设法让客户感到你的产品是廉价而且优秀的。很快，李嘉诚成了全公司的佼佼者。但李嘉诚从来不喜欢高谈阔论，他认为从事推销工作，重要有两点具备：一是勤劳，二是创新。由于出色的推销成绩，李嘉诚 18 岁就做了部门经理，两年后又被提升为这家塑胶带制造公司的总经理。

走南闯北的推销生涯，不仅初步形成了李嘉诚的商业头脑，丰富了他的商业知识，而且也使李嘉诚结识了很多好朋友，教会了他各种各样的社会知识。同时，在推销过程中，也使他学会了宽厚待人、诚实处世的做人哲学，为他日后事业的发展，打下了良好的基础。

孤独的时光

小时候，他很孤独，因为没人陪他玩。他喜欢上画画，经常一个人在家涂鸦。稍大一点，他便用粉笔在灰墙上画小人、火车，还有房子。从上小学开始，他就感觉自己和别人不一样。“别人说，这个孩子清高。其实，我跟别人玩的时候，总觉得有两个我，一个在玩，一个在旁边冷静地看着。”他喜欢画画和看书，想着长大后做名画家。

高考完填志愿时，父母对他的艺术梦坚决反对。他不争，朝父母丢下一句：如果理工科能画画他就念。本来只是任性的推托，未曾想父母真找到了个可以画画的专业，叫“建筑系”。

建筑师是干吗的？当时别说他不知道，全中国也没几个人知道。建筑系在 1977 年恢复，他上南京工学院（东南大学）时是 1981 年，不只是建筑系，“文革”结束大学复课，社会正处于一个如饥似渴的青春期氛围。他说，当时的校长是钱锺书堂弟钱锺韩，曾在欧洲游学六七年，辗转四五个学校，没拿学位就回来了，钱锺韩曾对他说：“别迷信老师，要自学。如果你用功连读三天书，会发现老师根本没备课，直接问几个问题就能让老师下不来台。”

于是到了大二，他开始翘课，常常泡在图书馆里看书，中西哲学、艺术论、历史人文……看得昏天黑地。回想起那个时候，他说：“刚刚改革开放，大家都对外面的世界有着强烈的求知欲。”

毕业后，他进入浙江美院，本想做建筑教育一类的事情，但发现艺术界对建筑一无所知。为了混口饭吃，他在浙江美院下属的公司上班，二十七八岁结婚，生活静好。不过他总觉得不自由，另一个他又在那里观望着，目光凛冽。熬了几年，他终于选择辞职。

接下来的十年里，他周围的那些建筑师们都成了巨富，而他似乎与建筑设计绝缘了，过起了归隐生活，整天泡在工地上和工匠们一起从事体力劳动，在西湖边晃荡、喝茶、看书、访问朋友。

在孤独中，他没有放弃对建筑的思考。不鼓励拆迁、不愿意在老房子上“修旧如新”，不喜欢地标性建筑，几乎不做商业项目，在乡村快速城市化、建筑设计产业化的中国，他始终与潮流保持一定的距离，这使他备受争议，更让他独树一帜，也让他的另类成为伟大。

虽然对传统建筑的偏爱曾让他一度曲高和寡，但他坚守自己的理想。“我要一个人默默行走，看看能够走多远。”基于这种想法，过去八年，从五散房到宁波博物馆以及杭州南宋御街的改造，他都在“另类坚持”，“我的原则是改造后，建筑会对你微笑。”

他叫王澍，是中国美术学院建筑艺术学院院长。2012年5月25日下午，普利兹克奖颁奖典礼在人民大会堂举行，王澍登上领奖台。这个分量等同于“诺贝尔”和“奥斯卡”的国际建筑奖项，第一次落在了中国人手中。

“我得谢谢那些年的孤独时光。”谈起成功的秘诀，王澍说，幼年时因为孤独，培养了画画的兴趣，以及对建筑的一种懵懂概念；毕业后因为孤独，能够静下心来思考，以后的很多设计灵感都来源于那个时期。

从跛子到政协委员

1960年秋，济南有个5岁的女孩儿患脊髓病，胸以下全部瘫痪，这个女孩儿就是张海迪。从那时起，她无法上学，便在在家自学完中学课程。15岁时，海迪跟随父母，到了聊城农村，给孩子当起教书先生。她还自学针灸医术，为乡亲们无偿治疗。后来，张海迪自学多门外语，还当过无线电修理工。

在残酷的命运挑战面前，张海迪没有沮丧和沉沦，她以顽强的毅力和恒心与疾病做斗争，经受了严峻的考验，对人生充满了信心。她虽然没有机会走进校门，却发愤学习，学完了小学、中学全部课程，自学了大学英语、日语、德语和世界语，并攻读了大学和硕士研究生的课程。1983年张海迪开始从事文学创作，先后翻译了《海边诊所》等数十万字的英语小说，编著了《向天空敞开的窗口》、《生命的追问》、《轮椅上的梦》等书籍。其中《轮椅上的梦》在日本和韩国出版，而《生命的追问》出版不到半年，已重印3次，获得了全国五个一工程书奖。在《生命的追问》之前，这个奖项还从没颁发给散文作品。最近，一部长达30万字的长篇小说《绝顶》，即将问世。从1983年开始，张海迪创作和翻译的作品超过100万字。

为了对社会做出更大的贡献，她先后自学了十几种医学专著，同时向有经验的医生请教，学会了针灸等医术，为群众无偿治疗达1万多人次。

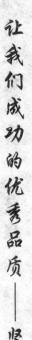

1983年，《中国青年报》发表《是颗流星，就要把光留给人间》，张

海迪名噪中华，获得两个美誉，一个是八十年代新雷锋；一个是代保尔。

张海迪怀着活着就要做个对社会有益的人的信念，以保尔为榜样，勇于把自己的光和热献给人民。她以自己的言行，回答了亿万青年非常关心的人生观、价值观问题。邓小平亲笔题词：做有理想、有道德、有文化、守纪律的共产主义新人！

随后，使张海迪成为道德力量。张海迪现为全国政协委员，供职在山东作家协会，从事文学创作和翻译。

白岩松：像乌龟一样生活

2004年，白岩松的本命年，有一天，电视上正播放白岩松主持的节目，他叫儿子一起看。儿子不屑地说了一句："不看，那有什么好看的。"尽管童言无忌，但他还是有种挫败感。连儿子都不喜欢自己主持的节目，那观众总有一天也会嫌弃他这张脸吧？难道自己真的已到了这种需要隐退的时刻？

那些日子，白岩松失去了自信心，他总是小心翼翼地观察别人对他的评价。有一次有同学开玩笑说他发福了，他都计较了半天：一连几天他都拿着公平秤，天天称体重。只要体重增加一点儿，他就赶紧节食。他的这种紧张情绪，一直维持到那天他去探望著名的漫画家丁聪老先生。

丁聪大病初愈，白岩松去慰问老爷子。向来幽默的丁聪说："住院手术真有好处，你看，我一下子瘦下来几十斤，这下省心了，都不用减肥。"仔细一看，老爷子还真瘦了不少，但是乐观精神一丁点儿没变。丁聪还给白岩松传授了自己的保养之方，就是别活动！这话听得白岩松一愣，老爷子一看白岩松那副惊诧的表情，突然笑了起来："你说乌龟长寿吧？它是世界上最长寿的动物，你看它爱运动吗？它其实最爱的就是偷懒睡觉。所以啊，咱们要学习它的长寿秘方。"

也许老爷子当时只是开个玩笑，但近来极惜命的白岩松当了真。在网上还真搜到一些新闻。德国《星期日图片报》有一篇文章专讲乌龟的养生之道。

少食、保持速度、合理膳食、“脸皮”厚和大脑健康，都是乌龟长寿的秘诀。说它“脸皮厚”不仅指它的龟壳，而是指它是性情平和的动物，怒火燃烧的时候懂得退却。

白岩松看得热血沸腾，他决定第二天就效仿实施乌龟养生法。工作性质的关系，过去为抢新闻走路跟阵风似的，现在他是慢慢悠悠地迈着四方步，说话也尽量放慢语速，开车更是遵守限速从不违规。

2006 年最后一天，白岩松去 301 医院看望季羡林先生。俩人聊起养生之道，季老也提到了这个乌龟养生法，白岩松像是找到了知音，越聊越投机。季羡林的养生秘诀也很有特点：第一吃素，第二不运动。季先生有一个解释，他说奔跑类的动物都是短命。所以季先生喜欢坐着，犹如鲁迅在《从百草园到回味书屋》中说的那样，当人很安静、心如止水地从事学术写作、文章阅读，思想在运动，心灵很安静，其他的肢体运动就可以省去了。而综观所有善于养生的长寿人士，生活方式都十分特殊：心灵宁静、生活安静、节奏放慢。

白岩松大彻大悟，几年坚持下来，他脾气变得温和了，性子也没过去急躁了。

从养生中，白岩松领悟出养生的名言，他常挂嘴边的话是：“跌落低谷并不可怕，因为总有一天会爬起来。最可怕的是站在顶峰，不知道哪天会跌下去。当你觉得累的时候，像乌龟一样放慢步子，抛开压力，让自己活得轻松些。放下思想包袱，这样总不会死得太快吧！”

坎坷的经历是一种财富

“虽然 21 岁的人生不那么平坦，但我总是告诉自己我还算幸运；虽然两岁的时候失去了世界上最宝贵的爱，我努力地告诉自己我是幸运的，我四肢健全，头脑还不算很笨；虽然不富裕，但我还可以通过自己的努力争取。”吕杰佩对自己的描述，能让人感觉到她非凡的自信和淡定。

不足 10 平方米的小屋，4 台电脑，一张贴在墙上的英文纸条分外显眼，“Nopains，nogains”（“没有付出没有收获”）。吕杰佩就是这间 PK 工作室的负责人。她出生在浙江省丽水市缙云县，当时是内蒙古师范大学美术学院动画系大三的学生。

“有什么烦心事就看看纸条，因为那是我们几个同学共同的约定。”吕杰佩说。这个工作室就设在吕杰佩和另外 3 个同学合租的校外宿舍的客厅。每天她们都要工作到 12 点以后，第二天一早还要去上课，“很辛苦，但很充实，除了可以贴补一些生活费外，我更看重的是可以检验所学的知识”。

大二时，吕杰佩就兼了两份职，一份是家教，一份是在一家很小的电脑公司帮忙做设计。她觉得借鉴别人的经验，创业成功的概率会更大。打工半年，她熟悉了公司的每一个环节，了解公司的每一个运营流程，这为她的创业提供了储备。

2005 年，她用积攒的钱，买了创业初的唯一一台电脑，开始帮别人做广告招贴画，给影楼设计方案，工作室的业务不是很多，但“可以用自己挣的钱养活自己了”。

听说评选自强之星，室友赵凯第一个给吕杰佩报了名。赵凯了解吕杰佩的经历：两岁的时候父母离异，各组家庭，她和外婆一起生活。高二那年，由于经济和心理的双重原因，吕杰佩选择了退学。校长的几句话改变了她，“面对困难逃避谁都能做到，迎上去的只有少数人，因此能过上好日子的人是少数”。吕杰佩又回到了学校，学校出钱让她到杭州师范大学附属中学学画画。2003 年，吕杰佩被内蒙古师范大学录取。

根据政策，学生选择西部的高校可以得到县政府的 2000 元补贴，她将这笔钱给了比她还困难的学生，只身一人去上海打工，3 个月后，她带着 3000 块钱到内蒙古师范大学报到。她觉得“坎坷的经历是一种财富”，她比别人更知道爱的珍贵。那时吕杰佩的外婆每月可以收到她寄来的 200 元，据说外婆在收到第一笔钱时大声地哭了。

塞万提斯与《堂吉诃德》

他出生在一个穷医生家里。小时候没有受过很好的教育，参军后被俘身负重伤，左手致残，并屡立战功，得到元帅的嘉奖。可是当他拿着元帅的保荐书，做着即将成为将军的美梦时，在归国途中，被俘后卖到阿尔及利亚，在那里做了5年苦工。

当他回到祖国的时候，很不幸，他的国家已经忘记了这位英雄，他连一个普通的工作都找不到，好不容易在无敌舰队找到一个军需的职位。一次下乡催征，因不肯为乡绅通融减税，被乡绅诬陷入狱。从监狱出来以后，他改作税吏。一次他把税款交给一家银行保管，偏偏银行倒闭，他第二次入狱。第二次出狱，他贫困如洗，而且家里妻子、妹妹、女儿一帮人都需要靠他一个人养着。他住的地方，环境如此恶劣；楼下是酒馆，楼上是妓院。一天，酒馆里有人斗殴，一人倒在地上奄奄一息。他出于同情把那人背到家里，谁知人未救活，他涉嫌谋杀再次入狱。在此之后，他妻子死去，他又因为女儿的事情被法庭传讯。

就这么一个两次被俘三次入狱的人，命运从来不肯眷顾他。但恶劣的环境没有淹没他，倒霉的境遇没有打倒他，反而丰富了他。他的智慧是把倒霉当作生命的一个必然结果加以接受，而化为生命的财富。凭着他对生活的反思和那个国家斗牛士的精神，他写出了名震世界的巨著——《堂吉诃德》。

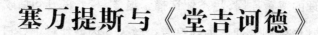

狄更斯的心酸童年

从狄更斯的创作中，可以看出作家个人的身世，总是或明或暗地要反映在他的作品中去的。狄更斯的许多作品是同他童年的不幸分不开的。

狄更斯的父亲是英国海军发饷处的一个小职员，他和蔼可亲，却又非常不讲实际。他可亲，因为他喜欢给别人讲好听的故事，时常帮助和款待朋友，然而因为他不讲实际，生活上的开支，老是入不敷出，因为疏忽、浪费和轻浮而陷入了债务的苦海中，再加上有八个孩子嗷嗷待哺，不免债台高筑。最后因欠债无法偿还而被捕，关进了马仙西的负债者监狱。

10 岁的狄更斯在又害怕，又悲伤，又害羞的心境下负起支撑这个破落家庭的责任：照顾弟妹，探望父亲，变卖零星家具，换取食物。为了生活，他投靠到一个远亲的作坊里学制皮鞋油。他的工作是包扎皮鞋油瓶等琐碎工作，每星期得 6 个先令。过了一段时间以后，他的工作技巧非常熟练了。小狄更斯的雇主就把他作为广告，放在橱窗中，让过路人看他如何劳动，借以推销商品。附近的小孩儿就跑来，一边吃着东西，一边把鼻子紧贴在玻璃上，看他劳动，就像看动物园里的动物一样。

星期六是狄更斯最欢喜的日子，他口袋里放着 6 个先令，既可以买些必要的东西，又可以与家人团聚。那时他的全家都住在监狱中，因为他家拿不出房租，只好在监狱中住。狄更斯的《小杜丽》就是写这种“监狱家庭”中的故事。

后来他的父亲得到了一笔意外的遗产，偿清了债务，这才使他的全家得以离开监狱。童年的狄更斯要求上学，他的父亲满足了他的愿望。

然而，上学并未给狄更斯带来幸福，校长一天到晚用手杖敲打学生。狄更斯在这里看到了儿童不幸的一面，后来他在《大卫·高柏菲尔》等作品中详细描写了这种恶劣学校的情景。

这些屈辱的日子给他留下了永远不能抹去的伤痕。从此以后，他心灵深处产生了对于儿童的怜悯心，他深深地意识到：没有人比无依无靠的儿童更苦了。因此，他在后来的著作中总是表现出对儿童浓厚的爱怜之情。

贝多芬的童年时代

公元1770年，世人最崇敬的“乐圣”贝多芬，出生在德国的波昂市。贝多芬小时候的家境清寒贫穷，全家人相处的气氛也不和谐。因为他有个脾气刚烈、个性自私，又没有责任感的父亲。贝多芬的爸爸成天不肯好好做事，只知道喝酒。幸亏贝多芬有个贤淑而吃苦耐劳的妈妈，多亏妈妈四处帮人洗衣打扫，家里的生计才能够勉强维持。其实，贝多芬的爸爸并不是没有专长，他在音乐方面颇有才华，只是不够踏实而已。他的嗓音浑厚、有磁性，曾经在宫廷里担任过好一阵子的歌手。

这份工作的待遇虽然并不怎么丰厚，至少还算安稳，但是却不能满足他爸爸心里那股过大的野心。贝多芬的爸爸总是这样抱怨，要他一辈子当歌手实在太没出息了，他一心梦想做个财富满坑满谷的大富翁。不过，想钱容易赚钱难，要不是真有两把刷子，想要赚到大钱，谈何容易哪！再说，他爸爸除了歌喉派得上用场之外，根本没有其他本领。因此贝多芬的爸爸进也不是，退也不是，总是找不着一条好出路，他心里烦闷得不得了，才借酒麻痹自己。爸爸的苦闷，妈妈心里明白得很，她常常劝告爸爸，要他衡量自己的能力做事。可是爸爸根本就听不进耳朵，他坚信，凭自己锐利的眼光，一定可以为全家人带来幸福的生活，只是这个愿望必须贝多芬努力配合，才能圆满实现。无时无刻不在为名利花心思的爸爸，到底在打些什么主意呢？原来，他非常羡慕和姐姐正在德、奥、义、法等国大开音乐演奏会的莫扎特，一位仅仅十八岁就被公认为出名的钢琴家，而且收入还相当可观呢！所以，贝多芬的爸爸决定栽培才四岁大的贝多芬朝钢琴演奏的生涯迈进，因为莫扎特也是三四岁的时候就开始起步。

为了满足虚荣心，向来我行我素的爸爸，根本不顾贝多芬的意愿如何，只要他大声一吼："贝多芬！快过来弹琴！"贝多芬就得乖乖就范，即使是三更半夜，照样得掀开被子立刻下床，要是动作慢了半拍，他爸爸就会拍桌叫骂，然后怒气冲冲地闯进房里，将贝多芬拖下床来痛打一番。总之，贝多芬从小就是提着心、吊着胆过日子的。有一天深夜，贝多芬的爸爸拎着一瓶酒，左摇右晃地走进家门。这时，贝多芬正躺在沙发上睡得很沉。爸爸看到贝多芬不但没有努力练琴，还躺着睡觉，一时气上心头，原本就不够慈祥的面孔，一下子变得更加严肃，他冲向沙发用力摇醒贝多芬大吼："起来！莫扎特小时候都是熬夜练琴的，你如果想要成大器，就不要再贪睡了。"

"贪睡？"对贝多芬来说，这是多么刻薄的字眼哪！他整夜陪在妈妈身旁等爸爸回家，直到凌晨两三点钟才合眼入睡，没想到爸爸醉醺醺的一进家们就吵吵闹闹。贝多芬闷着一肚子气，本来想要大胆顶撞爸爸的，后来想想，反正爸爸是个不讲道理只讲权威的人，何必多费唇舌呢？算了，还是乖乖练琴吧！就这样，贝多芬表面上对爸爸的无理要求总是百依百顺，暗地里却打从心底排斥爸爸的独裁作风。有时候，贝多芬实在受不住委屈了，就会嘟着小嘴向妈妈哭诉，甚至会直截了当地告诉妈妈说："妈，我好讨厌爸爸喔！"不过，讨厌归讨厌，爸爸总是爸爸；况且，贝多芬也是个知道轻重的孩子，无论如何，他是不会也不敢和爸爸起正面冲突的，他只是尽量避开爸爸的视线而已。贝多芬认为，只要少跟爸爸碰头，自然可以减少被迫弹琴的机会。所以，贝多芬常常一个人躲在阁楼眺望波昂街上的大广场。波昂街上的大广场很宽阔，那里是个提供人们休闲娱乐的好地方。每到黄昏时分，总会有一群大大小小的孩子们在这里玩游戏。他们有的跳绳，有的踢皮球，有的捉迷藏，大家都好像玩得好开心。贝多芬最喜欢趴在窗台上看小朋友天真的笑容，听小朋友开怀的笑声，感受大伙儿轻松愉快的气氛。而整天愁眉苦脸的贝多芬，也只有在这个时候才能领会什么是快乐。

由于爸爸一再使用高压的手段逼迫孩子，所以“父亲”、“钢琴”、“音乐”、“压力”……这些东西对贝多芬来说，都是噩梦，只会带给他痛苦而已。不过，有没有兴趣是另一回事，经过了五六年的锤炼，加上自己的优异资质，贝多芬的琴艺倒也一天强过一天；而且，在十岁那年，贝多芬的爸爸已经没办法再引领他进入更高的境界了。于是，他爸爸只好委托歌剧团的指挥尼富先生担任贝多芬的音乐教师。

尼富先生的教法很亲切，也很特别。他知道，如果要贝多芬在音乐界大放异彩，就非得要贝多芬喜爱音乐不可。所以，尼富先生不厌其烦地为贝多芬解析乐曲内容，并且想尽办法教导贝多芬，让他把感情适当地融入乐谱中，细心体会曲调的高低起伏，再着手弹琴，这样才会比较得心应手。有时候，尼富先生还会讲些音乐家苦练成名的故事来勉励贝多芬，而贝多芬总是听得津津有味。结果，不出半年，贝多芬对音乐的热爱，竟然像一匹谁也勒不住的野马，向前直奔。可见，兴趣的培养足以改变人的一生。

达尔文的童年

一个孩子，在学校时的功课差极了，老师说他的智力有问题。看上去，孩子的确有些沉默寡言，他可以一个人坐在屋前的花园里看着花草小虫很长时间。他的父亲教训他："除了打猎、养狗、捉老鼠以外，你什么都不操心，将来会有辱你自己，也会有辱你的整个家庭。"

他的姐姐也看不起这个学习成绩平平、行为怪异的兄弟。他在家庭中是一个不受欢迎的人。

但是他的母亲怜悯他，她想如果孩子没有那些乐趣，不知道他的生活还会有什么色彩。她对丈夫说："你这样对他不公平，让他慢慢学会改变吧。"

丈夫说："你这是怜悯，不是教育，你会毁了他的一生。"但她却固执己见，他是她的孩子，需要她的安慰和鼓励。

她支持孩子到花园中去，还让孩子的姐姐也去。母亲要了一个小心机，她对孩子和他的姐姐说："比一下吧，孩子，看谁从花瓣上先认出这是什么花？"孩子要比他的姐姐认得快，于是她就吻他一下。这对孩子来说，是多么令人兴奋的一件事，他回答出了姐姐无法回答的问题。他开始整天研究花园的植物、蝴蝶，甚至观察到了蝴蝶翅膀上的斑点的数量。

对于她的做法，她的丈夫觉得不可理喻。那种怜悯是无助无望的，除了暂时麻醉孩子之外，根本毫无益处。但是，就是这位醉心于花草之中的孩子，多年后成了生物学家，创立了著名的"进化论"。他就是达尔文。

被欺骗的富兰克林

富兰克林是美国杰出的政治家、外交家、科学家和作家。他因发明避雷针而被赞许为“制服天上雷电的人”，因参与推翻英王乔治三世对北美的殖民统治，而被称颂为“夺下暴君权杖的人”。

但是，伟人也有同平民一样受骗上当的时候。

1776 年，富兰克林受命作为美国全权代表出使巴黎，劝说法国支持北美人民争取独立的斗争，并同法国进行缔结同盟的谈判。当时他有个秘书，名叫班克洛夫特。

班克洛夫特骨子里是个效忠英王的托利党人，在富兰克林面前却处处标榜革命，表现得比任何人都忠实于美国的独立事业。他终于赢得了富兰克林的完全信任。

班克洛夫特利用自己职务上的便利条件，经常把美法会谈的秘密内容和谈判方案偷偷地向英国政府报告。有时，他把秘密情报装在一只小瓶子里封好，藏在巴黎一座皇宫花园内的树洞里，然后由英国特工人员取走。有时，他亲自去伦敦汇报，并领取指示和资金。往返路费当然都由美国的全权代表出，因为他的花言巧语使富兰克林相信，他能从伦敦搞到对美国有用的情报。他每次都带回不少情报，但全是“冒牌货”。

为了不使班克洛夫特受到怀疑，英国曾经逮捕和关押过他。这出“苦肉计”表演得很精彩，使富兰克林更加坚信这个伪君子是位忠心耿耿、献身美国革命事业的勇士。后来，当人们把班克洛夫特的通敌证据送到富兰克林手上时，他还觉得这事简直令人难以置信。

黑格尔办报碰壁

黑格尔是德国著名的古典哲学家。他出身于一个官僚世家，35 岁被提升为那拿大学教授。

1807 年春天，黑格尔移居班堡。当地有一份《班堡时报》，缺乏编辑人员，黑格尔便自告奋勇，当了该报的一名编辑。他精心编写，改换了一些专栏，使得报纸的面目一新，销路比以前大畅。黑格尔本来就有在新闻界大干一番事业的雄心，这下子更是雄心百倍。于是，他给老朋友们写信，请求赐稿，报道版面也不断扩大，有关国家、政治、经济、战争方面的稿子都欢迎。

正当黑格尔干得起劲的时候，麻烦的事接踵来了。有一天，《班堡时报》上刊登了一条巴伐利亚军队进驻纽伦堡等地的消息，黑格尔被传上法庭。幸好黑格尔是一个雄辩家，说得法庭无法定他的罪，官司只好不了了之。过不了多久，黑格尔又遇到了另一桩官司。这回是指控他“公开了国王的私下秘密”，有损于国王陛下的“形象”。法庭知道黑格尔善辩，因此对他的申诉束之高阁，来个“拖而不决”。黑格尔看到官司不知拖到何年何月，兼之纽伦堡专科学校又要聘请他当校长，于是，他便辞去了报纸编辑的职务，心安理得地当校长去了。

黑格尔只干了 21 个月的新闻工作，后来便到大学里继续担任哲学教授。

他的许多重要哲学著作，都是在这后一个阶段撰写的。因此，有人评论说，假如这位大哲学家当年不因碰壁而离开新闻岗位的话，可能他就无法把他的辩证法研究出来了！

拜伦因跛足受辱

拜伦上阿伯丁小学时，因跛足很少运动，身体虚胖，走路都困难。一天，几个健壮的同学在操场上踢足球，拜伦在旁边出神地观看。他有惊人的想象的天赋，边看边在自己的脑海里想：自己该怎样拦截、抢球、射门，脸上不时呈现出紧张、惋惜、欣喜的神色。

一个健壮而顽皮的同学郎司拉他去踢足球。拜伦不肯，郎司看他观看得入神，便恶作剧地找来一只竹篮子，强迫拜伦把一只脚放进去，“穿”着这只竹篮子绕场一圈。当时拜伦真想扑上去打郎司一拳。但他怎么打得过高大健壮的郎司呢？无奈只好忍气吞声把竹篮子穿在脚上，一瘸一拐地绕操场走起来。同学们看了笑得前仰后合，郎司更是开心得双脚在地上跳。

拜伦受到郎司的当众侮辱，明白是因为自己体弱。后来，这个意志坚强的人刻苦参加各项运动。一年半以后，他的体质明显增强了，手臂上的肌肉也凸了起来，在球场上，他能像三级跳远运动员那样连续不断地飞跑。不久，他参加了学校运动会，恰巧他在拳击比赛中与郎司相遇，激战相持了很久，最后，拜伦一个勾手拳，击中郎司下巴，把他打倒在台上。观众为拜伦的意志、力量和耐久力的胜利而鼓掌。

惠特曼的《草叶集》

1855 年，美国诗人惠特曼（1819—1892 年）的诗集《草叶集》闯进美国文坛时，情景是很悲凉的。出版了一个星期，一本也没有卖掉，第二年增订后出第二版，也仅仅卖出了 11 本。最使他痛心的是，连母亲和弟弟都不接受它，弟弟看了几页就丢开了，母亲则斥之为“泥巴”。英美资产阶级评论家们，有的把它投入火炉，有的发出谩骂：“惠特曼最不懂艺术，就像猪猡不懂得数学一样。”惠特曼后来回忆说：“这本书所到之处，引起了暴风雨般的愤怒和斥责。”

初版《草叶集》只受到一个人的赏识，那就是惠特曼一向尊敬的美国作家爱默生（1803—1882 年）。爱默生在给惠特曼的信中说：“你处在伟大的经历的开端，我祝福你。”

这部诗集的第一版，由惠特曼自己排版，自己印刷，自己发行，共 94 页，收了他多年来写作的 12 首诗。这位只读过小学，13 岁就开始艰难谋生的诗人，出版这部诗集时已是须发斑白，但年龄不过 36 岁，是一个印刷厂的临时工。诗集表现了充分的民主思想，并首创了自由诗的新形式。在遭到暴风雨般的反对之后，诗人发誓说：“我要以独特的方法来坚持我的诗歌事业，并且一定完成它。”

这独特的方式，就是用毕生的精力来维护和充实《草叶集》。随着岁月的流逝，诗集先后出过九种不同的版本。距第一版问世后 25 年，美国一家有声望的出版社出版了这本诗集，第一次印出的 3000 册，在费城一天之内就被抢购一空。在惠特曼去世那年的“临终版”里，已经从第一版的 12 首增加到 396 首。每次再版，都使咄咄逼人的非议和责难转入下风，他所开创的自由诗形式也产生越来越大的影响。

汽车大王立志

汽车大王亨利·福特曾提到，自己之所以能有如此的成就，是缘于在一家餐厅发生的一件小事。

根据亨利·福特的描述，在他还是一个修车工人的时候，有一次刚领了薪水，兴致勃勃地到一家他一直十分向往的高级餐厅吃饭。却不料，年轻的亨利·福特在餐厅里呆坐了差不多15分钟，居然没有半个服务生过来招呼他。

最后，还是餐厅的一个服务生看到亨利·福特独自一个人坐了那么久，才勉强走到桌边，问他是不是要点菜。

亨利·福特连忙点头说是，只见服务生不耐烦地将菜单粗鲁地丢到他桌上。亨利·福特刚打开菜单，看了几行，耳边传来了服务生轻蔑的话语："菜单不用看得太详细，你只适合看右边的部分（意指价格），左边的部分（意指菜色），你就不必费神去看了！"

亨利·福特惊愕地抬起头来，目光正好迎接到服务生满是不屑的表情，当下使得亨利·福特非常生气。恼怒之余，他不由自主地便想点最贵的大餐。但一转念之间，又想起口袋中那一点点可怜的薪水，不得已，咬了咬牙，亨利·福特只点了一个汉堡。

服务生从鼻孔中"哼"了一声，傲慢地收回亨利·福特手中的菜单，口中虽然没有说话，但脸上的表情却很清楚地让亨利·福特明白："我就知道，你这穷小子，也只不过吃得起汉堡罢了！”

在服务生离去之后，亨利·福特并没有因为花钱受气而继续恼恨不休。他反而倒冷静下来，仔细思考，为什么自己总是只能点自己吃得起的食物，而不能点自己真正想吃的大餐。

亨利·福特当下立志，要成为社会中顶尖的人物。从此之后，他开始朝梦想前进，由一个平凡的修车工人，逐步成为叱咤风云的汽车大王。

飞来的横祸

一个夏日的夜晚，混合列车正向着休伦返回。小爱迪生在客车上卖了两趟生意，想起下一期《先锋周报》还没有编完，便无心叫卖，回到行李车上，继续编他的报纸。

火车在高速行驶着。空气受到猛烈的冲击，一阵阵热烘烘的疾风从车窗吹进来，直扑到爱迪生的身上。在离终点休伦港大约 10 公里的地方，由于路轨不平，再加上车速过快，车身剧烈地震荡起来。突然，放在车厢角试管架上的一只用水泡着磷块的玻璃被震落下来，而磷这东西燃点低，最容易着火，一接触空气就会自燃，所以，随着玻璃瓶被震落下来，磷块立刻燃烧起来。磷生火，火生烟，转眼之间，烟火弥漫了整个车厢。而当时正是盛夏时节，空气干燥，温度特别高，而木制的行李车厢经每日的似火的骄阳曝晒，见火就着，爱迪生见此情景，马上脱下上衣，拼命地扑打起来，可是他人小力单，无济于事，刹那间，火势蔓延开来。

浓烟熏醒了紧挨着的客车车厢的乘客，乘客的惊叫声惊动了车厢里的管理员、列车员和乘警，大家齐动手，终于扑灭了大火，保住了车厢，但是爱迪生精心开辟出来的“列车实验室”和里面的所有的设备、药品却都被烧得面目全非，无法挽救了。

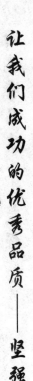

气得发疯的列车长冲着爱迪生大吼起来:“你是怎么搞的，弄成这个样了，

你到底打算干什么？”受到惊吓的爱迪生不知所措地望着列车长，一句话也说不出来。列车长气愤到了极点，猛拽过小爱迪生就是狠狠的一巴掌！这一巴掌正好打在小爱迪生的右耳上。本来他的耳朵就有伤，这一下使他的右耳永远地失去了听力，成了终身的残疾。

列车一到站，小爱迪生就被撵下了火车。小爱迪生站在月台上，想到这几个月的心血一下子全毁了，他伤心到了极点，泪水夺眶而出。小爱迪生无限悲伤地踏上了回家的路途。

他在火车上闯祸的事，早已传遍了家乡。人们议论纷纷，都冷眼看他，只有母亲能够安慰他。他回到母亲的怀抱，浑身又充满了无穷的力量，决心一切再从头做起。母亲替爱迪生又开辟了一个新的实验场所。为了防止意外，新实验室设在了阁楼的顶上，地下室里只堆放器材和杂物。这样，万一再有意外发生，最多只能毁掉房顶，不至于使住人的底楼受到影响。就这样，他们家的小阁楼又成了爱迪生的实验室、《先锋周报》的编辑部和印刷所。

飞来的横祸虽然使小爱迪生的一个耳朵失去了听力，但并没有使他一蹶不振，他又从头开始做他喜欢的事情了。

爱因斯坦求职

爱因斯坦大学毕业后半年多过去了，但工作毫无着落，他几乎跌到了人生的谷底。绝望之余，他想到德国伟大的化学家“科学伯乐”奥斯特瓦尔德。于是他就给奥斯特瓦尔德写了一封信，但没有收到回信，几天后，他又给奥斯特瓦尔德寄了一张明信片，在明信片上说上次写信可能忘了写回信地址，因此这次是特意告诉他地址的。可奥斯特瓦尔德仍然没有回信。

爱因斯坦的父亲深深同情儿子的处境，洞察到失望的情绪如何刺伤了儿子的自尊心。虽然他贫困交加，但出于深沉的父爱，他多么想能够帮儿子一把。于是他在爱因斯坦给奥斯特瓦尔德发出第二封信后的第十天，也提笔给奥斯特瓦尔德写了一封信：

亲爱的教授：

请原谅我是这样的一个父亲，为了儿子的前途竟贸然给您写信……

我儿子因为目前的失业极为不安，而且时间越长，他就越认为自己没用；更严重的是由于我不富裕，他更认为自己是家庭的一个负担。由于我儿子尊崇您是当代最伟大的科学家，我才敢于请求您读一读我儿子的论文，并请求您写几个字鼓励他一下，以使他恢复对工作及生活的信心。如果您有可能替他谋得一个助教的职位，我将感恩不已。

我再次请求您原谅我的冒昧，而且希望您不要让我儿子知道我给您写了信。

但不知是奥斯特瓦尔德没收到这封信，还是看了仍然不为所动，爱因斯坦没有收到任何回信，更不用说什么鼓励和帮助了。

天无绝人之路。1901 年 4 月，爱因斯坦的大学同学格罗斯曼给爱因斯坦寄来一封信，信中说，瑞士伯尔尼专利局准备设立一个专门审查各种新发明的技术职位，格罗斯曼说他父亲乐于推荐爱因斯坦就任此职。

一年之后，爱因斯坦终于正式到专利局上班，他终于在 23 岁时摆脱了可怕的失业阴影。为此爱因斯坦一生都念念不忘这位同学的帮助。他多次说："这是格罗斯曼为一个朋友所做的最伟大的一件事。"

孤独的梦想

罗伯特·戈达德出生于美国马萨诸塞州，他从小患有肺结核病，这种传染病使他养成了一种孤独的性格。他常常一个人看书，一个人幻想。一次，他在自己家的庄园里修剪桃树，当他爬上那棵最高的桃树枝的时候，他看到了远处的村庄和田野。于是，他的心中便产生了一个大胆的设想：要是能有一种机器把人带到外星就好了！

戈达德这么一想，就产生了一种幻觉：仿佛自己驾驶着这台机器，在太空里飞呀飞！他高兴得松开手，在树枝上大声地笑。这一松手，他便从树枝上摔了下来。可是，戈达德一点也不感到疼，他继续做着自己的白日梦。一直到深夜，他才从地上跳了起来，他决定要制作一架想象中的机器！

为了这个梦想，戈达德发奋学习，考上了克拉克大学，获得了理学博士学位。毕业后，戈达德没有找工作，而是开始了自己的研究。他写出了一本小册子，共 69 页。书名叫《达到超高空的方法》。可是，美国政府和国际理学界没有人理会他。因为，在当时，这种设想简直是不可能的。

戈达德没有灰心，他像当初在树枝上一样，开始了自己的孤独实验。他变卖了所有财产，制作了第一架特殊的机器。这架机器高 1.2 米，直径 15 厘米，用汽油和液态氧作燃料，时速达到了 100 公里。由于燃料不足，这次试飞只到了 60 米的高空就下落了。他给这种机器起名叫火箭，这是人类第一次用液态燃料将火箭送到高空。这一年，戈达德 44 岁。

实验成功后，戈达德已经身无分文。他向美国政府申请研制这种火箭，却遭到了拒绝。戈达德没有灰心，在一家慈善机构的捐助下，1929 年 7 月，戈达德在家乡马萨诸塞州发射了第二枚火箭。这枚火箭装上了气压表、温度计和小型照相机。这次，火箭飞行了 1000 米才落到了地面。这是世界上第一次装载有测量仪器的火箭。这一年，戈达德 47 岁。

第二次实验成功后，当地警方给戈达德下了通告：不允许再在马萨诸塞州实验火箭。戈达德没法儿，只好带着从慈善机构募捐来的微薄的经费，来到新墨西哥州一块荒凉的土地上实验。他像一只猩猩一样，生活在这片荒滩上，1930 年到 1935 年期间，他发射了多枚火箭。这些火箭已经设有专门的燃烧室，装载有转向器、陀螺仪，可以自由地控制火箭的方向和速度。火箭的飞行高度也已经达到了 2.5 千米，时速达到超音速。

戈达德的火箭研究在美国得不到重视，德国的科学家却采纳了戈达德的火箭研究理论。在希特勒政府的支持下，德国科学家研制出了 V 型火箭。这一成果，让美国人羡慕得要死。第二次世界大战结束，一批德国火箭专家迁居美国。美国科学家去请求火箭研制技术。德国科学家惊讶地说："你们为什么不去请教戈达德？他比我们知道得多，知道得早！"

美国人恍然大悟，急忙去寻找戈达德。这时候，贫困、疾病已经夺去了这位富有想象力和创造力的科学家的生命，留下的只是他的伟大的著作和令人惊讶的成果。这一年，戈达德 63 岁。

化羞辱为动力

格林尼亚生于法国西北的瑟堡，父亲是一家造船厂的老板，整天忙于发财，对子女溺爱有余，管教不足。格林尼亚从小游手好闲，整天浪迹街头，不把学习放在心上，成为一个名副其实的公子哥。由于长相英俊，花钱出手大方，格林尼亚在情场上春风得意，总能讨得异性的欢心，把一个个漂亮的姑娘吸引到身边。

然而在这个世界上，拥有金钱并不意味着就拥有一切，相貌堂堂也未必就能赢得尊重。在一次午宴上，格林尼亚走到出众的美女波多丽面前逗情。与以往每次都获得美人心相反的是，他不但没有赢得波多丽的欢心，反而遭到了一番奚落："请你走远一点，我就讨厌像你这样的公子哥在眼前晃荡！"

一句充满蔑视的话，如同一把匕首捅在心头。他长期以来呈休眠状的羞耻心一下子惊醒过来。格林尼亚陡然意识到：家庭的富有并非个人的荣耀，要赢得真正的尊重，有赖于用努力去争取。排遣着无边的懊恼和悔恨，他甩掉一身自以为潇洒的轻浮，打起精神走上一条有追求的路。

这年格林尼亚 21 岁，为了摆脱家庭溺爱带来的松懈，他决定换一个生活的环境，遂留下一封书信表明心迹说："请不要打听我的下落，相信通过刻苦学习，我一定会干出些成就来的。"

格林尼亚由瑟堡来到里昂，两年修完耽误的全部课程，取得里昂大学插班就读的资格。投入校园的生活，他倍加珍视来之不易的机会，引起了化学权威巴尔的注意。在名师的指点下，他进行了一系列的实验，很快就发明了格氏试剂，被学校破格授予博士学位。这一消息轰动了法国，也让格林尼亚的父亲信觉欣慰。

又付出四年的辛劳，格林尼亚取得了卓越的成绩，1912 年被授予诺贝尔化学奖。波多丽得知这一喜讯，在病榻上提笔给他写了一封贺信：“我永远敬爱你！”就这么一句话，让格林尼亚激动万分。他永远感激这位美女当初对他近乎侮辱的训斥。

南希·里根的童年

南希·里根曾饱经生活的创伤。这一切要追溯到她不幸的童年岁月，实际上，她当时正被自己的双亲所遗弃，而寄养在亲戚家中。

南希的母亲伊迪丝在 1921 年 7 月 6 日生下南希时，其父亲肯家斯·罗宾斯也未去医院看望过她们母女俩。临产前，当伊迪丝来到纽约城的医院时，甚至没有一个医生出面照料她。最后，一位正要去打高尔夫球的医生拦了过去。为此他十分恼火，大声抱怨说，迟缓的分娩终将阻止他去打高尔夫球。为了早点完事，这位医生用了钳子，硬是把婴儿从母体内往外拉，结果小南希带着右脸颊上的伤疤和一只肿得睁不开的眼来到了人间。

医生直言不讳地对伊迪丝说，她女儿的一只眼睛也许会瞎掉。这位年轻的母亲一听此话，便怒火中烧，说道："要是那只眼睛睁不开，我将杀死你！"后来，那只眼睛确实睁开了，但事隔几年后，小南希的脸上一直留着一道疤痕。许多年过去了，甚至在她当上了第一夫人之后，南希宣称，她至今还能看到那个疤痕，尽管其他人看不见。

南希降生后，伊迪丝和罗宾斯的婚姻再也维持不下去了。不久，他们便离了婚。

伊迪丝是纽约剧坛上的一名女演员。生了南希后，她又重返舞台演戏了。但是，她要带着孩子巡回演出，实在太困难了。因此，南希在两岁时就被送到了住在马里兰州贝塞斯达的她姨妈的家里。姨妈家的住宅非常小，以致除了一个有顶棚的小门廓可供她安睡之外，就别无他处能容她就寝了。她独自一个人待在门廊里，显得十分可怜。唯有食物能使南希感到安慰，后来，她长成了一个小胖子。

几年后，母亲来看望她时，在南希看来，这要算她最幸福的时光了。她总是入迷地坐着，看母亲在起居室里表演——演出她最新戏中的精彩片断。有一次，伊迪丝把玛丽·匹克福特的金色长卷发头套带回家给南希玩，她高兴地戴着假发套在家里跑来跑去，还大声说，“我将来会成为一名演员的”。

南希也曾遭遇过几次辛酸之事。有一次，她患了急性肺炎，而母亲没能前去照料她。还有一次，她得了猩红热症。几年后，南希也承认，她一直受到感情的伤害。她说，假如她有一个小姑娘做伴，她倒宁可待在那儿不回来了。

南希成年后，嫁给了罗纳德·里根。虽然她现在很富有，并且有作为美国前第一夫人的高大形象，但她仍然是个寂寞而不安的妇女。由于小时候是个被遗弃的孩子，作为一个成年人，由于这种不安感，使她不能分享丈夫的乐趣。但是对她来说，她需要她丈夫全部的爱。

南希把里根当作生命支住来依赖。里根常常是南希所尊敬的人物，他还常常使她感到自我存在的重要性。他从不在电话里拒绝同她交谈——即使他在开内阁会议。必须为南希接通电话，这是里根对工作人员的要求。

有人说里根怕“老婆”，但是里根知道南希需要得到爱抚和安慰，因为她觉得在小时候自己是被遗弃过的。他在克服南希的不安感时所使用的同情心和理解，确实行之有效。

不要过早地宣判自己

她出生在瑞典，很小的时候母亲就去世了，不得不由她的叔叔来做她的监护人。15 岁那年，学校排演了一出戏剧，长相俊俏的她被选中在剧中演一个角色，她十分高兴，认真地排练，演出的那天，她发挥得非常好，受到了全校师生的称赞，她出色的表演才能被发现了，从那时起，她就在心中为自己确定了理想，就是要成为一名优秀的演员。

但她的叔叔不支持她的想法，她的叔叔是个很保守的人，认为当演员没什么出息，正经人家的孩子还是应当找个售货员或秘书之类的职业。她对叔叔给自己安排的职业不感兴趣，在内心深处，她一直向往着能成为一名演员。18 岁那年，斯德哥尔摩的皇家戏剧学校招生，她想去报考，便向叔叔表达了自己的想法。叔叔考虑了一下，对她说："我只给你这一次机会，如果考不上，你就得按照我的安排去做。"她答应了，在随后的日子里，她就开始为考试做准备。

她十分珍惜这份来之不易的唯一的一次机会，她精心准备了一个小品，自己在家里反复排练，就连睡觉做梦都在演节目。考试那天，她早早地来到了考场，轮到她上台表演了，她走到台上，开始表演自己的小品，演到一半的时候，她发现所有的人都在相互议论着什么，还用手比比画画的，根本没看她的表演，她感觉极度失落，认为自己肯定没戏了，一分心，她又把台词忘了……正慌乱的时候，她听到评判团的主席对她说："停下吧，谢谢你，请下一个上来表演吧。"

她懊丧地走下台来，伤心极了，因为她知道自己永远地失去了这个机会。她一边走一边哭，感觉活着已经没有什么意义了，就想一死了之。她来到一条河边，打算跳下去结束自己的生命。水是暗黑色的，闪着油光，发着臭气。她想，这水多脏啊，我就是死也不能这么死啊。于是她便离开了河边，考虑用别的方法结束自己的生命。

那天晚上，她写好了遗书，并把自己的东西都整理好了。她打算第二天去商店买一种可以致命的药水，用它来结束自己的生命。第二天早上，她起来后正打算出门，邮差忽然来了，递给她一封信，她打开一看，是皇家戏剧学校寄来的，竟是录取她的通知书！她简直有点不敢相信，拿着录取通知书就跑到了学校，亲自找到了昨天那个评判团主席，对他说："我昨天表现得那么差，你们对我那么失望，可为什么今天还录取了我呢？"评判团主席说："你昨天的表现相当出色啊！在昨天所有的考生中，你的表现是最好的，所以你上来演了没几分钟，我们大家便在下面纷纷议论，都认为你有出色的表演天赋，都为你高兴。当时，有个评委说这样的能力就不用再演了，直接录取吧，于是我就让你停下，换下一个上来……"听了这一席话，她非常吃惊，而且十分后怕，她想，如果不是那河里的水太脏，可能自己真的就永远失去了这次机会！

就这样，她顺利地进入戏剧学校学习，毕业后到电影厂工作，成了一名电影演员，在此后的演艺生涯中，她先后出演了《卡萨布兰卡》、《爱德华大夫》、《东方快车谋杀案》等影片，先后三次获得奥斯卡金像奖，成为光芒四射的国际巨星，她就是英格丽·褒曼。

很多年以后，已经是大明星的英格丽·褒曼在接受记者采访时谈起了当年险些自杀的事，她深有感触地说："这件事给我的启发是，永远不要过早地宣判自己，因为转机随时都有可能发生，一切都有可能改变，一切都有可能是另一个样子！"

这点痛算什么

干热的西风夹着碎石、沙子一起击向一位裸躺在地的妇女身上。这是阿富汗西北部一片仍被叛军掌管着的沙漠地区。

她慢慢醒过来，想睁开眼，可眼皮似有千斤重，双耳和鼻子很疼很疼，她觉得脸上似乎粘着什么东西。她开始努力回想自己在什么地方。她首先想到的是她的丈夫，那个像恶魔一样的男人，她的心里一阵惊悸。

她才 18 岁。但在去年就嫁给了那个比她大 16 岁的粗鲁男子。她的男人是一位猎手，就像那些被他猎杀回来的动物一样，他的脸上和胸口长满了令人恐惧和恶心的毛。

自从成为他的妻子以来，她就开始过上了奴隶一样的生活，每天吃两餐面饼，天还没有亮就要起床干活，到丈夫睡着后才能轻手轻脚地进房间睡觉，她不能吵醒丈夫，否则会被毒打一顿。她也不能睡得太熟，因为她要时刻准备着配合丈夫在半夜里突发的兽性，反应略为迟钝就会遭到毒打……

她已经记不清自己到底被打过几次，但是她没有任何办法，像她这样遭遇的女人，在这里随处可见。叛军以此作为砝码和政府对抗，他们制定了一条又一条苛刻的要求：女性必须戴面罩，没有兄弟或丈夫陪同就不得踏出家门，更不能露出小腿等身体部位，否则将遭鞭刑，连涂指甲油也有必要“教训”。

她终于受不了这样的生活，半年前，她第一次在没有家人的陪同下，独自出了门，她要逃离这种长期遭受凌虐的生活。可是很快，她就被警察抓了起来，并被判了5个月的刑。那种地狱似的生活，终于得到了短暂的解脱！

刑满出狱的那天，当她走出监狱门口时，才意识到自己将再次坠入地狱。她的丈夫和小叔子，已经站在监狱门口“迎接”她。她又被带往那个可怕的“家”。路上，她看到一位妇女因为没有挑干净麦子里的石粒而被丈夫痛打，一位妇女因为用清水浇菜而被毒打……

她的丈夫和小叔子一言不发地走在前面，她只能跟着一步一步地往那个家的方向走。很快，他们来到了寨子边，那里聚集着无数邻里和亲友，他们向她扔泥块和烂菜叶。他的小叔子和那个本应该是她最亲近的男人，没有一个愿意帮她开脱。

回到家后，她的男人指责她使家族蒙了羞，她的小叔子把她的衣服剥去，然后用鞭子狠狠地抽打。随后，他们把赤裸裸的她拖到了寨外一座长满灌木丛的小坡上，在那里，她的丈夫和小叔子先是轮番在她身上发泄兽欲，最后，她的小叔子压住她的双手和脑袋，她的丈夫则掏出那把宰杀猎物的刀，割掉了她的鼻子和双耳。

她的男人和她的小叔子随即离开了，将她抛在山野。她看见自己的血像喷泉一样喷射出来，她躺在地上，渐渐地失去了知觉……

现在，她唯一能感受到的就是太阳火辣辣地晒在身上，碎石和沙子生生地打在她身上。她明白自己并没有死去，但眼前一片漆黑。她伸手摸向自己的脸，这才发现蒙住她的眼睛和脸的，正是自己那已经被太阳晒干了的血。

她不知道自己已经在这里躺了多少时间，她想她可能要死在这里。她想到了从监狱回来的路上，那些正遭受着折磨的妇女同胞们，想到了女同胞们那些永无天日的生活。她开始剥除那些硬硬的血块，那些血块已经把睫毛沾住，每扯一块都生疼生疼，但是她不怕，再苦再痛的日子都过来了，这点痛，算什么？她必须要忍住，她要睁开眼，她要站起来。为了自己，也为了每一位生活在水深火热中的女性！

她终于抠去沾在眼睛上的血块，也拔掉了不少睫毛，但是她站了起来，顾不上疼痛，也顾不上找东西遮掩自己的身体，她跌跌撞撞地使劲往前面跑。不知道跑了多少路，在路过一个小寨子的时候，一位老妇人给了她一套衣服和两块面饼。几天后，她来到了坎大哈，远远的，她看见有一位外国人正举着相机在一些战争后的地方摄影，她努力喊出一声："救我！"

这位摄影师正是美国《时代》杂志的摄影记者切图拉·米斯，她把她带到了位于喀布尔市中心的"声援阿富汗妇女组织"（WAW）里，并接受治疗！伤愈后，米斯再次来到组织里看她。她拉着米斯的手说："请你为我拍一张照片，我要让全世界的人都看见我的脸！"

米斯心里一阵沉痛，她知道，如果帮她按下快门，她很有可能会因此而失去生命，而如果不帮她，她的出逃与抗争又显得多么苍白和没有意义。最后，米斯终于打开相机镜头盖，为她拍摄了一组照片……

这位饱受折磨的女子，就是美国《时代》周刊8月第2期的封面人物艾莎。在杂志封面上，艾莎的耳部虽然被头纱和长发盖住，但脸部那个黑黑的大洞，撼动了全世界妇保联盟和人道组织的同情，无数人都为之鸣不平和呐喊。这终于引起了阿富汗总统卡尔扎伊的重视，他在强大的压力下开始与叛军谈判。历时两个月，他终于在付出一定代价的前提下，为女子争取到了人身安全以及竞选投票的权益！

艾莎不知道政府和叛军之间是怎么谈的，她只知道自己向往和平，珍惜生命，她必须要为此而努力和呼吁。正如《时代》杂志总编辑古德·史坦格在当期杂志中所说："每一个国家和地区的女人都是人，都应该得到尊重，让所有的战争与政治都远离她们吧，她们不是战争与政治的牺牲品！"

拳王泰森的故事

泰森 1966 年 6 月 30 日出生在纽约混乱贫困的布鲁克林区。父母离异、瘦小体弱的泰森在儿时不断被欺负、殴打，他的眼镜每天都会被砸碎在学校的垃圾桶里。泰森回忆说：“我能活过青春期简直是个奇迹。”被狠揍得忍无可忍，泰森终于站了起来，用拳头捍卫自己生存的权利。他开始参与打架斗殴、偷抢扒拿。

直到有一天。13 岁的泰森认识了他一生中最信任的人——拳击教练达马托。

正规的拳击训练让泰森学会了自律，从小缺少教育的他在达马托的指导下，开始学习做一个善良的人，远离犯罪。然而，达马托逝世后，虽然泰森的拳技不断突破，人生却再度开始迷失。

20 岁时,泰森仅用 6 分钟就击败了前世界拳击理事会简称的拳王柏比克，成为最年轻的重量级冠军。从此，名誉财富接踵而至。成名后的他，开始了奢侈淫乱的生活：由于没有“安全感”，他甚至虐待身边的女伴，直到被起诉入狱。

出狱后的泰森，重回拳坛，创造了一个又一个奇迹。第一场比赛。他只用了 90 秒就击倒了对手，获得了 2500 万美元的奖金。在此后的 8 场比赛里，泰森比印钞机还快地赚取了 1.6 亿美元，这在当时的体育商业收益上绝对是一个奇迹。他很快收回了自己失去的江山。直到遇见生命中的克星——霍利菲尔德。

1997 年的夏天，在老奸巨猾的霍利菲尔德用小动作和言语不断地挑逗后，泰森咬了他的耳朵，这“世纪一咬”表面上是报复，实际上是泰森给整个拳坛的一记重拳，也咬碎了泰森自己的人生。从那天开始，泰森彻底走下神坛，他不断败给不入流的选手。4 亿身家也逐渐消失殆尽，取而代之的是千万的债务。2003 年 8 月，泰森只能宣布破产，那一刻他全身上下只剩不到 6000 美元。2005 年 6 月，在华盛顿败给麦克·布莱德后，泰森彻底告别了拳坛。此后，这个曾经几十秒就可以创造千万美元财富的前拳王，开始了他令人唏嘘的另一段生涯：

2006 年 9 月，泰森作为人肉模特儿出现在拉斯维加斯的一家赌场，来往的游客只需花费 20 美元就可以和前拳王拍照或者简单比试一下：此外，为了生计泰森还代言了丑化自己的游戏《泰森怒了》；给电影跑龙套。

泰森凭借一双拳头打遍拳坛，他的比赛没有搂抱和拖延，没有计算和奸诈，只有“出拳击倒对手，或者被对手击倒”。体育专家曾经评价：“泰森是最接近拳击本质的拳手。”泰森的没落，与其说是一个传奇的覆灭，不如说是拳击这项运动的没落，或者更进一步说，是商业文明社会里竞技体育的转折。

梦想，在现实中开花

他出生在意大利的一个农民家庭，父亲每天冒险骑马登上高高的雪山，采下大块冰，运到城里卖给富家大户，挣得几个小钱，维持一家人的生计。在他上小学，甚至是中学时，他常被同学恶意嘲谑为“窝囊废”，这些中伤的话，严重地刺伤了一颗少年的心，所以，从小他就体会到贫穷带来的艰难与屈辱。

在中学阶段的后期，他曾参加过校内戏剧演出，从那时起，他就对舞台产生了兴趣。他梦想自己将来能成为一名出色的舞蹈演员，在舞台上尽情展示舞姿。为此，16 岁那年，他毅然做出了一个大胆的决定——退学，一个人独自跑到当时的大都市巴黎，希望自己能在这个时尚大舞台上用脚尖旋转出精彩人生。

可是，这座高傲的城市根本不屑瞟这个穷小子一眼，别说学习舞蹈的高昂学费了，就连满足生活的基本需求都成了问题。他没有别的特长，只有从小跟着父母学到的一点裁缝技术。凭着这点手艺，他在一家裁缝店找到了一份每天要做十多个小时的工作。

就这样做了几个月，他的心情越来越低落、颓废。他不知道自己在这个裁缝店要干多久，不知道自己什么时候才能登上梦中的舞台。他苦闷自己的理想无法实现，他认为与其这样痛苦地活着，还不如早早结束自己的生命。

就在他准备自杀的当晚，他突然想起了自己从小就崇拜的有着“芭蕾音乐之父”美誉的布德里，他决定给布德里写一封信，讲述自己的梦想遭现实阻挠无法实现的困惑。在信的最后，他写道，如果布德里不肯收他这个学生，他便只好为艺术献身跳河自尽了。很快，他便收到了布德里的回信。谁知，布德里并没提收他做学生的事，而是讲了他自己的人生经历。布德里说他小时候很想当科学家，也想当飞行员，还想成为一名牧师，但因为家境贫穷，父母无法送他上学，他只得跟一个街头艺人过起了卖唱的生活……最后，他说，人生在世，现实与梦想总是有一定的距离，在梦想与现实生活中，人首先要选择生存，一个连自己的生命都不珍惜的人，是不配谈艺术的……

布德里的回信让他幡然省悟，后来，他努力学习缝纫技术，并应聘于一家名叫“帕坎”的时装店。凭着勤奋和聪慧，他的服装设计技术提高得很快。为了进一步开阔视野，他又投奔由著名时装设计大师迪奥尔开设的“新貌”时装店。在这里，他增长了见识，积累了领导时装潮流的设计心得和体会，他的设计水平也得到了提高。这一年，著名艺术家让·科托克拍摄先锋影片《美女与野兽》，邀请他设计服装。他为法国著名演员让·马雷设计了12套服装，影片公映后，他设计的服装惊动了巴黎，美誉如潮。

那年，他23岁，在巴黎开始了自己的时装事业，建立了自己的公司和服装品牌。他追求独特的个性，大胆突破，设计了时代感非常强烈的“P”字牌服装，赢得了挑剔的巴黎顾客的青睐。演艺界名流、社会上层人士、达官贵人等争相慕名前来订制服装。

他就是皮尔·卡丹。如今，皮尔·卡丹不但成了令人瞩目的亿万富翁，以他的名字命名的产品也遍及世界，皮尔·卡丹成了服装界成功的典范。

蝴蝶，不怕翅膀上的雨水

3 岁那年，她的父母离婚了。因为家庭的贫困，加上血统的原因，一家人备受歧视。母亲带着她过着四处漂泊的生活，她们因无法支付租金而寄宿在朋友家的地板上。

即使是这样，她却从未掉过眼泪。因为母亲曾是一名歌剧演唱家，小小年纪的她受母亲影响，4 岁时，就迷恋上了音乐，常常跟在母亲身后学唱歌。

上学后的她，学习成绩并不优秀。一次测试，她的数学得了 6 分，老师当着全班同学的面责备了她，但她却理直气壮地站起来，说："数学对于我没用，以后我要当歌星。"此语一出，立刻遭到了同学们的嘲笑，在同学的嘲笑声中，她紧紧地握紧了拳头。

13 岁起，她开始了音乐创作，14 岁，她找到了几个录音棚，担任他们的后备试音歌手。高中毕业，她不顾家人的反对，带着稚嫩的梦想，到了纽约。

刚到纽约时，她只能在酒吧里做招待，与人合租狭小的房子，自己常常在客厅地板上铺一张床垫过夜；她每周常常只能靠一包干酪通心粉艰难度日，在经济极为拮据的几个月，她甚至只能靠附近熟食店老板施舍的硬面包和冰水填饱肚子。

然而她没屈服，在昏暗的灯光下，她不停地写歌，写到手发麻，累得趴在桌上睡着了。她热切地盼望着有一份合约，出一张唱片。然而她跑遍了纽约街头所有的唱片公司，都被拒绝在门外。

18 岁时，她终于在一家热门的俱乐部获得了登台表演的机会，她的完美的嗓音和创作才华渐渐被人注意，哥伦比亚唱片公司以 35 万美元的合约成功将她揽入旗下。35 万美元，对于她是一个天价，那一刻，她热泪盈眶。

她很快在公司崭露头角，为公司创下排行榜的十大热门歌曲。她的歌曲也越来越成熟，而形象也变得性感自信，她频频出现在各大杂志的封面。这些杂志认为她在音乐和形象上的转变带动了整个乐坛的潮流，并将此种潮流命名为“蝴蝶效应”。20 岁，她就获得了格莱美音乐大奖最佳女歌手，此后的 10 年间，她在世界音乐大奖、全美音乐奖、灵魂列车音乐奖、美国作曲家协会奖、欧洲音乐白金奖等大奖上收获颇丰。

然而，就在她的事业蒸蒸日上的时候，不愉快的事情发生了。30 岁时，她与哥伦比亚唱片公司分道扬镳，只得寻找新的公司，但不幸的是，两年后，新公司也决定终止与她的合约。原因是他们认为她失恋后，精神上出现了问题。

那时的她备受争议，然而在低谷中的她没有放弃音乐，她坚信，是蝴蝶，就不怕翅膀上的雨水。

一年后，她与环球唱片公司旗下的 Island 唱片签下合约。在新公司，她很受赏识，两年后，她凭借新专辑重新回归到乐坛的巅峰。这张专辑的销售量位居当年全球销量第二位，国内冠军。此后她的歌曲一直在各大音乐榜单上排名第一，她的歌曲受到全世界各地乐迷的喜爱，她因此被称为流行乐坛天后。

蝴蝶有一个特点，它的翅膀上布满了鳞片，鳞片中含有大量的脂肪，仿佛给蝴蝶穿上了一件“防水雨衣”。她一直相信自己是一只美丽的蝴蝶，雨再大都不会打湿为梦想而飞的翅膀。终于，她成功了，迎来了自己绚丽的春天，她就是玛丽亚·凯莉。

苦难是人生的良缘

她出生在伊朗东北部一个贫困的家庭。父亲做苦力，母亲给人家帮佣，勉强维持着一家人的生存。她刚刚出生，就掉进了苦难里。

困于生计，她6岁时随父母移居到非洲的津巴布韦。她在那里上学，本应该无忧无虑地享受童年时光，但灾难却不期而至。12岁那年，她突然得了眼疾，眼里的世界一下子都模糊起来，连书本上最大的字也看不清楚了。那天，母亲带着她离开校园时，她频频回头，却总也看不清曾经熟悉的老师和同学，她绝望地痛哭流涕。黑暗的世界里，她每天在地狱般的孤寂与痛哭中苦苦挣扎。为了安慰她的情绪，母亲每天晚上回来，都要给她讲一些外面的见闻。白天，父母都出去做工了，没有人来陪她，为了打发时光，她就把听到的那些见闻编成许多感人的故事。没想到，父母听了她的故事后，竟被感动得泪流满面。

16岁时，她的视力渐渐恢复了正常。看着家里的窘境，她主动向父母要求出去做工，赚钱养家。她找到的第一份工作是电话接线员，每天从早到晚工作，只能赚到买一块黑面包的钱。但是好景不长，不久，她因为接错了一个重要电话而被解雇了。于是，她又开始四处寻找工作，最后，她给一个有钱人家的小孩儿做保姆。那是个不听话的孩子，没办法，为了哄他高兴，她就编各种各样的故事讲给他听。有一天，孩子的父亲偶然听到了她讲的故事，这位博览群书的男主人对她说：“你讲的故事很精彩，出自哪本书呢？”她害羞地说是自己编的。男主人吃惊地对她说：“一定把你的故事都记录下来，有一天，你也许会成为作家呢。”这番话，对16岁的她来说，不过是一句笑话罢了，因为她每天要面对的，都是贫穷的现实生活。

20岁时，她结婚生子了。她憧憬着自己的人生之路，从此会铺满灿烂的阳光。但她没想到，婚姻却成了她生命中的一个劫。婚后第三年，那个她认为可以依靠的男人，突然销声匿迹了。他拿走了家里所有的财物，扔下了3个幼子和支离破碎的家。想着茫茫的人生之路，她恐惧、心痛，她不知道自己的未来在哪里。为了排遣苦闷，她开始提起笔来写被自己称为故事的小说。写小说，成了可以让她逃避现实、排遣痛苦的方式。

31岁时，她发现自己实在无法养活3个年幼的儿子了。她做出了一个大胆的决定，带着孩子离开津巴布韦，前往英国。此时，她的全部家当只是背包中一部反映非洲生活的小说草稿。

刚下船，问题就来了。没有食物，没有住处，孩子们嗷嗷待哺，她心如刀割，她拿着自己唯一的筹码——那部长篇小说的草稿到一些出版社去碰运气，结果处处碰壁，受尽白眼和奚落。没有人会相信，一个非洲来的流浪女人会写出值得阅读的小说来。但她不能放弃，因为这是拯救她自己和孩子们的唯一机会。在半个月的时间里，她几乎敲遍了伦敦所有出版社的大门，直到有一家出版社同意以《野草在歌唱》为题出版她的小说。

包括她自己在内的所有人都没有想到，这部非洲题材的小说出版后竟吸引了无数读者，整个伦敦出版界在一夜之间都认识了这位带着3个孩子的年轻母亲。

一部小说的成功，让她看到了人生的希望和生活的方向——继续写故事、写小说。童年以来的苦难与坎坷经历，都成了她创作故事的素材。贫苦的出身，使她对弱者有着天然的亲近与同情；对人性的深切关注，又使她以强烈的社会责任感勤奋写作。从此，她在写作的道路上一发而不可收，结下了累累硕果。

时光荏苒，在文字中耕耘的她由少妇变成了老妇，又由老妇熬成了耄耋的白发老婆婆。

2007 年 10 月 11 日，瑞典文学院宣布：年度“诺贝尔文学奖”获得者为多丽丝·莱辛。颁奖公告中这样写道：“她用怀疑、热情、构想的力量来审视一个分裂的文明，以及她那史诗般的女性经历。”

这一天，距离莱辛 88 岁生日还有 11 天。她是年龄最大的“诺贝尔文学奖”获得者。

回顾一生，莱辛认为，自己是与苦难结缘的，苦难一直伴随着她，这是一种不幸，但这又何曾不是一种大幸！正是有缘得到这些苦难的磨砺，她的人生才会光芒四射。

于丹带手电闯沙漠

大学的暑假，她和两个师兄去了敦煌莫高窟。他们每天去洞里参观，下午 4 点景点关闭后，两个师兄就背着摄影包出去采风。只有她无所事事，百无聊赖，当地夏天的白昼极长，晚上 10 点仍有自然光。她便打算利用下午时间，去看看向往已久的沙漠，但每次提出来都遭到师兄反对："你别胡闹了，要去也得哪天早上一起去。"也没人告诉她，为什么下午不能进沙漠。

一连好几天，终于抵挡不住沙漠的诱惑，她决定单独行动。她心想，你们不让我进沙漠，无非是担心天黑了，怕我一个人走丢，我才没那么笨呢？她向当地人借了一个手电筒，装干电池的，足有半米长，两头有带子可以背在身上，挺沉，仿佛一杆长枪。有了这件超级武器，她顿觉信心倍增。

那天下午，一切准备就绪。她头戴破草帽，肩上交叉斜挎着手电筒和水壶，胳膊上绑着湿毛巾，还带了一把短刀和一盒火柴，像个全副武装的战士。临走前，她特意给两位师兄留了个小纸条："我去沙漠了，你们不用担心，我带手电了。"然后，她满怀信心，顶着烈日独自出发了。

刚进入沙漠，胳膊上的湿毛巾就"滋滋"的冒白雾，此时气温高达 40 度，但她已被另一番景象吸引。天空是明艳的蓝，地上是耀眼的黄，相互交错辉映，如梦似幻。金灿灿的阳光，像大把大把的金属沫，唰唰地抛洒下来，落地成金。一望无垠的沙丘，一尘不染，一脚踩下去，"哗"的溢出一片流沙，然后刻下一个深深的脚印。沙漠如此古老，而自己如此年轻，她不由得心潮澎湃，豪情万丈，感觉是去赴一个千年之约。她丝毫没有察觉，危险正悄悄袭来！

天快黑了。她突然感觉身上凉飕飕的，环顾四周，天空已变成了一口大锅，笼罩四野，四面八方的沙丘竟然一模一样。她本来是顺着一条干涸的河道进来的，此刻别说河道找不着了，就连东南西北都分不清了。正迟疑间，她浑身又一阵哆嗦，此时气温迅速下降了30多度，一下子从火炉掉进了冰窟，而她身上只穿着牛仔短裤和小背心！

求生的本能，让她暂时忘掉了恐惧。她再不敢随意走动，只能等到天亮再说，当务之急就是生火取暖，否则会被活活冻死。沙漠里只有一种蕨类植物骆驼刺，她拿出短刀，拼命地连挖带扒，双手被刺得鲜血淋漓。好不容易挖出一大堆骆驼刺，拿出火柴点火，却怎么也点不着，火柴只剩下小半盒！这时，她想起身上还有一条毛巾，又把毛巾垫在底下引火，终于点燃了骆驼刺。她手握着短刀，一会儿烤火，一会儿又去挖柴火，丝毫不敢松懈。

一直忙到快天亮，两个师兄顺着火光找来，终于发现了她。上来就是一顿臭骂："你这个傻丫头！你知道沙漠有狼吗，你知道沙丘会平移吗，你知道沙尘暴吗，你知道沙漠的日温差有30多度吗……"她什么都不知道，闻所未闻，吓得脸色苍白，连连摇头。

"你不是说，你带了手电吗，有用吗？"她猛然想起，手电还背在身上，别说用，连摸都没摸过。而她当初正是仗着这个手电，才敢孤身勇闯沙漠，哪曾料想，真正到了紧要关头，其他东西都起了作用，唯独手电毫无用处。简直是个笑话，好在有惊无险。

你不一定能猜到，这个年少莽撞的"傻丫头"，就是于丹。那天在电视上，听她讲起这段沙漠历险记，我也忍不住大笑。不过，故事还没结束。

于丹硕士毕业后，被分配到一个叫柳村的地方工作。那里地处偏僻，条件异常艰苦，她感到前途渺茫，一度消沉沮丧，萎靡不振。

一天，她忽然收到一封奇怪的来信，不见抬头、落款，只写了一句话：

“我什么都不怕，我带手电了！”不用问，信是师兄写的。直到七年之后，她终于明白，当年那个手电，其实是有用的，它的作用不是用来照明，而是给了自己独闯沙漠的勇气和信心，让自己无所畏惧，勇往直前。“是啊，我连沙漠都闯过来了，柳村又有什么可怕的呢？”她重新振作起来。

否则的话，今天在央视《百家讲坛》上讲《论语》的，恐怕就不是于丹了。事实上，向前跨出一步并不难，难的是，你是否有跨出去的勇气。

一步步走向希望

他从小在表演方面很有天赋。在他3岁的时候，父亲为了培养他，让他师从人民艺术剧院的叶子老师，学习话剧。然而，此时他已感到身体的严重不适，为了不中断求学之路，父亲给他送来很多药，并吩咐他，每当身体疼痛的时候，就吃药。

6岁时，他参加了南京市举办的一场少儿话剧大赛，以6个评委全部满分的骄人成绩摘得桂冠。下台的那一刻，父亲抱着他激动地哭了。

就在大家都以为他从此会在艺术的道路上一帆风顺时，他却倒下了。因为严重的小儿麻痹症，他已经站不起来了，上学，也只能用4条腿的板凳当拐杖。那段时间，他心情抑郁到了极点。他一度对父亲说，他不想读书了，觉得太累了，光是从家到学校那段并不遥远的路程，他就需要花上比常人多两倍的时间来完成。一次，父亲来接他，却意外地发现他颓废地坐在地上，怎么问都不吱声。坚强的父亲看着孩子被疾病折磨成这样，也忍不住泪流满面。

为了让他像别的孩子一样健康成长，父母从来都没有停止过寻医问药。一年夏天，父亲终于在北京联系到了一家医院。得知儿子有望康复，心急的母亲连夜带着他赶到了北京。

他如愿地躺到了病床上。医生说，由于他的病情非常严峻，需要做脚弓展开手术，一根脚趾就要做一次手术。由于要把每根脚趾上的筋全部展开，手术异常复杂，难度非常大，痛苦的程度也可想而知。第一次手术在住院后一周进行，虽然打了麻醉剂，但他还是痛得死去活来，更要命的是，术后的疼痛一直伴随着他，尤其是晚上，他几乎彻夜难眠。但为了自己的表演梦想，他咬牙坚持着。

两个月后，他和父亲再一次来到医院，进行第二次手术。疼痛依旧钻心透骨，他在手术台上几次昏死过去。两次手术后，他已整整瘦了一圈，当医生把他从手术室里推出来时，父亲再一次忍不住哭了，心疼地说："昕儿，我们回去吧，不做手术了！不管你今后变成什么样子，爸爸都会陪伴着你，以你为傲！"而他却坚定地说："爸爸，做！做了，至少我还可以做明星梦；不做，我什么希望都没有。"

接下来的手术，难度和痛苦是可想而知的，但他一直忍着，咬穿了几床棉被，却始终一声不吭。手术完成后的第二个月，他被告知，7月，有一个大型诗歌朗诵比赛，他毫不犹豫地报名参加了，而这个时候，他还需要拄着双拐行走。为了尽快使自己康复，他给自己制订了一系列残酷的训练计划：早上上学，他故意把重心放到有病的脚上，用做过手术的脚，使劲往前蹦；中午，别人休息，他就带着篮球去球场。他咬着牙一次次地练习，汗珠顺着额头一滴滴往下淌，他全然不顾。虽然每坚持一分钟都那么吃力，他却只有一个信念，那就是丢掉拐杖。

比赛如期而至，当他扔掉拐杖，自信地站在台上时，他立即成了所有人关注的焦点。他朗诵完毕，台下掌声如雷——他虽然没有夺得名次，却成了大家心目中的真英雄。

他就是中国著名话剧、电影演员濮存昕，在回顾成长之路时，他百感交集地说："当我在成长中遇到困难最想放弃的时候，梦想点燃了我的希望，让我明白，如果我好了，至少还有做梦的机会。我一步步地坚持，一步步地生活着，我坚持下来了，所以我成功了。"

秦海璐的演艺之路

秦海璐9岁时，因为爸妈下海经商，乏人照料，被狠心地“扔”进全托京剧戏校。

戏校苦哇。为了出一个“苗子”，基本采用“打为主，吼为辅”的训练方式。尤其秦海璐学的刀马旦——唱、念、做、打、舞、翻，样样得练好。承受的苦、累、痛，难以忍受，无法形容。

别的孩子周末，回家偎在父母怀里、撒娇、尽享呵护。秦海璐像只被遗弃的小鸟“无枝可依”。父母常常忙得几个月没空来看她。她心里涨满了委屈，用泪水抵抗、发泄。可是哭完了，没人心疼，一切还得照旧。于是，开始拧巴、较劲儿，玩命练功，老师让停也不停。就这样，将近7年的戏校生活，练就了她极强的心理承受力，且深谙：在这个世上，任何人都依靠不了，所有的苦、累和痛，只能自己化解。

17岁，秦海璐戏校毕业，进入北京中戏。身处姹紫嫣红，俊男美女之中，长相平平的她，既不自卑，也没压力。“因为7年的苦，都熬过来了，这算得了什么呢？”何况，她坚定的、唯一的目标：拿张大学文凭，回家做白领，找一个好老公。班里的同学，有的想家想得泪汪汪，有的因拍广告、演戏，找不着感觉痛苦而哭。她没心没肺，优哉淡定，兀自打发日子。直到大四。

那年，学校认定她是“能演戏的几个里最会演戏的一个”，让她参加电影《榴莲飘飘》的拍摄，她不干。“不想拍电影，只想当白领。”班主任“激将”说，你如果不试试，拿了中戏文凭就去当白领。人家会说，秦海璐不行。她一想，可不是，姐们儿不成名可以，但不能让别人说干这行不行，才改的行。不料，她这一“触电”，捧回了最佳新人、最佳女主角两个大奖。

都以为她会“乘风而上”，她却躲猫猫般匿迹三年，圆她的白领梦去了。舆论哗然，有说她自觉长相对不住观众，改行了，有说她受不住刻薄的言论，隐退了……各种“浮云”，她全然不顾，我行我素，心里窃笑：姐用实力证明过了，姐行！姐很行！你们爱咋说咋说。与姐无关。

然而，做演员是她命定的天职和强项，兜兜转转几年，她还是被“旋”进演艺圈，且不急不躁，凭着丰厚的底蕴和扎实的功底，声名鹊起，成为观众喜爱、褒赞和欣赏的实力派演员。

在电影《爱情呼叫转移》里，12个相亲女，她演的那个，让人印象很深刻。媒体问她缘由，她说，喜剧也得认真演，而不是刻意去讨好，甚至胳肢观众，但也不能一水顺的认真。除了感觉，还得动脑子。掌握好发力点，收放自如。这是从小在戏台上的基础和累积。在舞台上，射灯跟着你转，你必须找到自己的节奏。开始，锣鼓点控制你，等你一点点有了节奏感之后，锣鼓点开始跟着你。这个从被动到主动的过程，是一个演员成长、磨炼、积淀、成熟的过程。所以，吃的苦，永远是人生的基础。非但演戏如此，人生亦是如此。

学戏出来的，特别扎实，特别沉稳，不浮躁，懂得收敛低调。譬如何赛飞、徐帆、袁泉，不论生活、演戏、工作，还是为人处世，特朴实严谨。因为，京剧传统的优良风格和谦谨意识，随着那些“苦”，日积月累，浸润到骨髓里去了，约束规范着人的言行、修为。

秦海璐出演话剧《四世同堂》里的大赤包。四川媒体评论她：“身材苗条，知性妩媚……”她莞尔：这都是“他们”对我的评价。跟我没关系。在我这个小小的圈子里，也许我有那么点儿知性。但出了这个圈子，比我有学问的人多了去了。所以别当回事儿。

多年来，她坚守原则："演员是个'感知'很强的职业。来不及感知生活，陀螺似的从一个剧组到另一个剧组，我不干！"这就是她的基础，风格、底蕴。

撒贝宁的青春岁月

他是北大高才生、中央电视台最有实力的法制节目主持人。他的出现，让观众真正感受到了知性的魅力。他就是撒贝宁。

小撒的高中时代是在湖北省重点中学武汉一中度过的。那时小撒对前途没有什么设想，只是很盲目地热衷艺术。高三的一位历史老师怕他贪玩误了前途，常在下课后找他聊天，点拨他。有一次老师说："你是一个有潜力的孩子，一旦有一根针扎到身上，你觉醒了，就能做很多事情。"听了老师的话，小撒浮躁的心渐渐平静下来，突然觉得应该努力，尝试一下。当时正赶上北大保送机会，全国400多人只有两个名额，想不到这一努力真的换来了成功。

北大每年都邀请各省重点中学里学习好，有文艺特长的同学参加冬令营，高三那年，小撒有幸去了他神往已久的北大。试演时，别的同学唱的多是美声或民歌，小撒却唱了一首《把根留住》，评委老师感觉还不错，问："你会唱民歌吗？"小撒搜肠刮肚地想起了一首《小白杨》。老师说，明天汇报演出，你就唱《小白杨》吧。小撒傻了眼，连夜找到父亲的战友，赶制伴奏带，还请了一位声乐老师，用两个小时速成，调整发声发音，第二天顺利通过了汇报演出。

离高考还有三个月时，小撒接到了北大录取通知书，激动得差点晕过去，回宿舍收拾书包时眼圈红红的，同学不解地问，“你被开除了？”18岁的小撒就这样靠一曲《小白杨》跻身北大。

北大是自由、宽松的。热爱艺术的小撒在北大如鱼得水。他的专业是经济法。1997年夏末，中央电视台“今日说法”栏目刚开始筹备，到北大法学院招主持人，老师推荐了小撒。当时他正在香山排演话剧《保尔·柯察金》，呼机在山里收不到信号，只能面试其他的同学，走时栏目组留下了联系电话。一个星期后，小撒回来了，但面试已经结束。他嘴上说，算了，无所谓，心里却觉得这可能是一个很重要的机会。一连几天小撒都在琢磨到底要不要去试一试，打个电话。他没想到的是，这个在学校公用电话亭里用饭票给栏目组打的电话竟然改变了他的命运。接电话的是北大校友钱蔚，她让他马上去试镜。小撒穿上仅有的一套肥大的蓝西装，打了条红领带，急急忙忙地去了，像个傻女婿。那时小撒夏天总在外面踢球，晒得又黑又瘦，像个猴子似的就被“牵”来了。

在演播室里，小撒结结巴巴背了一段有关“企业破产”的毕业论文。编导急了：“停停，这是招主持人，不是让你背论文来了。”然后，递给他一张报纸，“随便找一段，谈谈自己的想法”。于是，小撒就“美国一男孩儿因黑客被抓”一事，联想到北大的一个“邮件事件”说了一通。然后就回去等消息。两天后，接到了“尽早加入节目运作”的电话。

当时正值小撒研究生第一学年，学业压力很大，每一天对他来说都是煎熬：是坚持还是放弃？甚至常常失眠。那时小撒每天一早从学校赶到中央台，在演播室里从早上8点录到晚上9点，录完节目，回到学校，人就成了一摊烂泥。即便发着高烧他也咬牙扛着，觉得自己代表着北大法学院，不能辜负大家的期望。正是年轻人不服输的那股劲支撑着他熬过了那段艰难的日子。经过一年的磨炼，他才逐步进入状态，在镜头前找到了感觉。

1998年1月，22岁、一脸书生气的小撒和开创了中国法制节目新形态的“今日说法”一同走入了观众的视野，同样的清新、同样的亲切、同样的独特。人们开始关注天天说法的小撒，那个邻家男孩儿般理性、机敏，有些与众不同的主持人。

直到今天，小撒的签名仍是"'今日说法'撒贝宁"。

刘伟：精彩地活着

在一档节目的现场，刘伟空着袖管走了上来，坐到钢琴前。那首《梦中的婚礼》响了起来。曲子结束，全场起立鼓掌。当评委问他这一切是怎么做到的时候，刘伟说了一句："我觉得我的人生中只有两条路，要么赶紧死，要么精彩地活着。"

命运给了刘伟一个美妙的开局，却迅速地吹响了终场哨。对刘伟而言，10 岁时的记忆，永远是那么残缺不全，1997 年，10 岁的刘伟因触电意外失去双臂。"怎么触电的？其实我自己是记不起来了，我的这部分记忆已经丢失。"刘伟说，根据别人的说法，刘伟家附近有一个简陋的配电室，墙是用土砌的，很矮，一翻就能进去，里面的电线裸露在外。3 个孩子玩捉迷藏，刘伟往墙上爬的时候，触到了高压线。醒来的时候，刘伟已经彻底地失去了双臂。"当时我的脑袋一片空白，傻了。"刘伟描述着自己当时的心情。

但是，失去双臂的刘伟没有放弃，没有绝望，刘伟开始重新做回自己。

在医院做康复的那段时间，刘伟遇到了生命中的一位贵人，带给了刘伟截肢后第一次改变。那是一位同样失去双手的病人，他叫刘京生，北京市残联副主席。他能自己吃饭、刷牙、写字，而且事业上也非常成功，他教了刘伟很多。刘伟很感谢刘京生，因为有着同样的遭遇，刘伟开始向刘京生学习，"如果你一出生就有两个脑袋，别人都觉得很奇怪，怎么有两个脑袋呢？无所适从。但当你遇到一个同样有两个脑袋的人，而且你发现他过得很好，那你肯定会想，他过得好，我也可以。”半年以后，刘伟已经能够自己用脚刷牙、吃饭、写字。

两年之后，刘伟回到了自己原来的班里，到了期末考试，刘伟仍然拿到了全班前三名的好成绩。“从那个时候起，我开始努力学习了。任何事情我只要想学，都能学得很快，做得比别人好。”没有双臂的刘伟开始面对别人的议论。他的同学对他很好，看到谁对他指指点点，“他们立马会过去把别人胖揍一顿。”刘伟说。

刘伟的第二次改变出现在 2002 年，那一年，世界杯正在火热进行中，刘伟也第一次看到了世界杯直播。从小刘伟就憧憬着能够成为职业球员，他出生的 1987 年，那之后的几年正是中国足球职业化的肇始。这个理想的开局同样异常完美，上小学三年级的时候，10 岁的他已经是绿茵俱乐部二线队的队长，司职中场。他欣赏的球队是巴西，但偶像是哥伦比亚的“金毛狮王”巴尔德拉马，“因为他够狂野。”看到世界杯后，虽然自己的足球梦已经破灭，但是刘伟开始重新审视自己。12 岁时，刘伟开始学习游泳，并且进入了北京残疾人游泳队，两年之后，他就在全国残疾人游泳锦标赛上获得了两金一银。2002 年的事情了，北京已经获得了举办奥运会的资格。刘伟对母亲许下承诺：在 2008 年的残奥会上拿一枚金牌回来。

然而，命运仍然是那么的无情，在为奥运会努力做准备时，高强度的体能消耗导致了免疫力的下降，患上了过敏性紫癜。医生告诉过他母亲，高压电对于刘伟身体细胞有过严重的伤害，不排除以后患上红斑狼疮或白血病的可能，他必须放弃训练，否则将危及生命。“只能放弃，不能为了比赛，命都不要了吧。”

19 岁时，高考临近，刘伟的成绩并不差，但是他的内心却有了疑虑，“内心有激烈的冲突，到底要不要上大学？”在放弃了足球、游泳之后，他把希望置放在他的另一项爱好上——音乐。家人反对他走音乐这条路，但没有成功。刘伟最终没有参加高考，获得了家人借钱买来的钢琴。“人最开心的事情就是能从事自己喜欢的职业，所以我最终选择了音乐。”刘伟说。

确定了自己的音乐路后，一个问题是，去哪里学习音乐呢？刘伟找到了一家私立音乐学院，然而学校的校长却说，刘伟进我们学校学音乐只能是影响校容。刘伟对此回应说：“谢谢你这么歧视我，我会让你看看我是怎么做的。”

刘伟开始用脚来学习练琴，可以想象这需要付出多大的努力，要知道很多正常人用手练了很多年都不一定会有起色。为了能够有收获，刘伟每天练琴时间超过 7 小时。“我是三点一线的生活：练琴、学音乐、回家。我家在五道口，练琴的地方在沙河，学音乐的地方在四中，那时真是精神和体力的双重考验。”在脚趾头一次次被磨破之后，刘伟逐渐摸索出了如何用脚来和琴键相处的办法。如同在足球、游泳上的表现，他对音乐的悟性同样惊人。“没有手，用脚一样能弹钢琴。”刘伟说。

2008 年，只学了一年钢琴的刘伟在一档节目中，当着刘德华的面，弹了一曲《梦中的婚礼》。接着，他弹着钢琴，与刘德华合唱了一首《天意》。双方拥抱之后，刘德华和他约定合作一首歌曲，于是，刘德华新专辑里多了一首叫作《美丽的回忆》的歌，其中有这样的歌词：“我站在这里送给你 / 送你我最美丽的回忆 / 送你我的努力 / 你的鼓励永远都清晰 / 我站在这里拥抱你 / 抱你我最真实的身体 / 抱你我的约定 / 你的美丽永远都很清晰。”这个歌词就是刘伟填的。

在对自身不放弃的同时，刘伟还积极地融入群体社会，他积极地参加各种各样的活动来为自己加油。

当然，刘伟也遇到过挫折，让刘伟感到惊讶的是，参加某节目后，他的人气开始暴涨，从上海回到北京，一觉醒来，发现自己在 QQ 和人人网上的好友申请成千上万，好友被迅速加到极限。只要电脑开着，各种信息都在不停地闪烁。他不敢轻易回复，看看就行了。

这一切，都因为 8 月的那场比赛，在现场，刘伟空着袖管走了上来，坐到钢琴前。那首《梦中的婚礼》响了起来。曲子结束，全场起立鼓掌。当评委问他这一切是怎么做到的时候，刘伟说了一句："我觉得我的人生中只有两条路，要么赶紧死，要么精彩地活着。"当刘伟被命运再一次放到一个耀目的舞台上，刘伟有些像自己写的歌词那样：永远都清晰。"我一直为自己的梦想努力，现在演奏方面算是一般般吧，创作上正在学习，制作也学了一点儿。人不能把自己说得太好，光环越大，里面的空心越大。我要的只是做好自己，这就 OK 了。"

不向命运屈服的蝉

1990年7月，她出生在河南南阳一个普通的家庭。像所有的孩子一样，她是父母手心里的宝贝。但是在她两岁那年，一场高烧让她的人生发生了巨变。出院后，她不能再发出声音，想要东西就比画着哭。

为了给她治病，1993年，全家人南迁到父亲打工的广东。医生的诊断让人很泄气：听力无法康复。就这样，4岁时，父母开始教她手语、认字、发音。爸爸编写了一个教学大纲，妈妈按照这个大纲教她。有些字符她模仿不了，妈妈就用手放在她嘴里摆舌位，这样她学会了用拼音识字。

尽管双耳失聪，她的父母并没有将她送进聋哑学校，而是让她在普通学校跟健全孩子一起读书。由于听不到同学说话，她不敢主动跟别人说话。也就是从那时起，她开始了大量的阅读。读的第一本书是《漫画西游记》，她一下子就被吸引住了。接下来鲁迅、莎士比亚、泰戈尔、歌德、曹雪芹、卢梭、罗曼·罗兰、曹文轩、贾平凹、史铁生、韩寒……走进了她的世界。她喜欢上了读书，她喜欢那些密密麻麻的文字，她觉得很神奇，当不具备说出语言的能力的时候，文字竟然可以代替嘴巴，去倾诉你所要表达的心事。

看的书多了，她开始学着写点东西，她的写作文采逐渐显露出来。渐渐地，她开始用电脑写作、用电脑作画、上网与人交流。有了电脑陪伴，她与外界交流也更多了。凭着坚韧不拔的毅力，她先后写出了《童言无忌三国志》、

《童言无忌泡泡狗》、《童言无忌小王子》、《童言无忌成吉思汗》等书籍。

2005年，她的长篇自传体小说《假如我是海伦》由中国残疾人联合会原主席邓朴方作序，一经上市就在青少年读者中引起强烈反响。著名作家史铁生曾这样评价："她更能够听见内心深处的声音，说出被喧嚣的白昼所忽视的话语。"她的努力没有白费，她先后获得第八届共青团中央"五个一工程"奖、第十五届广东省新人新作奖，还被中国作家协会吸收为会员。

初三下学期，她的视力突然急剧下降，变成了近视眼。她在网上查找有关近视的知识，发现90%的近视是由于"光污染"导致的，也就是说，"凶手"是我们日常使用的荧光灯。

她决定利用自己的知识和勤奋，去发明一种既不伤害眼睛又无辐射的健康环保台灯。父亲非常支持女儿的想法，在家里给她布置了一个实验室。学校也很支持她，为她安排了一名指导老师。2006年夏，经过不断试验，数千次的失败，她终于发明了"S.E.E技术及其绿色环保直流荧光灯装置"，并且获取了国家专利，被评为"年度中国最具投资价值专利项目"。

2006年12月，加拿大一个企业的总裁苏佐刚先生辗转找到她，表示愿意以上亿元的价格独家买断她的专利。苏总裁又为她提供了一个专门的研究室，让她与企业生产技术人员一起反复试验。经过几个月的努力，一种取名为"聪明灯"、无频闪无电磁辐射的灯具终于问世了。2007年7月1日，由她发明的"惠视聪明灯"正式进入中国灯具市场销售，而年仅17岁的她也因此拥有该企业价值2亿元的股份，成了中国年纪最小的亿万富豪。

她叫张悉妮，一位阳光少年，一位90后的代表人物。

张悉妮写过一篇文章《读书，我与蝉的联想》，她说：蝉是聋的，所以它会鼓起胸部使劲地唱。其实人类同蝉一样脆弱，也同蝉一样执着。只要你不向命运屈服，命运就会向你屈服。聋，不能阻止我聆听；哑，不能阻止我歌唱；近视，也不能阻止我前进。我要像蝉鼓起胸膛鸣叫一样，鼓起理想，一路向前！

永不屈服的俾斯麦

在德国近代史上，只要一提到奥托·冯·俾斯麦（下称俾斯麦），世人脑海里就会呈现出这样一种印象：身材魁梧、桀骜不驯、刚愎自用、飞扬跋扈、傲慢无理、性格粗俗、暴力残忍。像彼得大帝、拿破仑一样，俾斯麦在世时就是人们争相传颂的传奇式人物。他运用“铁血”的手段，完成了德意志的统一大业，把德意志作为世界强国推上了历史舞台。

俾斯麦35岁时，担任普鲁士国会的代议士，这是他政治生涯的转折点。1851年5月11日，年仅36岁的俾斯麦作为一名新代表进入法兰克福联邦议会。当时奥地利在各邦中势力最为强大，而俾斯麦所代表的普鲁士势力相对较弱。在联邦议会中，他对奥地利藐视一切的做法十分不满，想找机会对奥地利人提出挑战。

在议会中有一个不成文的惯例，就是只有担任主席的奥地利人才有权吸烟。俾斯麦看不惯这种做法，在一次会议中，当主席抽出一支雪茄烟时，他立即拿出一支烟，并向主席借火点燃，大模大样地抽了起来，以此表明普鲁士与奥地利是平起平坐的。俾斯麦这一举动令主席和其他各邦代表刮目相看。

俾斯麦做梦都想击败奥地利，统一德国。但令人惊异的是，这样一个好战分子居然在国会上屡次主张和平。其实这并不是他的真实意图，他说：“没有对于战争后果清醒的认识，却执意发动战争，这样的政客，请自己去赴死吧！战争结束后，你们是否有勇气承担农民面对农田化为灰烬的痛苦？是否有勇气承受身体残疾、妻离子散的悲伤？”在国会上，他为奥地利的行动辩护，这与他一向的立场背道而驰。很多人被他迷惑了。不过，当他当上首相后，立即对德国公众说："对于一个外交家来说，最大的危险就是抱有幻想。"并立即想方设法对奥地利宣战。法国外交家格腊蒙曾对俾斯麦进行过细致的观察，深刻揭示了俾斯麦善变而灵活的秉性："他的眼睛从来不显出笑意，他说话时，好像总咬着牙关。他的言行举止表现出他对秘密故意采取一种满不在乎的态度，似乎他不愿意影响事物的自然发展。尽管如此，却使人感到，他随时都准备斗争。"

1862年9月，俾斯麦迎来了人生最重要的转机，普鲁士国王威廉一世任命他为普鲁士首相兼外交大臣。从此，他得以在德国统一大业中一展才华，成为“千古名相”。

在统一德国过程中，俾斯麦纵横捭阖，无所不用其极。1866年4月8日，他同意大利结成同盟，随时准备向奥地利开战。但是，大家都指责俾斯麦如果推行武力政策失败，他将成为历史的罪人。俾斯麦在御前会议上坚定地说："我知道，我被普遍咒骂。正像人们常说，命运无常。我拿脑袋做赌注，哪怕我上断头台，也要赌到底。普鲁士和德意志都不能保持原状，两者都必须走（武力）这条路，别无他途！"

群众的反战情绪终于达到极致。1866年5月7日，俾斯麦回家途中突然听到身后两三声枪响。他急转身，看到一个青年正向他射击！俾斯麦猛扑过去，一手抓住青年的右手腕，一手抓住青年的喉咙。刺客用左手拿过手枪，再向俾斯麦射击两枪。一颗子弹打在俾斯麦的褂子上，一颗击中了他的肋部。这时，一个过路人和两名士兵赶来抓住刺客，俾斯麦才得以脱险。

俾斯麦肋部隐隐作痛，但他还是坚持走回官邸。夫人约翰娜正陪客人用餐。俾斯麦没有打搅他们，而是走进书房，给威廉一世写了一个简短的报告，然后走进餐厅，吻了夫人的前额，像讲故事似的说：“小宝贝，你不要害怕，一个人开枪打我，感谢上帝，我没有事！”就是凭着这种冷静和毅力，俾斯麦走到了统一德国的最后一步。

自学成才的赫胥黎

赫胥黎(1825—1895 年),英国博物学家,曾任英国科学促进协会主席,伦敦大学校长。终身从事自然科学研究,积极宣传和捍卫达尔文的进化论学说,是第一个提出人类起源问题的学者。

赫胥黎生于英国伦敦西部的伊林,8 岁时开始上学读书。由于家境贫寒,赫胥黎只读了两年书就停学了。但是他爱好学习,每天坚持自学,在他自己制订的教育课程表上,只留下了一个项目:阅读。赫胥黎读书非常刻苦,每天天不亮就起床读书。因为家里穷,没钱买书桌,赫胥黎就点起一支蜡烛,将毛毯披在肩上,然后坐在床上读书。赫胥黎学习兴趣相当广泛,对什么都感兴趣。开始时想学土木工程,又想搞桥梁建筑;后来又转到了医学方面,跟父亲的一个朋友专门学医。由于他聪明好学,很快就掌握了一些医学知识。但是当他想进外科学院进修深造时,因为年龄小,未能如愿。赫胥黎求知欲非常旺盛,学习上永不满足,他在工作之余,又自学了法、德、意、拉丁和希腊等语言,成为一个自学成才的伟大学者。

在赫胥黎 21 岁时,他以海军军医的身份做了他一生中最有意义的第一次冒险远航,根据远航的见闻和研究成果,他发表了论文《关于水母的解剖学》,受到了科学界的高度赞扬,并获得了皇家奖章,被选为皇家学会会员。从此以后,赫胥黎迈开了更大的步伐。接着发表了一系列专著和论文,很快成为当时英国的一个最年轻、最有希望的科学家。

在达尔文发表《物种起源》一书后，他竭力支持和宣传进化学说。为了保卫达尔文的学说，赫胥黎在以后的 30 年间，改变了自己的学术研究方向，转而研究脊椎动物化石。

在伦敦南部肯辛顿博物馆的达尔文雕像旁，无愧地屹立着赫胥黎的大理石像。

海伦·凯勒创造奇迹

海伦·凯勒是美国著名的教育家、慈善家。

海伦刚出生时，是个正常的婴儿，能看、能听，也会咿呀学语。可是，一场疾病使她变成了又瞎又聋的小哑巴——那时她才 19 个月大。父母在绝望之余，只好将她送至波士顿的一所盲人学校，特别聘请一位老师照顾她。所幸的是小海伦在黑暗的悲剧中遇到了一位伟大的光明天使——安妮·沙莉文老师。

就这样，在安妮·沙莉文老师的帮助下，海伦凭着触觉——用指尖代替眼睛和耳朵，学会了与外界沟通和交流。她在 10 多岁的时候，名字就传遍了全美国，成为残疾人的楷模。

小海伦成名后，并未因此而自满，她继续孜孜不倦地接受教育。1900 年，这个学习了指语法、凸字及发音，并通过这些手段获得知识的 20 岁的姑娘，进入了哈佛大学德拉克利夫学院学习。她说出的第一句话是："我已经不是哑巴了！"她发觉自己的努力没有白费，兴奋异常。不断地重复说："我已经不是哑巴了！"4 年后，她作为世界上第一个受到大学教育的盲聋哑人，以优异的成绩毕业。

海伦不仅学会了说话，还学会了用打字机著书和写稿。她虽然是位盲人，但读过的书却很多。而且，她著了 7 册书，比一般"正常人"更会鉴赏音乐。

海伦的触觉极为敏锐，只需用手指轻轻地放在对方的唇上，就能知道对方在说什么；把手放在钢琴、小提琴的木质部分，就能“鉴赏”音乐。她能以收音机和音箱的振动来辨别声音，又能利用手指轻轻地碰触对方和喉咙来“听歌”。

如果你和海伦·凯勒握手，5 年后你们再见面握手时，她也能凭着握手来认出你，知道你的美丽的、强壮的、体弱的、滑稽的、爽朗的或者是满腹牢骚的人。

这个克服了常人“无法克服”的残疾的“造命人”，其事迹在全世界引起了震惊和赞赏。她大学毕业那年，人们在圣路博览会上设立了“海伦·凯勒日”。她始终对生命充满信心，对事业充满热忱。她喜欢游泳、划船以及在森林中骑马；她喜欢下棋和用扑克牌算命；在下雨的日子里，就以纺织来消磨时间。

海伦·凯勒凭着她那坚强的信念，终于战胜了自己，体现了自身价值。她虽然没有发大财，也没有成为政界传人，但是，她在人生事业中所获得的成就比富人、政客还要大。

第二次世界大战后，好在欧洲、亚洲、非洲各地巡回演讲，唤起了社会大众对残疾人的注意，被《全英百科全书》称颂为有史以来残疾人士中最有成就的代表人物。

居里夫人的成才路

居里夫人是在波兰出生、长大的。那时的波兰正处在俄罗斯的统治之下，玛丽从小就尝够了做亡国奴的滋味，她私下里接受了许多抵抗侵略的思想，从心底热爱着自己的祖国，她发誓要为了祖国的解放而学习。在玛丽很小的时候她妈妈就去世了，父亲因为亡国失去了工作，仅靠以前的一点积蓄和在家给别的孩子上课挣点钱养活她们，家里的生活非常艰苦。艰苦的环境磨炼了玛丽姐妹的意志，在学校里，她们都是最优秀的学生，深受老师喜爱。

玛丽中学毕业了，由于才学出众，她获得了金质奖章。可是她却不能继续上学了，因为沙俄统治下的波兰，大学里面是不收女学生的，到巴黎上学，家里又拿不出那么多钱。要知道，同样获金质奖章毕业的姐姐已在家待 3 年了，去巴黎上学的愿望还没有实现。

玛丽回到了家里，父亲因供不起女儿上学伤心地落下了泪，玛丽一边劝父亲，一边想着办法。她和姐姐商量先由她做家教，供姐姐读书，姐姐毕业后有了工作就可以供她读书了。就这样，姐姐拿着全家人凑起的钱迈向了巴黎，玛丽一边学习一边挣钱，终于在 1891 年也进入巴黎大学理学院学习。

玛丽到巴黎后，先是住在姐姐家，因为姐姐家离校较远，为了节省时间且有一个更为安静的学习环境，玛丽搬到了学校附近的一间小阁楼上。阁楼条件相当艰苦，冬天又无法取暖，玛丽常常被冻醒，她不得不起来，把所有的衣物都盖在身上，有时甚至把凳子压在身上增加重量。玛丽生活极其简单，每天仅以几片面包充饥，有几次连这也忘了，正在读书，突然昏倒，多亏同学发现通知了姐姐。玛丽的姐姐为此操透了心，玛丽自己却为这事发笑了。

所有的艰苦条件，丝毫没有影响玛丽的学习。她每天总是早早地第一个来到教室里在前排座位上坐下来，认真听老师讲课，晚上 10 点钟图书馆的灯熄灭了，她才依依不舍地离去，回到自己的小屋，煤油灯又常常是亮到了夜里两三点钟。短短的两年，她连续获得物理学和数学两个硕士学位，这个穿着破旧毛衣、脸色苍白的女孩儿于 1893 年以第一名的成绩从巴黎大学毕业了。

玛丽没有因成绩优异而满足，她要再接再厉，继续攻读，摘取人类历史上第一顶属于女性的博士桂冠。就在这时，玛丽遇见了法国优秀的物理学家皮埃尔·居里，共同的理想，两人走到了一块，他们相爱并且结合，成为人类科学史上的一段佳话。

他们从朋友那儿借来一间破旧的贮藏室，居里妇人把它打扫了一番，又用平时积攒的钱购置了一些必需的仪器设备，两人开始了艰苦卓绝的研究。

居里夫妇把凡是能够找到的化学试剂、矿物一一进行了精心的检测，发现沥青铀矿具有明显的放射性，他们判定该矿中含有某种放射性新元素。居里夫人在简陋的条件下对几十千克的沥青铀矿进行了一系列的处理，终于找到了这种具有放射性的新元素，玛丽用她的祖国的名字命名了这种新元素，这就是“钋”。

“钋”找到了，居里夫妇却没止步，因为在提炼“钋”的过程中，他们发现分离出的钡化合物具有更为强烈的放射性，据分析这是又一种未知的放射性元素。他们把这种元素称为镭。居里夫妇向世界公开了这一发现，因为没有人亲眼看见过镭，许多人对这一发现持怀疑态度。为了证实镭的存在，居里夫妇投入了更加艰苦的奋斗，他们要提炼出镭来。

没有实验工厂，他们向朋友借了一间破木棚做工厂；没有资金购买贵重的沥青铀矿，他们买来了廉价的废矿渣。居里夫人穿着一身油污的工作服，不停地出入院子和屋子之间，她时而在院子里加煤烧火、熔炼矿渣，时而在屋里结晶浓缩物，20 多公斤重的容器居里夫人不断地要搬进搬出。无论严寒还是酷暑，居里夫妇没日没夜地干着，几万次的提炼，整整 4 年的奋斗，1902 年，他们梦寐以求的镭盐终于被分离出来了。

1903 年，居里夫人获得了历史上第一个女博士学位。同年，他们夫妻又荣获诺贝尔奖。居里夫人成为人类历史上最伟大的一个女性，她的故事激励着一代又一代青年成长，她的名字被亿万人传颂着。

罗斯福：缺陷面前不退缩

美国总统罗斯福是一个有缺陷的人，小时候是一个脆弱胆小的学生，在学校课堂里总显露一种惊惧的表情，呼吸就好像喘大气一样。如果被叫起来背诵，立即会双腿发抖，嘴唇也颤动不已，回答起来，含含糊糊，吞吞吐吐，然后颓然地坐下来。由于牙齿的暴露使他更没有一个好的面孔。

像他这样一个小孩儿，自我的感觉一定很敏感，常会回避同学间的任何活动，不喜欢交朋友，成为一个只知自怜的人！然而，罗斯福虽然有这方面的缺陷，但却有着奋斗的精神——一种任何人都可具有的奋斗精神。事实上，缺陷促使他更加努力奋斗。他没有因为同伴对他的嘲笑而减低勇气。他喘气的习惯变成了一种坚定的嘶声。他用坚强的意志，咬紧自己的牙床使嘴唇不颤动而克服他的惧怕。

没有一个人能比罗斯福更了解自己，他清楚自己身体上的种种缺陷。他从来不欺骗自己，认为自己是勇敢、强壮或好看的。他用行动来证明自己可以克服先天的障碍而得到成功。

凡是他能克服的缺点他便克服，不能克服的他便加以利用。通过演讲，他学会了如何利用一种假声，掩饰他那无人不知的暴牙，以及他的打桩工人的姿态。虽然他的演讲中并不具有任何惊人之处，但他不因自己的声音和姿态而遭失败。他没有洪亮的声音或是庄重的姿态，他也不像有些人那样具有惊人的辞令，然而在当时，他却是最有力量的演说家之一。

由于罗斯福没有在缺陷面前退缩和消沉，而是充分、全面地认识自己，在意识到自我缺陷的同时，能正确地评价自己，在顽强之中抗争。不因缺憾而气馁，甚至将它加以利用，变为资本，变为扶梯而登上名誉巅峰。在晚年，已经很少人知道他曾有严重的缺憾。

半只脚踢球的运动员

汤姆·邓普西是美国著名的橄榄球运动员。他生下来的时候只有半只左脚和一只畸形的右手，父母从不让他因为自己的残疾而感到不安。结果，任何男孩子能做的事他也能做，如果童子军行军10里，汤姆也同样走完10里。

后来汤姆要踢橄榄球，他发现，他能把球踢得比与他在一起玩的男孩子都要远。他要人为他专门设计了一只鞋子，参加了踢球测验，并且得到了冲锋队的一份合约。

但是教练却尽量婉转地告诉汤姆，说他“不具有做职业橄榄球员的条件”，并请他去试试其他的事业。但是汤姆坚信自己完全能行，因此他申请加入新奥尔良圣徒球队，并且请求给他一次机会。教练虽然心存怀疑，但是看到这个男孩子这么自信，对他有了好感，因此就收了他。

两个星期之后，教练对他的好感更深，因为他在一次友谊赛中踢出了55码远并且得了高分。这种情形使汤姆获得了专为圣徒队踢球的工作，而且在那一季中为他的球队踢得了99分。

然后到了最伟大的时刻，球场上坐满了6.6万名球迷，球是在28码线上，比赛只剩下了几秒钟。球队把球推进到45码线上，但是可以说根本就没有时间了。“汤姆·邓普西进场踢球。”教练大声说。当汤姆进场时，他知道他的队距离得分线有55码远，由巴第摩尔雄马队比特·瑞奇踢出来的。

球传得很好，汤姆一脚全力踢在球上，球笔直地前进。但是踢得够远吗？6.6万名球迷屏住气观看，接着终端分线上的裁判举起了双手，表示得了3分。球在球门横杆之上几英寸的地方越过，汤姆一队以19比17获胜。球迷狂呼乱叫，为踢得最远的一球而兴奋，这是只有半只脚和一只畸形手的球员踢出来的！

“真是难以相信。”有人大声叫，但是汤姆只是微笑。他想起他的父母，他们一直告诉他的是：他能做什么，而不是他不能做什么。他之所以创造出这么了不起的纪录，正如他自己说的：“父母从来没有告诉我，我有什么不能做的。”

缺陷，用勤奋来弥补

5岁那年，她上幼儿园。小朋友们喜欢聚在一起嬉戏，她却总是一声不响坐在角落里。有时，仅仅是一张小纸片，也可以被她折叠成各种各样的形状，一副乐此不疲的模样。

9岁时，她读小学三年级，成绩一塌糊涂，唯一能考及格的，只有手工课。老师来家访，忧心忡忡地说："也许孩子的智力有问题。"她的父亲坚决地摇着头说："能在手工课上做这么漂亮的环保袋和笔筒，证明她非常聪明。"

看到老师失望地离开，她难过得掉下眼泪。父亲却笑着说："宝贝，你一点儿也不笨。"父亲从书架上拿出一本书，翻到其中一页说："还记得我给你讲过蓝鲸的故事吗？它可是动物界的'巨人'，别看它粗枝大叶、肥肥壮壮的样子，可它的喉咙却非常狭窄，只能吞下5厘米以下的小鱼。蓝鲸这样的生理结构，非常有利于鱼类的繁衍，因为，如果成年的鱼也能被吃掉。那么，海洋中的鱼类也许都会面临灭绝了！"

"上帝并不会偏爱谁，连蓝鲸这样的庞然大物也不例外。"父亲又给她讲了一个故事，"好莱坞著名影星奥黛丽·赫本童年时，由于家庭贫困，经常忍饥挨饿，甚至一度只能依靠郁金香球茎及由烘草做成的'绿色面包'充饥，并喝大量的水填饱肚子。长期的营养不良，使她身材特别削瘦。虽然如此，赫本仍然不断练习她最爱的芭蕾舞。听说她梦想要当一个电影明星时，所有的同学都嘲笑她白日做梦，说一阵风就可以把她刮走。面对大家的冷嘲热讽，赫本从不气馁，终于成功扮演了《罗马假日》中楚楚动人的安妮公主。假如，她当初因为自己过于削瘦而放弃理想，就不可能成为世界级的影星。”

父亲鼓励她说：“你看，无论是一头巨鲸，还是国际影星，都有不完美的一面。这就好像你数学功课差一点儿，手工却是最棒的，说明你心灵手巧。做自己喜欢的事，坚持下去。”

也许正因为有了父亲的鼓励，从此以后，她不但喜欢做手工，还常常动手搞些小发明。几块木板钉在一起，加上铁丝和螺丝钉，就是一个小巧的板凳。听到母亲抱怨衣架不好用，她略加改造，让它可以自由变换长度，成了一个“万能衣架”，简单又实用。甚至，在父亲的帮助下，她还将家里的两辆旧自行车拼到一起，变成了一辆双人自行车。

伴随着这些小小的发明，她快乐成长着。2010 年，她已是美国波士顿市麻省理工学院的一名大学生。一个周末，她出去购物，在超市门前，听到有两位顾客在抱怨：“想要找到空车位，简直比彩票中奖还要难！”“如果谁能发明一种折叠汽车，那该有多好！”说者无心，听者有意，她立刻忽发奇想：“为什么不试一下呢，说不定真的可以。”

回到学校，她开始搜集关于汽车构造方面的知识，单是资料就抄了厚厚的几大本。接下来，一次次思考，反复画图。工夫不负有心人，经过半年的努力，终于设计出了折叠汽车的图纸。

看她一副欣喜若狂的样子，有同学泼冷水说：“你懂得如何生产吗？说不定图纸只能变成废纸。”她想起父亲当年讲的一头鲸的故事，笑着说：“我的确不懂生产汽车，但可以寻找合作伙伴。”于是，她在网上发布帖子，寻求可以合作的商家。不久，西班牙一家汽车制造商联系到她，双方很快签下合约。2012 年 2 月，世界上第一款可以折叠的汽车面世了。

这款汽车有着时尚的圆弧造型，全长不过 1.5 米，电动机位于车轮中，可以在原地转圈，只要充一次电，就可行驶 120 公里，最重要的是它可以在

30 秒之内，神奇般地完成折叠动作，让车主再也不用担心没有足够的空间来停车。折叠汽车刚刚亮相，就受到众多车迷们的追捧，还没等正式批量生产，就收到了很多订单。

她就是来自美国的达利娅·格里。面对记者的采访，她有些害羞地说："我从小就不是个聪明的孩子，但我坚持做自己喜欢的事，用刻苦和勤奋来弥补缺陷，才找到了属于自己的路。"

前面的那道栏杆

巴拉斯出生于一个贫困的家庭，母亲患有精神分裂症，不但无法正常工作，一旦病情发作还常常冲巴拉斯大声地吼叫甚至动手打她。父亲因患小儿麻痹症，瘸了一条腿，对生活早已失去了希望的他，不但好赌还酗酒。无人管束的巴拉斯整天像个男孩子一样四处疯跑，跟人打架，还染上了偷盗的恶习。

巴拉斯 12 岁那年，邻居的一个名叫威尔逊的跳高运动员，把她带到运动场上教她练习跳高。巴拉斯站在运动场上不敢动弹。巴拉斯胆怯地问："威尔逊先生，我真的能像你一样成为一名跳高运动员吗？"威尔逊反问她："为什么不能呢？"巴拉斯说："您难道不知道，我的母亲是一个患有精神分裂症的人，我的父亲是残疾人，并且还是一个酒鬼，我的家境很糟糕……"

威尔逊再次反问她："这些对你跳高又有什么关系呢？"巴拉斯回答不上来了，是啊，这对她跳高又有什么关系呢，巴拉斯嗫嚅了半天说："因为我不是个好孩子，而你却是那么优秀。"威尔逊摇了摇头说："除非你自己不愿意成为一个好孩子，没有人天生就很优秀。另外，我要告诉你的是，别将不好的家境当成你变成好孩子的阻力，而要让它成为你的动力。"

威尔逊给她加了一个 1 米高的栏杆，结果被巴拉斯跳过了。威尔逊又将那根栏杆撤下来，结果巴拉斯仅能跳过 0.6 米。威尔逊说，现在这根栏杆就是你苦难的家境，而没有这根栏杆，你跳高的时候就没有足够的动力，如果你不相信的话，我现在就将栏杆加到 1.2 米，你一定能够跳过去的。巴拉斯咬了咬牙，真的跳过了 1.2 米。巴拉斯深深地相信了威尔逊的话，决定要出人头地，以自己的实力来改变家里的现状。

以后，经过威尔逊介绍，她加入了体育俱乐部，并认识了罗马尼亚的全国男子跳高冠军约·索特尔。在索特尔的精心培育下，14 岁的巴拉斯跳过了 1.51 米。1956 年夏天，19 岁的巴拉斯终于跳过 l.75 米，第一次打破了世界纪录。

1958 年，她又以 1.78 米的成绩创造了新的世界纪录，并从此开始了巴拉斯时代。她在 1956 年至 1961 年 5 年中，共 14 次刷新世界纪录。1960 年罗马奥运会上，以 1.85 米的成绩获得她一生中第一枚奥运金牌，比第二名的成绩高出 14 厘米。1961 年她再创世界纪录，越过了被誉为“世界屋脊”的 1.91 米的高度。此纪录一直保持了 10 年之久。她从 1959 年到 1967 年，在 140 次比赛中获胜，是世界上跳高比赛获胜最多的女运动员，被人们誉为喀尔巴阡山的“女飞鹰”。

命运的第二次机会

1962 年，他出生在法国南部的一个小镇。从 7 岁那年开始，软骨病改变了他的一生。一直到成年，他身高还不足 1.1 米，手足无力，生活无法自理，基本上形同废人。

在他 7 岁那年，一次偶然的机会，父亲发现他对钢琴有浓厚的兴趣，于是开始让他学钢琴。13 岁那年便试着让他参与剧团的演出。剧团里有名的小号演奏家布鲁内，在跟他合作了几次之后，发现他在钢琴方面有着特殊的悟性，就将他推荐给打击乐演奏家洛马诺重点培养。在两位音乐家的帮助下，15 岁那年，他推出了第一张个人专辑——《闪光》。优美的曲子加上他残疾人的身份，一举轰动了法国音乐界。

陶醉在乐声里，他忘记了身体上的不便与痛苦，他的钢琴越弹越好，名气越来越大。从 1987 年开始，不到 10 年时间。他的足迹遍及纽约、伦敦、米兰、东京、巴黎，成为名噪一时的钢琴家，他的名字叫米歇尔·贝楚齐亚尼。

有人问起贝楚齐亚尼成功的秘诀，他说了这样一句话："我是一个不幸的人，但幸运的是，我把握住了命运的第二次机会"。

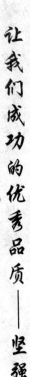

对这个"第二次机会"，贝楚齐亚尼是这样解释的："观众们第一次来看我演出，只是出于对我外表的好奇，如果不能用音乐征服他们，他们就不会再来看我的演出了。只有音乐，与众不同的音乐，才能让他们记住我，才

能给我改变命运的第二次机会。”

为了把握好这个第二次机会，贝楚齐亚尼付出了常人难以想象的努力。每天，他拖着残疾的躯体，在钢琴旁一坐就是8个多小时。他的左手严重变形，手掌、手腕往内倾斜，视力、听力不健全，行动极为不便。即使在这样的情况下，他仍是几十年如一日地坚持练习。成名之后，他每年的演出超过180场，但每天8小时的练习却从不间断，直到他在钢琴上折断指骨，再也无法弹琴。

贝楚齐亚尼一生只度过了短暂的36年，然而，他的毅力、他的精神，却足以让人们长久地记住他。

坚强的巴雷尼

巴雷尼小时候因病成了残疾，母亲的心就像刀绞一样，但她还是强忍住自己的悲痛。她想，孩子现在最需要的是鼓励和帮助，而不是妈妈的眼泪。母亲来到巴雷尼的病床前，拉着他的手说："孩子，妈妈相信你是个有志气的人，希望你能用自己的双腿，在人生的道路上勇敢地走下去！好巴雷尼，你能够答应妈妈吗？"母亲的话，像铁锤一样撞击着巴雷尼的心扉，他"哇"的一声，扑到母亲怀里大哭起来。

从那以后，妈妈只要一有空，就给巴雷尼练习走路，做体操，常常累得满头大汗。有一次妈妈得了重感冒，她想，做母亲的不仅要言传，还要身教。尽管发着高烧，她还是下床按计划帮助巴雷尼练习走路。黄豆般的汗水从妈妈脸上淌下来，她用干毛巾擦擦，咬紧牙，硬是帮巴雷尼完成了当天的锻炼计划。

体育锻炼弥补了由于残疾给巴雷尼带来的不便。母亲的榜样作用，更是深深教育了巴雷尼，他终于经受住了命运给他的严酷打击。他刻苦学习，学习成绩一直在班上名列前茅。最后，以优异的成绩考进了维也纳大学医学院。大学毕业后，巴雷尼以全部精力，致力于耳科神经学的研究。最后，终于登上了诺贝尔生理学和医学奖的领奖台。

耳朵上的茧子

美国著名的激励大师莱斯·布朗的左耳上结有厚厚的茧子。

布朗不是个幸运儿，他一出生就遭父母遗弃，稍大一点又被列为“尚可接受教育的智障儿童”，他实在有太多太多的理由自暴自弃。然而，他在中学阶段遇到了“贵人”——一位爱他的老师。老师告诉他：“不要因为人家说你怎样你就以为自己真的怎样。”这句看似平常的话彻底改变了布朗的命运。

布朗决定加入演讲会，为每一个像他一样被“瞎了眼的命运女神”无情捉弄的不幸者呐喊，让每一颗怯懦的心都滋生出进取的勇气，让每一个平凡的生命都迸发出向上的力量。他咬定青山不放松。

布朗很有自知之明，他想自己没有过人的资质，没有个人魅力，也没有经验，要获得演讲的机会，只有一天到晚给人打电话，有时一天打 100 多个电话，请求别人给他机会，让他去演讲。就这样，日久天长，布朗的左耳硬是被话筒磨出了茧子。

后来，布朗成了美国最受欢迎的励志演说家，他的演讲酬金每小时高达 2 万美元。一切都如期而至：掌声、鲜花、荣誉、金钱……

布朗笑了，他摸着左耳上的茧子不无得意地说：“这个老茧值几百万美元哩！”

我想，那茧子本身就是一篇撼人心魄的励志演说！把粗暴的拒绝记下来，把冷漠的推挡记下来，把所有泼进生命的冷水都记下来。然后，让它们沉积，凝结，最终开出了一朵离聪明和成功最近的惊世之花。

手上有茧，那是辛苦劳作的明证；脚上有茧，那是艰难跋涉的印痕；耳上有茧，那是征服命运的戳记啊！

坐上小马车，慢慢抵达

夏天的烈日下，拜伦·皮茨走在路上，心里正盘算着退学。

这时，一辆汽车呼啸着从他身边疾驰而过。路边的鸟因为受惊，尖叫着一飞而起。拜伦的心在沮丧中忽然一亮：一辆汽车，如此飞速无疑可以到达目的地，倘若慢一点也可以到达，倘若是辆小马车呢？他的脑海中出现了童话中的小马车，一颠一颠地驶进了城堡。

拜伦从小就是个笨孩子。10 岁时，几乎不能辨识课本上的字，这在教育学上叫作“功能性文盲”。可是，他是个要强的孩子。在母亲的鼓励下，他借助一种特殊的学习用具，用超越常人十倍的努力，完成了从小学到高中的学业，考入了梦寐以求的俄亥俄州威斯利亚大学。

可是接下来的大学时光，给了拜伦当头一棒，让他感到自己又重回到小学四年级。考试不及格和严重的口吃，让拜伦多次产生放弃学业的念头。那些可敬的老师，给了拜伦无私的帮助：雷曼教授每周花四个小时，帮助拜伦阅读和写作，并且告诉他，一个人永远不要低估自己的能力；艾迪教授帮助他矫正口吃，教会他将一支圆珠笔含在口中练习说话，给他提供实习主持人的机会。

毕业后，被称为“笨驴”的拜伦·皮茨，从地方媒体开始干起，一步一个脚印，终于成为美国哥伦比亚广播公司《新闻 60 分》节目的主持人。在一系列重大事件的报道中，他成绩斐然，赢得广泛赞誉：六次获得地区艾美奖，四次获得全美联合新闻奖，还夺得全美黑人新闻工作者协会优秀奖。

拜伦抵达目标的速度，不像别人那样坐着飞快的汽车飞奔而去。他是坐着童话中的小马车，方向明确，目标坚定，不畏艰难，百倍努力，慢慢抵达。

凯金斯与助听器

2008 年 8 月，美国女孩儿塔米卡·凯金斯和她的队友夺下了北京奥运会女子篮球赛的冠军。之前，凯金斯已经参加过许多盛大的比赛。“如果没有我父亲的教导，”凯金斯说，“我不会出现在任何一个赛场上”。

凯金斯天生听觉受损。3 岁时，父母带她配了一副大而笨重的助听器。她讨厌这副助听器，尤其上小学后，她讨厌同学们的取笑。一次，老师问她：“4 加 2 等于多少？”凯金斯紧张地答道：“6……6。”同学们顿时哄堂大笑，她的脸霎时变得通红，泪水涌满了眼眶。“我不会再在课堂上说一句话，”她告诉自己。

二年级的一天，凯金斯的母亲和耳科医生把正在上课的她叫到了教室外面。那一刻，凯金斯感觉到全班的眼睛都在盯着她，坐在她旁边的男孩儿更是“哧哧”的笑。“为什么我不能像别人一样？”凯金斯在心里质问。

那天下午放学路上，当凯金斯和姐姐桃嘉路过一片荒野时，她猛地扯下助听器扔了出去。姐姐愤怒地盯着凯金斯，“你为什么要这样做？”“不知道。”凯金斯耸耸肩。“爸爸和妈妈会发疯的。”姐姐说。凯金斯也有点儿害怕了。

回到家，凯金斯的母亲果然大怒。母亲命令凯金斯跟她回到荒野把助听器找回来，但找到天黑也没找到。那晚，凯金斯的父亲郑重地对她说：“你已经做了一个选择，以后你就必须在这种选择中生活。”凯金斯不明白父亲的意思。“你不想戴助听器，从今以后你就不必再戴着它了。没有了它，你必须照顾好自己的生活。”父亲说。让她掌握自己的人生，这也是父亲对凯金斯的行为做出的选择。

丢开助听器，凯金斯发现自己原来非常擅长唇读。没有了刺眼的助听器，其他孩子也不再取笑她。后来，凯金斯爱上了篮球。高中时，她的篮球技能超过了大部分同学，“当你在比赛中准确地投进 3 分球时，没有人会介意你的听力是好还是坏。”凯金斯笑道。

多年来，凯金斯一直祈祷能得到别人的喜欢。当她在篮球场上奔跑时，她发现自己得到的已经远远超过了她所祈祷的。父亲说：“这是你自己掌握了自己的人生的结果。”这个结果让凯金斯顺利地进入了征战伦敦奥运会的美国女篮代表队。“在伦敦奥运会，我将展示我最好的表现。比赛完回到美国后，我会把自己的经历和感受带给那些像我一样有听力障碍的孩子。”凯金斯对记者说。

“你会鼓励他们扔掉助听器吗？”记者笑问。凯金斯哈哈一笑，说：“当然不会，我会告诉他们，每一个人都是特别的，只要把握好自己，他们同样会得到上帝的眷顾，美好的事情也将会发生。”

朱买臣大器晚成

朱买臣，西汉吴县（今江苏省苏州市）人。

朱买臣出身贫寒，但“好读书，不治产业”。成家以后，他初衷不改，继续读书不辍。为了维持生活，他和妻子一道上山砍柴，挑到集市上去卖。他肩上挑着柴，心中却想着读书的事儿，边走边念念有词，不停地背诵刚刚读过的书。他这副模样，妻子怕被人笑话，总会上前制止。可是，朱买臣不但不听妻子的劝阻，反而念得更加用功了。日子久了，妻子觉得和这样的男人过日子，辛苦不算，最主要的是看不到任何希望，还要不断地受到一些人的冷嘲热讽。因此，妻子提出和他分手。

其实，朱买臣与当时的读书人一样，读书的目的，就是为了日后能入仕进而改换门庭乃至光宗耀祖。他对妻子与他分手的想法非但无动于衷，还这样对妻子说:“我年五十当富贵，今已四十余矣。女苦日久，待我富贵报女功。”

妻子听了他的话，非常气愤，不无讥讽地对朱买臣说道：“像你这样的人还是不要做什么升官发财的美梦了，如果你这样继续下去早晚会被饿死的！”

朱买臣知道无法留住妻子，只好与她分道扬镳，各走各的路。

朱买臣的妻子嫁给了一个老实的庄稼人，两口子见到朱买臣仍旧一边念念有词，一边心不在焉地上山砍柴，就把他请到家里吃了一顿饭。

经过长期刻苦的攻读，朱买臣终于在50岁时成了饱学之士。通过别人引荐，他给汉武帝讲解《春秋》，与汉武帝谈论《楚辞》，汉武帝十分器重他，让他做中大夫，在皇帝身边工作。

朱买臣没有辜负汉武帝的信任。在朔方郡是否设置的问题上，汉武帝让朱买臣提出自己的看法。朱买臣“发十策，弘不得一”，他根据汉朝与匈奴的斗争形势列举出设置朔方郡的十条理由，使得公孙弘无言以对，不得不表示完全赞同朱买臣的观点与朝廷的措施。

越王反叛朝廷，汉武帝根据朱买臣提出的出兵平定的建议，任命他为会稽太守，并让他在吴地备战。一年以后，朱买臣率领军队与横海将军韩说统率的另一支军队紧密配合，终于平定了叛乱。后来，朱买臣被提拔为主爵都尉，位列九卿，成为朝廷的重臣。

朱买臣一门心思读书，甚至连饭都没得吃了，仍旧孜孜不倦，为的是当官，企图通过仕途达到荣华富贵的目的。可以看出，他读书的目的充满了功利性，是不足为训的。但是，如果单纯从刻苦读书的角度说来，他虽身处逆境，却仍旧咬定青山不放松的、持之以恒的读书求学的精神，还是很值得后人借鉴的。

曹操：再困难也不绝望

曹操在与吕布争夺濮阳的时候，屡战屡败，军队困于此地，局面很久都没有改观。恰在此时，一场历史上罕见的蝗虫灾害铺天盖地而来。而此时吕布军也在困境之中，双方都有了退兵的打算。

这时候，在一旁隔岸观火的袁绍派人来到曹营，给他捎信说："老曹啊，一个人单打独斗太不容易了，还是与我联合吧。你可以举家迁到邺城，我都为你安排好了。"这时曹操刚刚失去兖州，军粮无存，情绪正处于低谷，就准备听从袁绍的"忠告"。

正在这时，东平相程昱出使回来，曹操把这个想法告诉了他，程昱说："将军是否因为目前的局面而产生了自卑感呢？要不然决不会出此下策。那袁绍占据燕赵地区，有吞并天下的野心，又岂能容忍您在他营垒之中？况且袁绍这厮，是个小人，您能安心屈服做他的部下吗？您是龙中之龙，不应该依附于人。现在兖州虽然残破，但还有三城在我掌握之中，还有万余忠贞的将士。凭将军您的神武，有荀彧和我程昱及诸将领，收拾余部，发挥他们的力量，称霸立业的机会不是没有的，希望将军三思而后行。"

程昱的话，犹如一记警钟，击醒了绝望中的曹操。是啊，与虎谋皮，投靠袁绍，我曹操又岂能心甘！从此，打消了与袁绍联合的念头。

玄奘历尽艰险取佛经

玄奘，俗名陈袆，洛州缑县（今河南偃师县）人，唐朝著名高僧，中外文化交流的卓越使者。

玄奘幼年时期，家境十分贫寒，11 岁就出家当了和尚。但他勤奋好学，经常到各地听高僧讲学。

玄奘 32 岁的时候到长安，拜名僧为师，深入钻研佛教各派经典。一天，天竺国一位高僧来到长安讲经，介绍天竺的那烂陀寺有位戒贤法师很有学问，对佛教各派学说都有精深研究。玄奘决心去天竺向戒贤法师学习。

玄奘 34 岁的时候，只身一人离开长安，去天竺，当时的交通很不方便，到天竺的路途又非常遥远，艰难险阻数不胜数。但玄奘抱定了舍身求学求法的决心，没有被艰难困苦吓倒，只身一人踏上西进天竺的征途。

一天，玄奘走进了大沙漠，这里不仅人烟绝迹，就连鸟兽的影子都看不见，只有他一个人在艰苦跋涉。走了一天，他感到十分疲劳，就下马歇息，取下挂在马鞍上的皮囊想喝口水。不料，一时不小心，皮囊掉到了地上，仅有的一皮囊水全洒在了沙漠里，他十分懊悔。于是，决定回去取水，拨转马头，向东走了十几里路。这时，他想起：出发前立下誓言，不到天竺绝不向东后退一步，现在怎能因水而东退呢！他又立即调转马头，继续向西北行进。虽然他渴得要命，可还是连续走了四夜五天，滴水未喝，嘴都干裂了，头也常常发昏。就是在这样难以忍受的困苦中，走出了沙漠。像这样的困苦，在他西进的路途中是数不清的。

玄奘历尽了千辛万苦，冒着数次生命的危险，用了四年时间，行程5万里，沿途拜访了16个国家的名僧求法，终于到了北天竺摩揭陀国的那烂陀寺。

玄奘拜印度著名的佛学大师戒贤法师为师，学习《瑜伽师地论》。戒贤法师虽然年事已高，多年不讲经了，可是却特地为玄奘开讲，一连讲了15个月，经过刻苦努力，玄奘很快掌握了天竺佛学的要义。那烂陀寺有僧众一万多人，其中通晓经论20部的只有1000多人，通晓30部经论的只有500人，通晓50部的连玄奘在内只有十人。全部通晓的只有戒贤法师一人。玄奘起早贪黑，刻苦钻研了五年，终于通晓了全部经论，成了很有学问的佛学大师。

玄奘并没有就此满足，他又到印度的其他一些国家继续学习，学识更加渊博。经过六年的学习后，玄奘又回到了那烂陀寺。戒贤法师叫玄奘主持讲席，给全寺僧众讲经。一次，有个婆罗门教徒，写了40条经文，挂在那烂陀寺门口，高傲地宣称："如果有人能破我一条，我甘愿把头砍下来认输。"几天过去了，没有一个人敢和他辩论。这时，戒日王请求玄奘出来驳斥那个异教徒。玄奘叫人把寺院门口所挂的40条经文取下来，请戒贤法师等做见证人，把那个婆罗门教徒驳得哑口无言，只好低头认输，请求履行前言。玄奘笑着说："佛门弟子是不杀人的，你就留在我身边做杂务吧。"这个婆罗门教徒高兴地顺从了玄奘。

公元642年，印度的羯若鞠国首都女城，举行了一次规模盛大的佛学学术辩论会。参加会议的有印度18个国家的国王，熟悉佛教教义的3000多僧人，那烂陀寺的1000多僧人，还有很多其他方面人士。这是印度文化史上一次有名的盛会。大家一致推举玄奘为论主（主讲人），玄奘在大会上宣讲了他的佛学论文，并由人抄写一本，悬挂在全场门口，供大家讨论。会议开了18天，无一人提出疑问。对玄奘都很佩服，公认他是第一流的佛学学者、大师。散会那天，按照印度的传统，请玄奘骑上装设华幢的大象游行一周，表示对他的尊敬。从此，唐僧玄奘的名声传遍了印度。

公元 645 年，50 岁的玄奘回到了长安，朝廷和人民都很敬重他。千百年来，玄奘历尽千辛万苦，舍身求法的献身精神，一直受到人们的崇敬和传颂。

李四光的成才之路

李四光出生在一个贫困的家庭里，全家人只靠父亲做私塾老师的一点点收入生活，有时候父亲收的学生不多，家里就可能断炊，生活非常困苦。俗话说："穷人家的孩子早当家。"在这样的环境下，李四光从小就非常懂事，总是抢着做一些力所能及的家务，如放羊、砍柴、挑水、打扫房子等力所能及的家务。

6 岁的时候，李四光开始到父亲的私塾念书。他非常喜爱学习，每天除了上课，做家务，一有闲暇，就忙着背课文，练书法，写作文，忙个不停。

李四光十分富有同情心，因为自己家里贫困，特别能理解其他穷人。一次，一个小偷悄悄钻进私塾，想趁大家不注意的时候，偷走住宿同学盖在被子上的棉衣。不料却被同学发现，马上大喊："小偷，抓小偷啊！"大家一拥而上把小偷打倒在地，然后用绳子吊在院里的树上。

同学里只有李四光没有动手。看着面黄肌瘦的小偷，李四光知道小偷也是穷人家的孩子，逼急了才偷东西。等大伙散去后，李四光拿来一条凳子放在小偷脚下，免得他被吊得难受；一面劝他不要再偷东西，人穷，要穷得有志气。

后来，李四光被公派到日本留学。政府每个月都会拨给每个留学生一笔款项，不甚宽裕，连日常使用都不太够。可身在日本的李四光挂念父母，每个月都从为数不多的经费里留出一笔寄回家。他的日子过得非常清苦，有时候晚上把米放进热水瓶泡一晚，第二天就着咸菜吃下去。

艰苦的环境没有磨灭李四光读书的欲望，他如饥似渴地汲取着知识，即使是休息时间手里也不肯放下书本。通过刻苦学习，他掌握了丰富的地质知识，后来为我国开发油田立下大功。

忍一忍，就过去了

他于 1934 年出生在广东梅县一个贫苦农民家庭，全家人的生活一直很艰苦。他小的时候，冬天连鞋都穿不上。新中国成立后，他依靠助学金念完了中学和大学。1961 年毕业于中山大学生物系。

1963 年，他经香港到泰国，侨居了 5 年。1968 年，又从泰国回到香港。初回香港时，他两手空空，处境艰难。为了生活，他甚至为人照看过孩子。

生活的艰难，使他萌发了创业的念头。他利用晚上的时间认真钻研香港的市场状况，发现尽管香港的服装业发达，香港人也很喜欢穿西服，却没有一家生产领带的工厂。于是，他拿出平时省吃俭用积攒的 6000 港元，又腾出自家租住的房子，办起了领带生产厂。

万事开头难。起初，他和妻子两人只是用手工缝制低档的领带。尽管夫妻两人起早摸黑，干得很辛苦，生意却非常不好。经过仔细考虑，他决定改做高级领带。他买来法国、瑞士的高档领带进行研究仿制，生产出了一批高级领带。为打开销路，他下了狠心，把第一批产品放在一家商店里免费发放给顾客。

由于花色、款式对头，他拿出的这批产品深受欢迎。很快，他制作的领带便在香港小有名气了。及至 1970 年，他的领带已在香港十分走俏。也就在这年，他正式注册成立了“金利来（远东）有限公司”。第二年，他在九龙买了一块地皮，建起了一个初具规模的领带生产厂。

他是一个有远大志向的人。他心中的目标是要创世界名牌。他多次到西欧领带厂参观，学习他们的制作工艺和经营方法，然后集众家之长，引进先进的生产设备和严格的管理、检验制度，从而使“金利来”领带逐渐占领了香港市场，成为男人们庄重、高雅、潇洒的象征。

1974 年，香港经济出现了大萧条，各种商品纷纷降价出售，而他却反其道而行之。他一方面不断改进“金利来”领带的质量，另一方面独树一帜地适当提高价格。结果，生意反而出人意料地好起来，当经济萧条过后，“金利来”更是身价倍增，在香港成了独占鳌头的名牌领带。

不仅是领带，他还将他的发展计划拓展到更多的男士用品。他将这些年来已使香港人耳熟能详的广告词“金利来领带，男人的世界”做了看似简单、实则深具创意的改动，改为“金利来，男人的世界”，又从 T 恤衫开始，逐步推出了金利来牌的皮带、袜子、吊带、花边、腰封、领结、领带夹、袖口纽、匙扣等系列产品，使公司和金利来牌子都走向了多元化。

在发展巩固香港市场的同时，他还以积极乐观的态度拓展海外市场，向东南亚国家进军。他亲自到新加坡考察，创办分公司，寻找合作伙伴。获得成功后又迅速把战场扩展到印尼、马来西亚、泰国……迄今为止，金利来在这些国家的大客户数目已超过上千个。

他就是“领带大王”曾宪梓。作为一个中国人，他有一颗可贵的中国心。在香港创业不久，就开始对家乡广东的教育事业及母校做出捐赠。之后对教育、科技、医疗、公共设施、社会公益等方面都有捐款。

史玉柱迎难而上

史玉柱的老家在安徽怀远。1984 年他从浙江大学数学系毕业分配到安徽省统计局。因工做出色，1986 年安徽省统计局认为他人才难得。将其列入干部第三梯队送至深圳大学软件科学管理系读研究生，毕业回来即是稳稳的处级干部。一般人皆认为他官运亨通，前程似锦，但到深圳后他开阔了眼界，同时为深圳“遍地金钱”所打动的史玉柱，深大研究生毕业后所做的第一件事竟是辞职。为此遭到了领导、亲人的一致反对，但他义无反顾，很快带着其在读研究生时开发的 M-6401 桌面文字处理系统返回深圳。

重返深圳的史玉柱一贫如洗，只能借宿于深大学生宿舍，买不起电脑编写程序，便采用“瞒天过海”之手法冒充深大学生混入学生计算机实验室，被管理人员发现驱逐后，他又通过熟人来到配置有电脑的学校办公室，别人下班他上班，天天苦干到凌晨。1989 年夏。他自认自己开发的 M-6401 桌面文字处理系统作为产品已经成熟，便用手中仅有的 4000 元承包下天津大学深圳电脑部。该部虽名之为电脑部却没有一台电脑，仅有一张营业执照。

当时深圳电脑价格最便宜一台也要 8500 元。为了向客户演示、宣传其产品，他决定赌一把，以加价 1000 元的代价获得推迟付款半个月的“优惠”，赊得一台电脑。以此方式，如他在半月之内没有收入，不能付清电脑款项，不但赊购之电脑需要交回，1000 元押金也将鸡飞蛋打。

为了尽快打开软件销路，史玉柱想到了打广告。他再下赌注，以软件版权做抵押，在《计算机世界》上先做广告后付款，推广预算共计 17550 元。1989 年 8 月 2 日，他在《计算机世界》上打出半个版的广告，“M-6401，历史性的突破。”广告刊出后，他天天跑邮局看汇款单，整个人几乎为之疯狂。直到第 13 天头上，史终于收到汇款单，不是一笔，而是同时来了数笔。史玉柱长出一口气。此后，汇款便如雪片一般飞来。至当年 9 月中旬，他的销售额就已突破 10 万元。他付清全部欠账，将余下的钱重新投向广告宣传，4 个月后，M-6401 桌面文字处理系统的销售额突破 100 万元。这是他的第一桶金。

此后，史玉柱再接再厉，又陆续开发出 M-6402，一直到 M*6405 汉卡，获得巨大成功。但他也为此付出惨重代价，妻子也与他分道扬镳。1991 年巨人总部从深圳迁往珠海。M-6403 实现利润 3500 万元，38 层的巨人大厦设计方案出台。后来这一方案因头脑发热、行政暗示等各种因素一改再改，从 38 层窜至 70 层。1992 年成立巨人高科技集团，注册资金 1.19 亿元。

1993 年。巨人推出 M-6405，中文笔记本电脑、中文手写电脑等多种产品，其中仅中文手写电脑和软件的当年销售额即达到 3.6 亿元。巨人成为位居四通之后的中国第二大民营高科技企业。史玉柱成为珠海第二批重奖知识分子。

1994 年初，巨人大厦一期工程动土，计划 3 年完工。8 月推出脑黄金，一炮打响。史玉柱当选为中国十大改革风云人物。

1995 年，巨人推出 12 种保健品，投放广告 1 个亿。史玉柱被《福布斯》列为大陆富豪第八位，而且是唯一高科技起家的企业家。

1996 年保健品方面因为巨人大厦“抽血”过量，再加上管理不善，迅速盛极而衰。巨人大厦资金告急。1997 年初巨人大厦未按期完工，国内购楼者天天上门要求退款。而媒体地毯式报道巨人财务危机，客观上进一步封堵了巨人的迂回余地。不久巨人大厦停工，巨人名存实亡。

1998年初，史玉柱黯然离开成就他一番事业的珠海。只是此次之苍凉哀伤同当年南下深圳开始创业的豪迈不同。离开珠海的时候，史玉柱几乎身无分文。当时身上几乎没有钱，只得给人做市场策划，以应生活之需。

史玉柱决定东山再起，他再次选择保健品作为个人再起的一个突破口，有他自己的理由，由于资金有限，刚开始的时候，史玉柱采取的是委托加工的生产方式，边生产边试销。后来，脑白金侧重于对功效的宣传。南京、常州、苏州、苏南地区就这样做起来了，之后，延伸至浙江、山东等地。

史玉柱的市场销售才能又再次得到发挥。于是我们看到了同以往脑黄金、三株口服液、飞龙等相类似的产品营销手法和市场再演。确实。由于其出奇的广告效应，脑白金以星火燎原之势迅速占领全国市场，2000年实现销售收入8.01亿元；2001年，销售收入突破10亿元，稳居保健品市场榜首。

脑白金迅速红遍大江南北。使史玉柱很快有了归还巨人大厦欠款的经济实力。2001年1月，史玉柱以个人名义开始偿还原巨人大厦在香港及内地的楼花欠款，用两亿多元的钱挽救了自己的名声。史玉柱用从脑白金赚来的钱基本还清了债。史玉柱再一次神话般崛起。

史玉柱经受了常人无法承受的挫折，从他的创业经历中我们可以看到：真正的强者，不但在碰到困难时不害怕困难，而是在碰到困难时，还积极主动地解决困难。

俞敏洪与“新东方”

在中国的年轻人当中，只要是曾经有过留学梦想的，就没人会不知道新东方英语。知道新东方英语的人，就一定知道俞敏洪，新东方英语的创使始人。

俞敏洪可以被定义为一个教人如何考试的人。同样，他自己也经历过很多考试，三次高考才考入大学，工作之后被单位处分，新东方创业之初，经历了百般磨难。如今，在新东方成为一家上市公司之后，俞敏洪最大的理想是办一所中国最好的私立大学。

在接受央视《人物新周刊》的采访时，俞敏洪给自己的每个人生阶段考试都只打6分。他说，6分是及格分，如果没有及格，就不可能有后来的发展，但自己的每个阶段又都不是那么平坦和顺利。

前两次参加高考时，俞敏洪的英语成绩分别只有33分和55分，而那时他的目的也只是想到常熟师范学校去读个大专，就连这样的愿望最后也没有达成。就在他几乎准备放弃时，县政府办了一个补习班，请来一位曾经培养出北大学生的老师来给学生补习英语，俞敏洪由于成绩不够，因而落选。后来，他的母亲知道了这件事，居然找到从教育局到江阴一中的所有相关人员，最后求他们给自己儿子一个机会。俞敏洪记得特别清楚，母亲从城里回来的时候，刚好下大雨，从城里走到村里全是小路。母亲回来的时候浑身是泥，因为她摔在沟里好几次。看到这个场景，俞敏洪产生了一种感觉，自己第三年是不可能不上大学的。

进了补习班之后，俞敏洪一改往日的自卑，被选为班长，并且努力而勤奋地学习。俞敏洪说："当你觉得拼命是一种快乐的时候，你的学习成绩不太可能上不去。"后来，俞敏洪的高考总分和英语分数都超过了北大录取分数线。

从北大毕业后，俞敏洪留校当了老师，而且一干就是 7 年。在北大任教的那段时间，他身边的朋友和同学大多留学到美国或加拿大。虽然俞敏洪心里也有些落差，但却未流于表面。可是俞敏洪的妻子觉得被人落下了，便时常在他耳边唠叨。俞敏洪调侃道："女人的温柔和男人的能力是完全成正比的。男人能力好了以后，女人一定温柔。男人能力差了以后，她就一定会变得强悍。所以我跟我老婆的关系经历了温柔的恋爱，强悍的婚姻，最后又变成了温柔的家庭。"他觉得，作为男人是应该努力一些。

俞敏洪也曾做过出国的努力，在三年半的时间内，有七八所大学给他寄来录取通知书，甚志有学校给他一个四分之三奖学金，但最终都因为经济的原因未果。后来，俞敏洪因为自己考过了托福和 GRE，就参与了一所民办的讲课辅导，因而被学校严厉批评、记过并在闭路电视上播放，成为校内的（知名人物）。由于在外面讲课拿到的工资比教书要多，俞敏洪决定离开北大。

若问起俞敏洪最喜欢什么？电线杆一定是其中的答案之一。当年新东方刚刚创建的时候，为了宣传，他常常在电线杆上贴招生广告，结果是被居委会大妈一个个抠掉。发现这个是不正当的渠道后，俞敏洪就带人去把自己贴的广告抠掉，居委会大妈看这个人挺实在，还帮着他们讲广告贴到广告栏里。

1993 年的时候，俞敏洪的学生越来越多，结果其他的英语培训机构的学生开始减少。每到老俞在广告栏贴广告的时候，总有人在旁边等着撕新东方的广告，有一次甚至用刀将一名员工捅进了医院。俞敏洪只能去求助警察。当时大概来了六七位警察，他也不知道该讲什么，只有一杯接着一杯的喝酒，半小时不到，一斤多五粮液就喝了进去。结果，俞敏洪被送到了医院，差一点儿就没命了。一位警察在病房里和他说，只要他不做违法的事情，在海淀区，新东方不会有任何问题。（这是拿命换来的。）俞敏洪说。在民警与教育局的协调下，新东方终于在广告栏上有了自己的一块地方，还是最下面的不起眼的角落。

后来，俞敏洪开始做免费讲座，因为这种宣传方式与别人无法模仿，也不能阻挠。第一次讲座，他预计能来 50 人，就租了一个小学教室，结果来了 500 人。没办法，俞敏洪只能把学生叫到操场上，在黑暗中给学生讲了一个多小时。一段时间后，北京图书馆的那次讲座让俞敏洪难以忘怀。1993 年的一个寒冷的冬天，俞敏洪租了北京图书馆的报告厅，结果拉了 4000 人。1200 人进场后，外面的两千多名学生很愤怒，又是推门，又砸玻璃。整个紫竹院的几十个警察全部出动维持秩序，学生仍然不买账，把警察推开继续推门。

在礼堂里面的俞敏洪决定亲自出去平息学生们的怒气，警察说你出来学生就会把你撕碎了。俞敏洪还是走出大门，里面交给同事代讲。他站在一个大垃圾桶上，只穿了一件衬衫，说大家安静一下，俞敏洪在外面讲了一个半小时，原本很愤怒的学生也被他的演讲吸引，有的学生把身上的大衣脱下给他穿。讲完后，派出所就把俞敏洪带走了，罪名是："扰乱公共秩序"。

到了 1995 年，俞敏洪已经能够有机会出国读书，但当时新东方的发展越来越好，他开始舍不得这个学校了。俞敏洪是一个喜欢和许多人在一起做事的人，便决定到美国和加拿大请他和大学同学回来一起做新东方。于是，俞敏洪就带着北京"个体户"的身份，来到了加拿大，结果最后被俞敏洪游说回来的只有三个人。

新东方发展起来后，因为父亲去世，俞敏洪觉得母亲在家里很孤单，便将她接到了北京。母亲到了北京没事可干，就常常到新东方来看看，久而久之就和新东方的人熟悉了，有时也会说这说那，别人也得听，时间一长，就有些干涉新东方的发展。俞敏洪是个孝子于是便跪下来求母亲别再干涉新东方的事情，这样母亲才慢慢退出。

有一段时间，由于俞敏洪的朋友学习的都是西方管理文化，而他却成长在中国的传统社会，于是他和朋友间产生了一些管理上的矛盾。2002 年。新东方做出了一个决定，任何人的亲属不得在新东方任职。当时同事们还给了俞敏洪一个特权，因为他毕竟是新东方的创始人。可是极其重视感情的俞敏洪立即表态，将自己在新东方任职的姐父、老婆的姐父全部调出新东方。为此，他的母亲和老婆半年内没有理他。结果，俞敏洪通过了人情的考试，2 个月内，新东方里面不再有任何人的亲属任职。

新东方上市之后，俞敏洪被称为“中国最有钱的老师”。尽管俞敏洪自称没有变化，但是和国外的资本家吃早餐，西装革履地去参加各种会议和讲座，自己的各种行动也成了公众的焦点。俞敏洪过去的梦想一直是环球旅游，现在他的目标则是打造一所中国最好的私立大学。

丁磊的成功之路

“人生是个积累的过程，你总会有摔倒，即使跌倒了，你也要懂得抓一把沙子在手里。”

——丁磊

美国《财富》杂志推出的 2003 年全球 40 岁以下 40 位富豪的排行榜，中国内地有 6 位榜上有名，网易创始人丁磊位居第 14 位。在今年的《福布斯》“中国百富榜”中，丁磊以持有网易公司 58.5% 的股份（当前市值约合人民币 76 亿元），位居“2003 年福布斯中国富豪榜”第一名。但丁磊依然过着简朴的生活，据说，他一个月的生活开支很少超过 4000 元。

丁磊到底是个什么样的人？让我们探寻他成功背后的故事，他的经历和经验，相信对很多人而言，都是一种借鉴和无形的力量。

大学毕业后，丁磊回到家乡，在宁波市电信局工作。电信局旱涝保收，待遇很不错，但丁磊觉得那两年工作非常辛苦，同时也感到一种难尽其才的苦恼。1995 年，他从电信局辞职，遭到家人的强烈反对，但他去意已定，一心想出去闯一闯。

他这样描述自己的行为：“这是我第一次开除自己。人的一生总会面临很多机遇，但机遇是有代价的。有没有勇气迈出第一步，往往是人生的分水岭。”

他选择了广州。后来，有朋友问他为什么去广州，不去北京和上海？他讲了一个笑话：广州人和上海人，其实就是南方人和北方人的比较，如果广州人和上海人的口袋里各有100块钱，然后去做生意，那上海人会用50块钱作家用，另外50块钱去开公司；而广东人会再向同学借100块钱去开公司。

初到广州，走在陌生的城市，面对如织的行人和车流，丁磊越发感到财富的重要性。最现实的是一日三餐总得花钱吧？也不可能睡在大街上成为盲流吧？那时，丁磊身上带的钱不多，他得省着花，因为他当初执意要打破"铁饭碗"，现在根本不容许自己混到走投无路的时候还要靠父母接济。那时，他最大的愿望就是希望能找到一份工作，哪怕钱少一点，但总比漂泊着强。

不知道去多少公司面试过，不知道费过多少口舌，凭着自己的耐心和实力，丁磊终于在广州安定下来。1995年5月，他进入外企Sebyse工作。

最初的日子是艰难的，后来，一位熟知丁磊的女性朋友说，他后来精湛的"厨艺"和"古筝"弹奏，从某种程度说，就是那段日子"苦中作乐"的明证，也可以说是这种乐观和勤劳的性格，成就了今天的这位"首富"。

丁磊喜欢吃上海菜，但那时收入不高，不可能每天都能到馆子里去潇洒，而且很多广州做的上海菜都不是原汁原味，于是他亲自到市场去买菜，亲自下厨。平时工作很忙，他就利用周末时间，给自己做个"醉鸡"或者清蒸鲫鱼，算是犒劳自己。

在Sebyse广州分公司工作一年后，丁磊又一次萌发离开那里和别人一起创立一家与Internet相关的公司的念头。在当时他可以熟练地使用Internet，而且成为国内最早的一批上网用户。

离开Sybase也是丁磊的一个重要选择，因为当时他要去的是一家原先并不存在、小得可怜的公司。支撑他的唯一信心就是，他相信它将来对国内的Internet会产生影响，他满怀着热情。当时，除了投资方外，公司的技术都是他在做。也许是在1996年他还只有技术背景，缺乏足够的商业经验，最后发现这家公司与他当初的许多想法发生了背离，他只能再次选择离开。

1997 年 5 月，丁磊决定创办网易公司。此后，在中国 IT 业，丁磊成了足以浓墨重彩的一笔。出名后的丁磊对于金钱的要求，还保持着当初到广州时的艰苦作风。他说年轻人少花点钱，也许就少了一样诱惑，但老人不同，他现在琢磨的是怎么找个放心的人，教会父母花钱——因为他每次汇给家里的钱，父母都给他存着，他们认为孩子在外面挣钱不容易，攒着的话，还能在他需要的时候派上用场。

网易移居北京后，在公司队伍建设方面有了很大改进。没有很多股东在背后指手画脚，也不存在历史积淀或创业者本身带来的消极因素，公司发展很快。在公司经理层会议上，CEO 丁磊经常受到批评，说他这做得不好，那做得不对，他总是能谦虚的接受，“有人批评，工作才能做得更好”。

2001 年初的丁磊最迫切的愿望就是想把网易卖掉，但没人敢买。到了 9 月，想卖也卖不掉了，网易因涉嫌财务欺诈，停牌长达 4 个月。

丁磊下定决心将网易的三大业务重点锁定为在线广告、无线互联和在线娱乐。由此可见，网络游戏在丁磊的战略规划中占据着极其重要的地位。自从 2001 年底推出《大话西游》以来，网易已经从网络游戏领域的“小人物”变成该领域的巨头之一。事实证明，尽管网络游戏市场竞争激烈，网易的投入还是获得了很好的回报。

网易成功了，2002 年是中国短信“爆炸”的一年，而在遍布中国的网吧里，年轻人正尖叫着大把花钱。2002 年 8 月后，这家公司变成暴利企业。随后是网易股价连续暴涨，当年逃离网易的老员工现在动辄唉声叹气。

现在看来，停牌事件是网易业务的转折点。2002 年 1 月 1 日凌晨，美国纳斯达克股票交易市场管理委员会发布消息称，纳斯达克计划于 2002 年 1 月 2 日上午 10 点恢复网易公司的股票交易。悬空多时的“网易事件”突然峰回路转，网易历经财务风波安然无恙。

经历了如此变故的网易现在对于财务问题更加谨慎。财富的聚集是整个社会关注的焦点。相对来说，互联网与其他的新经济企业有一个共同的背景:

他们所创办的企业的运营环境无论是从其内部的管理机制来看，还是外部的市场环境来看，都要比中国多数的传统行业更为规范。更关键的是，这些人的财富来的极端透明、清楚，谁都能看得见，说得明白。当网易在近 3 个月内从不到 10 美元一路撑杆跳到 36 美元的时候，谁都能看得见丁磊那张笑脸，也就是说，财富暴涨的过程就发生在每个人的眼皮底下。

丁磊的个人财富在与网易股价一起飙升，丁磊的纸面财富也跃上了 50 亿人民币的台阶。他的创富速度在中国史无前例，当时网易刚满 6 岁，而他自己也还不过 32 岁。

许多人都还记得，1999 年初，当时的网易已经创立两年有余，正在向门户网站迈进，与新浪、搜狐相比还是一个刚刚崭露头角的小网站。那时丁磊奔走于京粤之间，为互联网、为网易摇旗呐喊，俨然一个互联网旗手。

时过境迁。丁磊已厌倦拿股价去计算财富，“我又不能一股脑儿把股票都卖掉，首富头衔毫无意义”。一个有趣的故事就是：某电视台的几个记者去网易采访，想找一间靠窗有阳光的办公室架机位，网易的接待人员就推荐了丁磊的办公室。扛着机器的摄像师说，好呀，顺便可以参观一下中国互联网行业最豪华的办公室了。但故事的结局使摄像师大跌眼镜：那只不过是一个小小的三角形空间，和所有员工一样的桌椅，一些唱片，一台普通的桌面音响。如此而已。

一位熟悉丁磊的人说，丁磊不善于理财。更有意思的是，丁磊有时会向一起出去的人借钱，因为他根本没有在身上装钱的概念。自从福布斯和胡润的两张富豪榜都把丁磊评为“中国大陆首富”，丁磊恨不得所有人都忘记丁磊的存在。

魏敏芝成名之后

1999 年，魏敏芝由于在张艺谋的电影《一个都不能少》中的本色表演获得了成功。影片获得了第 56 届威尼斯国际电影节金狮奖、第 6 届大学生电影节最佳故事片等奖项。魏敏芝——这位来自河北张家口一个偏僻小山村的女孩儿，迅速引起了大家的关注，她的生活也因此发生了转变。

魏敏芝一夜成名，很多艺校，包括北京的几所学校，都来信说愿意招收她去上学。很多人都关心成名之后的魏敏芝：下一步的选择会是什么？处在一片叫好声中的她，对未来有些茫然。是张艺谋“还是应该继续读书”的话，让年仅 14 岁的魏敏芝选择到省城石家庄的精英中学，开始了新的学习。

刚转学到精英中学时，魏敏芝不可避免地有些不适应。有一次数学课上老师提问，魏敏芝非常积极地举手要求回答，老师就把她点了起来。没想到她那一口带方言的普通话，说不清楚答案 44，惹得大家笑成一片。此后她就加紧练习普通话。在这个全新的环境里，魏敏芝把所有的心思都放到了学习上，后来顺利考上了精英中学高中。转眼间，进入了高三备考阶段。19 岁的魏敏芝把高考目标告诉了老师：她想当导演。她认为中国这方面的最高学府是北京电影学院和中央戏剧学院，她想去北京电影学院试一试。魏敏芝的这个选择，和她 13 岁时与电影的第一次接触有着很大的关系。可她的决定遭到家人和老师的反对。魏敏芝最后还是执拗地决定尝试一下。

2004 年 2 月，魏敏芝和其他做着导演梦或明星梦的学生一起，参加了北京电影学院艺术专业课的考试。但让魏敏芝遗憾的是：三试的榜上并没有她的名字。她没想到，这次尝试，引起很多媒体的关注，一些记者纷纷采访她。接下来发生的事，更出乎她的意料。回校后，魏敏芝在网上看到很多关于自己的报道和图片，觉得自己报考电影学院失败后，好像全世界的人都把矛头指向了自己。网上的一些舆论评价说：魏敏芝只不过靠一部电影偶然出名罢了，本身缺少艺术天赋，不适合走艺术道路，考电影学院落榜是理所当然的……外界的众说纷纭和电影学院面试的失利，再加上高考前的学习压力，让 19 岁的魏敏芝一时难以承受。

魏敏芝彷徨失落时，她不由自主地想起了当初张艺谋拍摄完影片后，与她的一次谈话。在那次谈话中，张导演勉励她回到学校好好学习。魏敏芝的心态慢慢平和下来，她明白现在该做什么了：振作精神，抓紧时间，好好学习。

魏敏芝让爸爸给她买了一个手电筒，晚上熄灯后，为了不影响别人，她在被窝里打着手电看书，在高考前三个月的时间里，她用坏了三个手电筒。

就在魏敏芝一心向高考冲刺的时候，她又看到了西安外国语学院（今西安外国语大学）西影影视传媒学院的招生简章。经历了一次挫折，是否还去尝试呢？心动的魏敏芝又有些犹豫。此时，爸爸鼓励她说，要么你再去试试，要么你以后就不要后悔。听了爸爸的话，魏敏芝想：只有给自己多一种选择，才能以后不至于后悔。

这次考试，魏敏芝终于成功了。2004 年 9 月，魏敏芝顺利迈入了西安外国语学院西影影视传媒学院的大门，成为一名编导系的学生。一年后，她以自己的高考经历为原型，自导自演了电影《夜的童话》，终于圆了导演梦。

2006 年 8 月 19 日，魏敏芝又通过了学校赴美交流的考试，前往美国夏威夷杨百翰大学深造，方向还是她挚爱的编导。也许有一天，大家会这样评价魏敏芝：魏敏芝并不是因为拍《一个都不能少》怎样怎样，而是因为她原有的那种动力，让她有了今天。

华盛顿选择艰苦

乔治·华盛顿（1732—1799 年）享有美国国父之称。1789 年，在美国立国后的第一次大选中他以全票当选为美国总统，之后，又于 1793—1797 年连任，但他拒绝蝉联第三次，这就形成了美国总统任期一般不超过两届的惯例。

华盛顿早熟，16 岁时，他本可以过悠闲舒适的生活，可是，他却选择了艰苦。他主动要求参加勘探队，到弗吉尼亚的大河谷去进行勘探。白天，他和探险队员们顶着烈日，在河谷、土坡、丛林里穿行测量；晚上，只能在荒野里燃起篝火，裹着爬满臭虫的破毯子露宿。有时整天冒雨在泥泞的道路上行进；有时睡得正香，帐篷却被大风刮翻了。

艰苦的生活锻炼了他，19 岁华盛顿就当上了少校级的副官长。他潜心地阅读军事著作，虚心学习武器的使用和战术的运筹。

一次，在抗英法的战斗中，刚开始，华盛顿的军队处于劣势，伤亡很大。他的军衣被打穿四个洞，两匹马也先后被杀，他所在省份经济匮乏，军官开不出支，可这些他全然不顾，志愿参战，既没有薪饷，还要自己负担一大笔开支。他乐意干这种既破财还可能丧命的苦差事。最后他的队伍终于打败了敌人，而他本人也赢得人们的爱戴，使他在后来能被推举为抗英独立战争的总司令，成为改变美国历史的第一个重要人物。

玻利瓦尔：南美的乔治·华盛顿

由于西蒙·玻利瓦尔在使南美五个国家（哥伦比亚、委内瑞拉、厄瓜多尔、秘鲁和玻利维亚）从西班牙的统治下获得解放所起的作用，人们常称他为“南美的乔治·华盛顿”。在整个这一大洲的历史上没有几个政治人物像他那样起着主导作用。

玻利瓦尔于 1783 年出生在委内瑞拉加斯市的一个西班牙血统的贵族家庭，九岁时成了孤儿。在他成长期间，法国启蒙运动的思想和理想深深地影响着他。他读过约翰·洛克、卢梭、伏尔泰和孟德斯鸠等哲学家的著作。

青年时玻利瓦尔访问过几个欧洲国家。1805 年在罗马阿旺丁山顶上他立下了著名的誓言：只要祖国一天不从西班牙统治下获得解放，他就要奋斗一天。

1808 年拿破仑·波拿巴入侵西班牙，任命他的胞弟为西班牙政府首脑。拿破仑通过解除西班牙皇家的政治实权，给南美殖民地获得自己的政治独立奋起斗争提供了良好的时机。

1810 年委内瑞拉的西班牙总督被解职，从此开始了反对西班牙统治委内瑞拉的革命。1811 年做出了正式的独立宣言，同年玻利瓦尔成为革命军的一员将领。但是西班牙军队翌年又控制了委内瑞拉。革命领袖弗朗西斯科·米兰达被投入狱中，玻利瓦尔逃往国外。

随后的岁月中爆发了一系列的战争，继短暂的胜利而来的是惨痛的失败。但是玻利瓦尔从未动摇过自己的决心。1819 年出现了转折点，玻利瓦尔率领他的由平民组成的小部军队，跨河流、越平原，穿过安第斯山上陡峭的狭路，对哥伦比亚的西班牙军队发起了进攻。在那里他赢得了具有决定意义的波亚卡战役（1819 年 8 月 7 日）；使战争出现了真正的转折点。委内瑞拉于 1821 年获得解放，厄瓜多尔于 1822 年获得解放。

与此同时阿根廷爱国主义者何塞·圣马丁使阿根廷和智利在西班牙的统治下获得了自由，秘鲁获得了解放。两位救星于 1822 年夏在厄瓜多尔的瓜亚基尔相会。由于圣马丁不愿与野心勃勃的玻利瓦尔进行权力斗争（这样只能对西班牙人有利），于是决定辞去他的军事统帅职务，他的军队全部从南美撤出。到 1824 年玻利瓦尔的部队已经解放了今日的秘鲁，1825 年彻底歼灭了驻守在上秘鲁（今日的玻利维亚）的西班牙军队。

数学家桑雅·卡巴列夫斯基

桑雅·卡巴列夫斯基生在一个俄国贵族家，克鲁柯夫斯基是将军，祖父是匈牙利王的后裔。祖父是一位天文学家和数学家，为了取一位到处漂泊的漂亮波希米亚，而王子的地位。桑亚可能遗传自祖母的飘逸，小时总幻想能骑在峻马上，奔驰过广大草原。

他的舅舅也是一位数学爱好者，经常和她闲聊趣味数学。他经常站在房间墙壁前几个钟头，研究奇妙的墙纸，上面有一些奥妙的词句，一些数学公式和符号。桑亚在她的《童年回忆》一书中写道："当我 15 岁时，从彼得保著名数学 A.N 斯特兰若留柏斯基纳而微积分，他对于我的迅速明白和消化一些数学名词和导数的一些概念大为惊奇，就像我早已会了一般。事实当他做解释时，我随即鲜明地记起那正是我以前在纸糊墙纸所见过的……" 14 岁时，借由父亲的一位物理给她的一本物理教科书，学会了三角公式的意义。

长大后的桑雅很想获得完整的高等教育，尽管她很有决心，但对于一个女人而言，在 19 世纪的俄国并不是一件的易事，俄国的高等教育是不提供给女性的。当时，她不能自由地旅行，不能公开地演讲，而且很难找到一份工作。

18 岁时，她借着假离婚，离开了俄国，到了德国海德堡、柏林的读书。桑雅曾就教于几个有名的数学家，以三年修毕数学、物理、化学和生理学等大学课程。公元 1874 年，获得由哥延根大学所颁发的博士学位。

桑雅专研偏微分方程、阿贝尔积分和无穷级数，并发表许多论文。她最为人所知的是偏微分方程的“柯西·卡巴列夫斯基”定理。这个定理是在讨论某一种类型方程式的解之存在性及唯一性。

桑雅跟随著名的数学家卡尔·外尔斯特拉斯工作，后来，在施托克霍尔姆大学获得了一个数学教职。公元 1888 年，桑雅以一篇《刚体绕一定点旋转的问题探讨》论文，荣获法国科学院著名的勃丁奖。这篇入选作品的卓越，评审教授给予最高称许，奖额也从平常的 3000 法郎增加到 5000 法郎。

桑雅在给友人的书信中说：“我的不只关系自己，更关系到所有女性的利益，因此我对自己严格。我有较多的才能，才能有更多的贡献”。桑雅除了在数学上的成就外，在天文学上也有很重要的贡献。在她其中一篇论文里，她得出土星环是如同蛋形的卵形物且有一条对称线，而不是像椭圆一样有两条对称线。

公元 1891 年，桑雅感染流行性感冒而在 2 月 10 日死于斯德哥尔摩，享年 41 岁。当时，她正处于事业的巅峰且享有极高的声望。被历史学家、数学家认为是 19 世纪最伟大的天才数学家之一。

诺贝尔发明炸药

诺贝尔，瑞典杰出的化学家、发明家、慈善家。他把一生献给了炸药的研制和发明。他发明的安全炸药，是瓦特发明蒸汽机后的一个划时代的重大发明，极大地提高了人类征服自然、改造自然的能力。他临终前设立的“诺贝尔奖”，是对给人类做出贡献的科学家、文学家最高奖赏的表征，为人类的美好事业起了巨大的作用。

诺贝尔年轻的时候，欧洲正在进入大工业革命时代，到处开矿山、修铁路、凿隧道、挖运河，炸药需求量很大。可是当时欧洲使用的仍然是从中国引去的黑色火药。这种火药爆炸力小，已经不能满足生产的需要。许多科学家都在寻找威力强大的新炸药。

当时，科学家们发现硝化甘油有强烈的爆炸性能，但是，硝化甘油是一种像油一样的液体，性能极不稳定。这种东西不但非常容易爆炸，而且爆炸起来威力很大，有时在器皿中晃得厉害了它就炸开了，人们没有办法控制它。年轻的诺贝尔决心通过试验，用硝化甘油取代黑色火药。

1864 年 9 月 3 日这天，寂静的斯德哥尔摩市郊，突然爆发出一连串震耳欲聋的巨响，滚滚的浓烟霎时间冲上天空，一股股火苗直往上蹿。仅仅几分钟时间，一场惨祸发生了。当惊恐的人们赶到出事现场时，只见原来屹立在这里的一座工厂已荡然无存，无情的大火吞没了一切。火场旁边，站着一位30多岁的年轻人，突如其来的惨祸和过度的刺激，已使他面无血色，浑身不住地颤抖着——这个大难不死的青年，就是后来流芳百世的大化学家诺贝尔。

诺贝尔眼睁睁地看着自己所创建的硝化甘油炸药的实验工厂化为灰烬。人们从瓦砾中找出了5具尸体，其中一个是他正在大学读书的、活泼可爱的小弟弟，另外4人也是和他朝夕相处的亲密的助手。烧得焦烂的5具尸体，令人惨不忍睹。

诺贝尔的母亲得知小儿子惨死的噩耗，悲痛欲绝。年老的父亲因太受刺激引起脑溢血，从此半身瘫痪。然而，诺贝尔在失败和巨大的痛苦面前却没有动摇。

惨案发生后，警察当局立即封锁了出事现场，并严禁诺贝尔恢复自己的工厂。人们像躲避瘟神一样避开他，再也没有人愿意出租土地让他进行如此危险的实验。

这一连串挫折并没有使诺贝尔退缩。几天以后，人们发现，在远离市区的马拉仑湖上，出现了一只巨大的平底驳船，驳船上并没有什么货物，而是摆满了各种设备，一个青年人正全神贯注地进行一项神秘的试验。他就是在大爆炸后被当地居民赶走了的诺贝尔！

大无畏的勇气往往会令死神也望而却步。在令人心惊胆战的实验中，诺贝尔没有连同他的驳船一起葬身鱼腹，而是经过多次试验，他发明了雷管。雷管的发明是爆炸学上的一项重大突破。接着，他又在德国的汉堡等地建立了炸药公司。

一时间，诺贝尔生产的炸药成了抢手货，源源不断的订货单从世界各地纷至沓来，诺贝尔的财富与日俱增。然而，获得成功的诺贝尔并没有摆脱挫折。

不幸的消息接连不断地传来：在旧金山，运载炸药的火车因震荡发生爆炸，火车被炸得七零八落；德国一家著名工厂因搬运硝化甘油时发生碰撞而爆炸，整个工厂和附近的民房变成了一片废墟；在巴拿马，一艘满载着硝化甘油的轮船，在大西洋的航行途中，因颠簸引起爆炸，整个轮船全部葬身大海……

面对接踵而至的灾难和困境，诺贝尔没有被吓倒，没有被压垮，更没有一蹶不振，他身上所具有的毅力和恒心，使他对已选定的目标义无反顾，坚韧不拔。在奋斗的路上，他已习惯了与死神朝夕相伴。

诺贝尔把挫折踩在了脚下，赢得了巨大的成功。他一生共获专利发明权355 项。他用自己的巨额财富，创立的诺贝尔科学奖，被科学界视为一种至高无上的荣誉。

在现实生活中，我们也在为人生的理想不懈地奋斗，但一旦遇到挫折和不幸，我们极易选择放弃和退缩，那将一事无成。诺贝尔说："坚韧不拔的勇气是实现目标过程中不可缺少的条件！"

发明家贝尔德

1925 年的一天，伦敦一家最大的百货店顾客盈门。一批又一批的顾客涌向店内两间相连的小室。据说有人发明了一种机器，能把接收到的图像再现出来。

观众们乘兴而来，但扫兴而归。因为他们看到的仅仅是模糊不清的影子和闪烁不定的轮廓。

“这不是吹牛吗？这叫什么图像。”

“追求广告效应，不讲真话，应该告这个所谓的发明者”。“不是他的错，是百货商店老板的馊主意”。

人们议论纷纷，有一些热心者则不断地向发明者追问：“你怎么不把图像弄清楚些呢？”“你能不能传一只动物什么的给我们看看？”

“对不起、对不起。目前的技术还没有办法。”发明家贝尔德在一边无奈而又尴尬地回答着人们的追问。

贝尔德是个不到 20 岁的英国青年，当时无线电技术已经广泛运用于通信、广播了。世界上许多发明家，其中有最伟大的科学家和工程技术大师，都想发明能传播现场实况的电视机。但都没有成功。贝尔德却立志要发明电视机。

贝尔德在英格兰西南部的黑斯廷斯，建造了一个简陋的实验室。但他没有实验经费，只好用一只盥洗盆做框架，把它和一只破茶叶箱相连，箱上安装了一只从废物堆里捡来的电动机，它可转动用马粪纸做成的四周戳有小洞洞的“扫描圆盆”，还有装在旧饼干箱里的投影灯。几块透镜及从报废的军用电视机上拆下来的部件等等。这一切凌乱的东西被贝尔德用胶水、细绳及电线串联在一起，成了他发明机的实验装置。贝尔德知道电视机的原理：应该把要发送的场景分成许多小点儿，暗的或明的，再以电信号的形式发送出去，最后在接收的一端让它重现出来。

贝尔德在他简陋的实验室里年复一年地实验，他实验装置被装了又拆，拆了又装。经过 18 年的努力，1924 年春天，贝尔德成功地发射了一朵十字花。但发射的距离只有 3 米，图像也忽有忽无，只是一个轮廓。

为了找明图像不清晰的原因，贝尔德又开始了新一番试验。他想原因也许是电压不足？于是他把好几百个干电池连接起来。他接通了电路，可是不小心左手触到了一根裸露的连接线，高达 2000 伏的电压立即把他击倒在地，他昏迷了过去。第二天的伦敦《每日快报》马上用大字标题报道了贝尔德触电的消息。贝尔德一时间成了英国的新闻人物。

贝尔德灵机一动，就利用报纸来为他筹集资金。他设法为记者们做了一次实物表演。一家小报做了通信。伦敦的一家无线电老板闻讯赶来。表示愿意提供经费。但要收取发明的收益的一半份额。贝尔德同意了这样苛刻的要求。他的实验装置从黑斯廷斯运到了伦敦。但经费很快又用尽了。他的试验似无重大突破。

一家百货店的老板又来同他订了合同。每周付他 25 英镑。免费提供一切材料。但贝尔德必须在他商店门前操作表演。现场表演又是失败。贝尔德生活日见艰难。没钱吃饭，没钱付房租。他只好忍痛把设备的零件卖掉，以此维持生活。他家乡的两个堂兄弟得知贝尔德陷入绝境后，给他寄来了 500 英镑。贝尔德得救了，他立即又投入试验。

成功的日子终于来到了。终日陪伴他的木偶头像“比尔”的脸部特征被清晰地显现在接收机上了。这一天是1925年10月2清晨。

"成功了、成功了"贝尔德兴奋地喊叫着冲下楼。一把抓住一个店堂里的小伙子，拽他上楼，把他按在"比尔"的位置上。小伙子吓得直打哆嗦，但几秒钟后，他也吃惊地喊叫起来："真是奇迹，真是奇迹。"因为贝尔德的"魔镜"里映出了他的脸。

贝尔德终于震惊英国，资助他的人纷纷涌来。贝尔德更新了设备。开始更大规模的试验。1928年，贝尔德把伦敦传播室的人像传送到纽约的一部接收机上。不久，又出现了新的奇迹。贝尔德把伦敦一位姑娘的图像传送给她正在远洋航行的未婚夫。

贝尔德的名字在全世界传开了。他申请在英国开创电视广播事业，但没有得到批准。但要求电视广播的人越来越多。这个问题提交给议会，经过激烈的长时间的辩论。议会决定了开展电视广播。1936年秋，英国广播公司正式从伦敦播送电视节目。此时的贝尔德又开始埋头研究彩色电视。

1941年12月，贝尔德传送的首批完美的彩色图像获得成功。可惜的是贝尔德的实验室被希特勒的飞弹击毁了。但贝尔德重新开始研究。1946年6月的一天，英国广播公司开始播送彩色电视节目，但劳累过度的贝尔德却在这一天病倒了，没有收看他的研究结果。6天后，他离开了人世，终年58岁。

在英国南肯辛顿科学博物馆里，游人能看到贝尔德发明的第一架电视机，还有陪伴他多年的木偶比尔。比尔咧嘴笑着，仿佛在向游人诉说贝尔德的艰苦发明的故事，也好像在为贝尔德成功而欢欣……

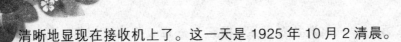

励志大师卡耐基

卡内基一家人从英国移民到美国，生活很清贫。父亲到各地推销自己编织的布匹，母亲替人洗衣。安德鲁当时只有一件衬衫，所以每晚上床睡觉之后，母亲就赶紧把他脱下的衬衫洗干净。

在他22岁时，看到每天如此辛苦的妈妈，卡内基承诺只要母亲在世一天，他就绝不结婚。

卡内基从小就显示了接触的商业智慧。有一次，他抓到一只母兔，过不多久就生下许多小兔子，但安德鲁没钱购买饲料，经过一阵思考之后，他终于想到一个好法子，他对邻居的玩伴说："我要饲养这些兔子，你能不能替我摘一些苜蓿或蒲公英的叶子，这么做当然会有回报，我将把其中的一只兔子以你的名字命名。"果然，他成功地养活了兔子。

卡内基年轻时曾从事电报工作，日薪是五角，但对当时的他而言，已是笔大收入了。他对匹兹堡市的街道并不熟悉，他生怕有一天会因这个原因而被革职，于是把匹兹堡商业区的公司名称及地址都一一背起来。后来，他决心成为电信技师，每晚都研读与电信有关的书籍到深夜，第二天一大早又赶到电信局练习按键。

有一天早上，费城方面不断打电报到匹兹堡市来，但值班技师还没到公司，安德鲁·卡内基只好自己接收电信，然后很快地把电报送出去。由于这件事情，安德鲁很快地就被擢升为电信技师，薪水也增为两倍。

他心怀大志，工作时又十分卖力，所以极获赏识，不久，宾夕法尼亚铁路公司为了要设置电信电缆，遂以电信技师的职位雇用卡内基，后来又担任电信科主任的私人秘书。

有一天，因为一件偶然的事情，卡内基终于向成为亿万富翁之路踏出第一步。当时他正乘火车前往某地，坐在他旁边的乘客是位发明家，在聊天中，那位发明家拿出一个新式卧车模型给卡内基看，并告诉卡内基那是他的新发明。那个时代的卧车，只是在货车的两边钉上简陋的卧铺而已，而那个模型却相当接近于现代的卧车。卡内基以苏格兰人特有锐利的先见之明，一眼就看出这种发明极具发展潜力，于是借了一些钱，购买制造这种新式卧车公司的股票，果不其然，股票值节节上涨，到 25 岁时，卡内基已因此项投资而年收 5000 美元。

有一次，铁路所经过的木桥被烧毁了，使得火车好几天无法通行。当时卡内基的职位是电信科总主任，他认为木造桥已经落伍了，铁桥时代即将来临，因此借钱设立公司，开始制造铁桥，因此而获得的利益更是难以计数。在神话中的米达斯王受神所赐，而有碰触任何东西都能成为黄金的能力，安德鲁·卡内基也和他一样，不论从事任何事情，都能获得成功。他曾和几位朋友以 4 万元合买宾州西部油田中央的农场，在短短的一年期间，农场就涨价为 100 万元。据说在他 27 岁的时候，每周的收入平均有 1000 元，而在 15 年前，他的日薪只有两毛钱而已。

林肯总统在位的 1862 年，正是南北战争进行得最激烈的时候，物价不断上涨，大事件也接二连三地发生，西部的开拓在这个时候也如火如荼地展开，甚至已开发到密西西比河彼岸，在这种情况下，横越大陆的铁路绝对有其必要性。而新兴都市也在各地勃然兴起，美国全境都为这个新时代而感到热血沸腾。

安德鲁·卡内基的制钢炉几乎未曾停止冒烟，随着这个繁荣异常的潮流，他创造了几乎可说是史无前例的巨大财富。

虽然如此，他并非那种成天埋首于工作的类型，有一大半的时间，他是在悠闲中度过。他常说，“在我周围有许多脑子比我好的助手”。他以叱责或鼓励的方法，让这些能干的助手为他创造巨大的财富，而他虽也有苏格兰人吝啬的个性，但绝对让协助者赚取他们应该获得的。几乎没有一个人像他一样，创造了那么多的百万富翁。

轮椅上的霍金

史蒂芬·霍金 (StephenHawking) 于 1942 年 1 月 8 日生于牛津，那一天刚好是伽利略逝世 300 年。可能因为他出生在第二次世界大战的时代，所以小时候对模型特别着迷。他十几岁时不但喜欢做模型飞机和轮船，还和学友制作了很多不同种类的战争游戏，反映出他研究和操控事物的渴望。这种渴望驱使他攻读博士学位，并在黑洞和宇宙论的研究上获得重大成就。

霍金十三四岁时已下定决心要从事物理学和天文学的研究。17 岁那年，他考到了自然科学的奖学金，顺利入读牛津大学。学士毕业后他转到剑桥大学攻读博士，研究宇宙学。不久他发现自己患上了会导致肌肉萎缩的卢伽雷病。由于医生对此病束手无策，起初他打算放弃从事研究的理想，但后来病情恶化的速度减慢了，他便重拾心情，排除万难，从挫折中站起来，勇敢地面对这次的不幸，继续醉心研究。

70 年代，他和彭罗斯证明了著名的奇性定理，并在 1988 年共同获得沃尔夫物理奖。他还证明了黑洞的面积不会随时间减少。1973 年，他发现黑洞辐射的温度和其质量成反比，即黑洞会因为辐射而变小，但温度却会升高，最终会发生爆炸而消失。

80 年代，他开始研究量子宇宙论。这时他的行动已经出现问题，后来由于得了肺炎而接受穿气管手术，使他从此再不能说话。之后他全身瘫痪，要靠电动轮椅代替双脚，不但说话和写字要靠电脑和语言合成器帮忙，连阅读也要别人替他把每页纸摊平在桌上，让他驱动着轮椅逐页去看。

霍金一生贡献于理论物理学的研究，被誉为当今最杰出的科学家之一。他的著作包括《时间简史》及《黑洞与婴儿宇宙以及相关文章》。虽然大家都觉得他非常不幸，但他在科学上的成就却是在他在病发后获得的。他凭着坚毅不屈的意志，战胜了疾病，创造了一个奇迹，也证明了残疾并非成功的障碍。他对生命的热爱和对科学研究的热诚，是值得年轻一代学习的。

命运的磨难

他到 3 岁才学会说话。就在家人为这个孩子能说话而感到欣喜后不久，一场灾祸发生了，特纳在横穿马路时被车撞飞，妈妈眼睁睁看着他头部着地，结果他只是轻微脑震荡，缝了几针就没事了。可是，从此以后，各种疾病就接踵而至，和他如影随形。麻疹、水痘、肺炎、湿疹、哮喘、皮疹、扁桃腺肥大……一个病接着一个病，虽然不致命，但要一个孩子整天同病魔做斗争，惨痛是可想而知的。特纳至今还清楚地记得自己 10 岁那年面瘫的事。他本准备刷完牙去参加节日游行，可在刷牙的时候，他的半边脸突然提不起来了。他非常想去参加游行，但只能再一次被妈妈送往医院。在去医院的路上，他问妈妈："妈妈，真的有上帝吗？"妈妈说："当然有了。"他说："那上帝为什么对我这么残忍，让我总是和医生打交道。"妈妈抱着他的头，对他说："孩子，不是上帝残忍，他也许是在考验你，把你磨炼得无比强大。"

一个 10 岁的孩子因为疾病，过早地懂事了，也过早地学会了坚强。因为面瘫，他不得不接受脊椎穿刺手术。其实也就是抽骨髓。别说一个孩子，就是成人也难以忍受手术所带来的剧痛。医生把一根针扎进他脊椎里。他疼得大喊大叫，但他却没有丝毫挣扎，没有对医生说："太疼了，我不做了。"做完脊椎穿刺，两周过后，面瘫的症状消失了。但是，不幸并没有放过这个坚强的孩子。面瘫消失后，本来说话就晚的他说话有些口齿不清。每次他张嘴说话，别人都弄不明白他想表达什么。甚至在家里，也只有和他朝夕相处的哥哥达柳斯能完全明白他想表达什么意思，连妈妈偶尔也需要达柳斯的“翻译”。为此他不得不又去令他深恶痛绝的医院，还去上演讲课。直到上高中，特纳在众人面前发言，才变得没有障碍。

多病的童年留给他的是痛苦的记忆，还有一个弱不禁风的身体。这个体弱多病的孩子却喜欢打篮球。尽管在篮球场上经常被别人碰倒在地，常常伤痕累累，但特纳却对篮球永远充满激情。他觉得在篮球场上，自己能强壮起来。由于他的身体实在太弱，没有谁愿意带他打篮球，只有哥哥达柳斯愿意和他一起打篮球。贫困的家里没有篮球场，也没有篮球架。哥俩把一个装牛奶的板条箱固定在一根电线杆上，用铁棍捏了一个篮球圈。这就足够了，哥俩日复一日、年复一年在自家后面的小巷子里追逐着篮球，也追逐着梦想。他的身体越来越强壮，篮球技术也越来越高，高中时，就收到了俄亥俄州立大学提前录取的通知。而在 2009 年的大学联赛中，他有场均 20.3 分、9.2 个篮板和 5.9 次助攻的火热表现。

谁能想到这个被多种病魔缠过身的孩子真的变成了一个强壮有力的巨人。2011 年夏天有众多年轻人参加的美国 NBA 选秀大会上，特纳以榜眼的身份被费城 76 人队选中。签订了三年价值 1200 万美元的合同。这也是 NBA 规定的榜眼秀所能签订的最大合同。专家们对他的评价是：综合能力极强，融合了天赋、身材、爆发力、篮球智商、篮球大局意识的优秀球员。而此时的他身高 1.97 米，体重 95 公斤，臂展 2.03 米，原地摸高 2.7 米。在接受记者采访时，他说：“别人的人生满是故事，而我的人生却满是事故。不过，我不埋怨。我和妈妈想的一样，那些疾病，只不过是命运的考验，只为把我磨炼得强大。我反而要感谢它们。”

“百年孤独”后的“爱情”

1927 年 3 月 6 日，马尔克斯生于哥伦比亚加勒比地区一个名为阿拉卡塔卡的小镇，由于父母忙于生孩子，10 岁以前，马尔克斯基本都与外祖父母生活在一起。

身为上校的外祖父不但有至少 19 个私生子，还参加并指挥过哥伦比亚著名的“千日战争”。酷爱占卜算命的外祖母，经常讲那些充满死人的鬼怪故事，经常唬得马尔克斯大气也不敢出。

9 岁的一天，马尔克斯在外祖父的箱子里发现了一本残缺不全的《一千零一夜》，读到一个人开了瓶盖，冒出一股烟，烟又变成妖怪之时，马尔克斯不由叫道“真神了”。此后，邻居们经常看到只有八九岁大的马尔克斯，在常人难以忍耐的酷暑中，对《一千零一夜》、《格林童话》等文学作品爱不释手。他们断言：“这孩子将来一定会是个大学问家”。

1947 年 2 月，马尔克斯在哥伦比亚圈立大学报名学了法律。

8 月中旬的一天下午，在学校清冷的学生公寓里，马尔克斯坐在床上，翻开了卡夫卡的《变形记》。受到了启发马尔克斯几乎跳了起来大声嚷着道：“真绝了！我的天，小说怎么可以这样写？这样，我也能写……外婆就是这样讲故事的。”

第二天，依据从卡夫卡那里获得的启示，马尔克斯完成了平生第一篇名副其实的小说《第三次无奈》。自此以后，马尔克斯立志要成为一位小说大家，从《圣经》到古希腊罗马神话，从卡夫卡到托尔斯泰，他不断汲取着世界文坛巨匠的养料，准备在世界文坛上实现喷发。

1955 年，在哥伦比亚第二大报——《观察家报》任记者的马尔克斯被派往欧洲。1956 年，报社被封，马尔克斯一下子没有了固定经济收入，生活陷入全面困境。

沦落巴黎期间，马尔克斯有一次邂逅了自己的偶像——美国作家海明威。一天，马尔克斯看见海明威夫妇在圣米歇尔大街散步·马尔克斯因为激动或者腼腆，站在对面的人行道上一动不动，只是两手卷做喇叭筒状喊道："老师——"，海明威潇洒地转身扬扬手回答说："朋友，再见——"。当时，马尔克斯正痴迷于《老人与海》，海明威一定没有想到，这个陌生人有朝一日将与他在世界文坛比肩而立。

此后多年，马尔克斯辗转于委内瑞拉、哥伦比亚等地，继续从事新闻和写作工作，并一度效力于卡斯特罗领导下的拉丁美洲通讯社。

1965 年，马尔克斯辞去了在广告公司的工作，把所有家当——5000 美元交给了妻子梅赛德斯，开始闭关写作《百年孤独》。

在长达 18 个月的写作期间，马尔克斯不知道妻子是如何筹款维持生计的。当小说才写到一半时，马尔克斯交给梅塞德斯的 5000 美元已经花光，他们只好当了汽车。不久又没钱了，梅塞德斯开始当首饰、当电视机、当收音机，唯独给丈夫写作用的新闻纸从未短缺过。

好不容易等到文稿杀青，马尔克斯和妻子来到邮局，准备把《百年孤独》的纸质稿寄到阿根廷的一家出版社。700 页的书稿被称完重量后，他们被告知需要 83 比索的邮费，山穷水尽的马尔克斯当时只有 45 比索。夫妻俩不得已只能先邮寄一部分书稿。随后，梅赛德斯又把仅剩的家当——自己吹头发的吹风机以及为孩子们榨果汁的榨汁机典当后，才换回 50 比索，用以支付邮寄剩下半部书稿的费用。

《百年孤独》出版后的成功，超出了所有人的想象。评论家说它完全可以和西班牙古典文学名著《堂吉诃德》相媲美。1982 年 12 月，马尔克斯折桂诺贝尔奖，因为他的“小说以丰富的想象编织了一个现实与幻想交相辉映的世界，反映了一个大陆的生命与矛盾的象征。”一时间，马尔克斯成了“哥伦比亚的莎士比亚”。

获得诺贝尔奖后，马尔克斯依然对创作孜孜以求，先后出版了文学谈话录《番石榴飘香》，小说力作《霍乱时期的爱情》等。

新版《霍乱时期的爱情》的译者杨玲认为，《百年孤独》大气磅礴，纷繁复杂，一如《圣经》，着眼于整个人类社会；《霍乱时期的爱情》更为脚踏实地，更富有人情味着眼于人的内心和情感。《百年孤独》的译者范晔也开玩笑说，凡是看《百年孤独》看不下去的都可以来看《霍乱时期的爱情》，因为这里没有人名的重复而且确实非常好看。

肯德基：被拒绝三千次

肯德基先生原本过着悠闲的生活，他用退休金开了一家小小的饭馆。饭店虽小，可顾客不少，最受欢迎的一种食品就是他发明的炸鸡。许多客人专门从很远的地方来吃他的炸鸡，肯德基先生以此为荣。

三年之后，一次飓风让他的小饭馆片瓦无存，被逼无奈，肯德基先生决定向其他饭店出售他制作炸鸡的配方，以换取微薄的回报。

在推销的过程中，没有一家饭店愿意购买他的配方，并且还不时地嘲笑他。一个人在任何年龄被人嘲笑都不是件令人愉快的事，更何况到了退休的年龄还被人嘲笑，这就更令人难以接受了。而这恰恰发生在了肯德基先生身上。他不但被人嘲笑并且接连不断地被人拒绝，可见这些经历对他的影响有多么巨大。但他始终没有放弃，在没有找到买主之前，他开着车走遍了全国，吃住都在车上，就在被别人拒绝了3000次后，才有人终于同意采纳他的想法，购买他的配方。从此后他的连锁店遍布全世界；也被载入了商业史册。这就是肯德基的由来。

人们为了纪念这位肯德基先生，就在所有的肯德基店前树立一尊他的塑像，以此作为肯德基的形象品牌。俗话说："神枪手是一枪一枪打出来的！"缺乏坚持不懈的毅力或者认为自己不能得到自己想要的东西，这两者都是阻碍大多数人勇于改变的关键原因。如果你能够紧紧抓住自己的目标不放，并坚持不懈，那么很快你就会超过大多数人。记住，是你掌握着自己的生活。如果你一心想达到一个目标，就一定会有办法取得成功。

日本经营之父——稻盛和夫

1932年，稻盛和夫出生于日本鹿儿岛一个贫穷而又虔诚的佛教徒家庭。父亲是个印刷工人，一天一块钱的工资不够养家，不得不做些副业，每天都忙到深夜12点。

因为父母都忙于生计，儿时的稻盛和夫时常无人照料，一次“三个小时啼哭”成了他小时候的一道风景。小时候稻盛胆小，不敢一个人外出，总是跟在哥哥利则的后面去捉些鱼虾贴补家用，以至于上了小学还是哥哥的跟屁虫。可惜天真烂漫的生活不长，厄运很快就光顾了他。

1945年，报考鹿儿岛一中失败后，稻盛和夫又不幸感染了肺结核。当时肺结核还无药可治，死亡率很高，稻盛的叔叔和婶婶就是得肺结核去世的。稻盛在发热中情绪低落到了极点，而邻居大婶为激励他活下去，就送给他一本名为《生命的真谛》的书。

稻盛和夫如饥似渴，贪婪地阅读着。从这本书中，他看到了“灾难心相”这个后来影响他一生的词汇（以至于在后来的自传《活法》中，“心相”成了主题词）。《生命的真谛》对“灾难心相”的解释可谓是拨云见日：“灾难是自己招来的，因为自己的心底有块吸引灾难的磁石。要避免灾难就要先除去这块磁石，而不是对别人说抱怨的话。”“把痛苦说成不幸是错误的，人们应该知道对于灵魂的成长来说，痛苦有多么重要。”对于正开始思索人生的稻盛，这些话犹如甘露之于久旱的秧苗。

一种超然的精神开始在稻盛和夫心中萌芽。贫困的生活，加上 1945 年每天要颠沛流离躲避美机轰炸，他的结核病被淡化了，后来竟奇迹般地好了。

由于病情影响了学习，后来稻盛和夫考中学两次落榜。最后，他侥幸读了私立鹿儿岛中学。但考大学稻盛又落第了，只好进了一家勉强算得上大学的县立大学——鹿儿岛大学工学部，专攻应用化学。

临近毕业，找工作又成了难题，许多公司对稻盛都关上了大门。同去竞争的学生很多，录取的人数又少，总是有人走门路。出于义愤，稻盛和夫几次徘徊在一个黑社会武馆门口。当时他想，如果穷人家的孩子不能享受同等的机会，企业不能以更公平的方法录用人才的话，日本是不会有良性发展的。他真想成为黑社会老大去整治那些坏家伙。

最后，稻盛和夫还是放弃了这个荒唐的想法。在大学教授的推荐下，他进入了一家濒临倒闭，由一家银行托管的公司——松风工业。

起初，稻盛和夫并不安心于自己的第一份工作。他跟一个同来的大学生通过了国民自卫队员的考试，准备从军，只是户口本不在身边，没法办手续。哥哥利则非但不给他寄身份证，还义正词严地训诫他："要是这样就辞职的话，你到哪里都一样。"

是的，在这样百废待兴的公司做不出点成绩来，到好公司又能做什么？鹿儿岛乡村的爽朗天性拯救了稻盛和夫，使他产生了一种强烈的愿望，要改变自己的灾难心态。他把锅碗瓢盆都搬进了实验室，全身心地投入了工作。别人闹罢工，他想的却是如何给工厂减少损失。他认为罢工、向公司发泄不满根本就没有意义，就算为发泄不满而罢工，工资也不会涨，还不如努力把自己的目标研究搞好，并把研究成果投入生产。因此，别人都骂他是"工贼"、"公司的走狗"。

稻盛和夫在这一年就研制开发出了一种被称为"U 字形绝缘材料"的新型陶瓷材料，为濒临破产的工厂带来了大量订单，因此他成为新成立的特陶科的生产负责人，而他所领导的特陶科也成为整个公司中唯一盈利的部门。

1956年，日本第一银行的一位业务负责人到松风工业调查工作时，惊异于一个死气沉沉的工厂中竟有特陶科这样一支士气高昂的队伍。这位高管还特别请稻盛和夫在酒店里吃饭。在与24岁的稻盛和夫攀谈中，他听到的不仅是未来电子工业的发展趋势，还有如何采取措施使人才得到有效利用、增添活力等问题。这位高管兴奋地说："你有自己的Philosophy(哲学)。"当时，稻盛和夫还不懂英文，Philosophy一词却留在了他的心底。

可以说，在看不到生机和出路的环境里，稻盛撑起了一片天。

但是，没过多久，由于松风工业的家族政治和混乱管理，年轻气盛的稻盛和夫被没有能力的上司勒令辞职。

实际上，稻盛当时完全没有料到，当他辞职时，包括56岁的松风公司制陶部部长青山政次在内的一大批技术人员和员工也选择了一起离开，并追随他。在青山政次的介绍与帮助下，稻盛和夫从社会名流西枝一江和宫木电子社长等人那里筹得了300万日元，于1959年注册成立了"京都陶瓷"公司，即今天日本京瓷株式会社的前身。

在京瓷成立之初，虽然作为经营者又是技术带头人的稻盛每天都工作到晚上12点之后，但仍然没能扭转公司当时惨淡经营甚至近乎破产的危局。情急之下，稻盛只能数次卖血给工人发工资，但还是阻挡不住工人纷纷辞职。不过，令人庆幸的是，处于绝望之中的稻盛并没有最终放弃，他以出让多得惊人的股份为筹码，把最后一批工人挽留了下来，并在一年之后让京瓷开始赢利。

随后，京瓷逐渐拓展到电子零部件加工和通信设备制造上，并很快成为日本一家综合性的大型高新技术企业。

在后来的10多年中，京瓷成功兼并重组了"三田工业"、"塞巴耐托"、"雅西卡"等知名企业，发展成为如今旗下拥有189家公司、业务横跨电子与机械、医疗器械、太阳能技术、机械工具、珠宝应用产品、服务及网络等多个领域、员工逾 6 万人的特大型企业集团。

如果说稻盛和夫的第一次创业充满了无限艰辛的话，那么岁月积累起来的丰富商业经验让他的第二次创业似乎变得顺风顺水。

1984 年，日本进行通信改革，允许民营企业进入通信领域，敏感的稻盛和夫认为天赐的机遇已经来临。在许多人对当时垄断日本通信市场 100 多年的国企巨头 NTT 谈虎色变之时，当时 52 岁的他力排众议创立了通讯公司 DDI，挑战矛头直指 NTT。更让人没有想到的是，就是这样一家并不被人看好的公司，最终发展成了日本的第二大通讯公司——KDDI。

今天的京瓷株式会社和 KDDI 已经成为日本人的骄傲，双双跨入了世界 500 强之列。与此相匹配，稻盛和夫也赢得了日本民众的尊崇和敬爱。在日本，有“经营四圣”的说法，他们分别是松下幸之助、盛田昭夫、本田宗一郎和稻盛和夫。四人之中，唯有稻盛和夫创办了两家世界 500 强企业，而且是年龄最小和至今唯一健在的圣人。

美国虎将巴顿将军

美国著名将领巴顿以其在第二次世界大战中的出色表现，赢得了政府和人民的高度赞誉，成为美国历史上的民族英雄。

1885 年 11 月 11 日，乔治·史密斯·巴顿出生于加利福尼亚州一个高贵家庭。自幼喜欢骑马，在牧场中度过了愉快的童年。18 岁时进入私立弗吉尼亚军事学院，一年后又进入西点军校学习，毕业后被调往美国第一集团军任骑兵少尉。

第一次世界大战中，巴顿随约翰·潘兴将军深入墨西哥镇压农民起义军，1917 年初以中尉的身份胜利归来。当美国加入第一次世界大战后，他被派往法国，在圣米歇尔会战中表现非凡，被提升为上校，同时因为作战英勇和训练坦克部队有功获得嘉奖。

经过 4 年鏖战，第一次世界大战终于结束。参战国人民同庆和平的降临，而将自己与战争融为一体的巴顿却感到生活失去意义。第二次世界大战爆发时，年过半百的巴顿好像又回到了年轻时代，他那好战的心被欧洲的炮火激荡起来，密切注视着战局。1940 年他实现了多年的梦想，奉命到本宁堡组建一个坦克旅，不久晋升为准将，并很快成为美军的战车专家，后又升为少将。

1942 年 11 月，在突尼斯境内的美军被德军打得节节败退，士气低落。为鼓舞士气，艾森豪威尔把巴顿调去接管军队。巴顿在短短十几天时间里，就使美军的精神面貌振奋起来。在他的指挥下，美军开始收复失地，而且每战必捷。使巴顿名声大震的是攻占西西里的战役，他指挥部队沿西西里北岸向麦西纳前进，以惊人的速度先于英国人进入麦西纳并赢得了这一战役。这一战役使同盟国和德军都对美军刮目相看。

正当巴顿在事业上如日中天之际，因两次殴打士兵引起美国军内和国内的舆论反对，在马歇尔、艾森豪威尔等人的保护下才幸免撤职。1944 年 1 月，巴顿前往英国参加诺曼底登陆。盟军登陆后，为了结束缓慢迟滞的推进情况，决定开始发动“眼镜蛇”行动。巴顿又以其惊人的进军速度和勇气把局部性的突破变成了全面的运动战，使盟军终于冲出诺曼底，迫使德军全面撤退。接着，巴顿又率领部队转战欧洲大陆，于 1945 年 3 月 22 日到达莱茵河畔，他当夜就强行渡河，直捣希特勒老巢。巴顿外表豪迈直爽，看似做决定不假思索，实际上他决断前都经过深思熟虑，甚至精确的计算。正是这种精神才使他无往而不胜。

对德战争结束后，巴顿被委任为巴伐利亚军事行政长官，因执行战后的欧洲政策与盟军司令艾森豪威尔的意见有分歧被解职。1945 年 12 月 21 日，巴顿驱车出外打猎，遇车祸身亡，享年 60 岁，他在功成名就之时逝去，成为美国人民心目中的英雄，也赢得了世界的赞誉。

从非洲贫妇到美国博士

一位非洲贫困农村的家庭妇女，30多岁，仅有小学一年级学历，抚养着五个孩子并忍受着身患艾滋病丈夫的家庭暴力，她还能有多少人生追求，多少人生梦想和学业成就？然而特莱艾·特伦恩特(TereraiTrent)颠覆了世上所有童话大师最灿烂的灵感和最狂野的梦想。《纽约时报》报道，2009年12月，44岁的她在美国西密执安大学获得了哲学博士学位。

特莱艾的梦想再简单不过，就是受教育的渴望。1965年生于津巴布韦一个小村落的她只上了一年小学便被父亲打发回家。毕竟家里还有未来能为父母挣钱养老的哥哥需要上学，又何必在终有一日扫地出门的女孩儿身上花学费呢？

辍学的特莱艾却偷偷地让哥哥教她。在她做功课的石头上，特莱艾用一张小纸写下了自己的四个梦想——出国留学、读完学士、硕士和博士。然后，她按照非洲人的传统将写着这四个梦想的纸条放进一个瓦罐里，埋在家门口的这块大石旁。

年仅11岁。父亲便把特莱艾嫁给了在整个婚姻中不断打她的丈夫。此时此刻。人生机会的缺失让这位渴望受教育的女孩儿正跻身发展中国家因为贫困辍学而提前荒废的7500万中的一员。

时光流逝，一晃十几年，她已经是五个孩子的母亲，年过30依然贫困。

正当梦想将被深埋非洲大地之时，她等来了改变命运的时刻。一个国际援助组织的志愿者团队路过她居住的村庄。在与村妇女交谈中，特莱艾向带头的一位志愿者乔·拉克女士说出自己的四个梦想。

有幸乔·拉克女士并没有对这位小学一年级文化程度的家庭妇女和这四个“荒谬透顶”的梦想轻描淡写地例行公事，而是告诉女主人公一句鼓舞人生的话——只要你有梦想，你就能实现。

千里之行始于足下，特莱艾从为国际援助组织工作开始。攒下工资攻读函授课程，从小学课程一直补到高中。1998 年在国际援助组织的帮助下。她被美国俄克拉荷马州立大学录取进本科学习。怀揣录取通知书迈出国门，对今天绝大多数中国留学生来说是易如反掌的事情，对这位非洲女性而言却异常艰难。

“我不能丢下五个孩子。”特莱艾回忆，“要不，她们很可能就让丈夫给随便嫁人了。”为了不丢下孩子，特莱艾不得不带上丈夫一行七人到美国留学。家里卖牛，邻居们卖羊，凑了 4000 美元放在最贴身的衣袋里，特莱艾的美国留学梦终于成真。

梦想是美好的，现实是残酷的。很快，留学梦变成了噩梦，非洲的贫困生活变成了美国式的贫穷。微薄的助学金，上学的孩子加上无所事事的丈夫，一家人被迫挤在冰冷、残破的车式房子里。很快，特莱艾开始要到家门前的垃圾桶里找邻居丢弃的食物。丈夫用拳打脚踢发泄着不满，孩子总是饥寒交迫。

她不得不打几份工，利用一切时间学习，缺少睡眠，还要忍受家庭暴力。虽然心知自己身上承载着非洲妇女和众多帮助过她的人们的期望，但特莱艾还是差点就坚持不下去了。所幸，她的善良和才智打动了身边的人们，正当俄克拉荷马州立大学因为她交不起学费要开除她时。一位学校官员亲自干预并发动老师学生伸出援助之手。这位官员说：“我看到她身上有一股巨大的才能。”

当地的慈善组织定期捐出食品，国际援助组织提供房租补助，一位好心的沃尔玛超市员工总是用心地将刚刚过期的水果定点放在超市外边留给特莱艾。就这样，她实现了自己的两个梦想——留学美国和完成学士学位。

而故事的女主人公在美国西密执安州立大学开始学业时，不得不重新面对之前因家庭暴力而被美国移民局解递出境的丈夫。这时的丈夫已因艾滋病到生命的最后时分。在近一年的时间里，特莱艾边上学，边照顾孩子，边关照从非洲被接回美国的丈夫直到他去世。

非洲大陆艾滋病的现状激发了她完成了关于非洲艾滋病预防的博士论文，并已经开始为改变她命运的国际援助组织担当项目评估专家。而且，她在改变自身命运的过程中找到了属于自己的爱情。她与俄克拉荷马州立大学认识的一位病理学家马克·特伦恩特结为夫妻。

就这样，用毅力和智慧抗拒着生命中的一个个“高度不可能”，特莱艾实现了自己的全部梦想。2009 年 11 月至今她成了美国媒体聚焦的人物。来到美国最著名的日间谈话节目“奥普拉秀”向世人讲述自己的故事，相信那个时刻，她感动了非洲，感动了世界。

皇甫谧：被婶母教育成才

皇甫谧(215—282年)，我国魏晋间作家、医学家。幼名静，字士安，号玄晏先生，安定朝那(今宁夏固原东南，一说甘肃灵台境内)人。

皇甫谧自幼父母双亡，一直跟着叔父生活，不幸叔父也过早去世，婶母任氏便承担起抚育他的责任。婶母把一切希望都寄托在皇甫谧身上，虽然家庭生活并不宽裕，但她尽量省吃俭用，而叫皇甫谧吃好一点，穿好一点。可是没想到过分的宠爱，反而使这个孤儿从小养成了坏习惯。他既不爱读书，又不愿劳动，整天和一些游手好闲的年轻人鬼混在一起。人们都说他是个不成才的放荡儿。任氏十分焦急，费尽口舌去规劝他、告诫他，但他都是当面应承几句，过后依然故我，没有什么明显改进。后来，婶母决心找一个适当时机，狠狠刺一下这不争气的侄子。

皇甫谧学习不求上进，但对婶母十分孝敬，他知道婶母含辛茹苦，把他抚养成人十分不易，因此，皇甫谧每次从外边回来，总是向婶母问寒问暖，有时还带点东西回来孝敬老人。

有一天，皇甫谧到瓜市上去玩，一个卖瓜的朋友送给他一个刚上市的瓜。他很高兴，自己舍不得吃，便把瓜拿回家去，先让婶母尝尝新。没想到，婶母很生气地说，“你呀！什么时候才能懂事呢？都是20多岁的人了，还不务正业，不知学，不晓理，成天游游荡荡。”心思一点也不用在学业上，叫我这做长辈的怎么不为你担忧和痛心呢？你以为给我瓜吃就算孝顺吗？我就会高兴了吗？古人说过：每天早晚都能给长辈送上牛、羊、猪肉，也不能算孝顺。我对你也多次说过了，最大的孝顺是你要走正道，发愤学习，要干正事。”

皇甫谧听着婶母语重心长的教诲，呆呆地站在那里，似乎有所触动。只听见婶母继续说：“从前孟子的母亲为了让儿子学好，搬了三次家；曾子的父亲为了不让孩子学说谎，毫不迟疑地杀了一头猪。我对你的教育比不上他们，可是为了你学好，我也没少费心思啊！你身为男子汉，怎么就这么不长志气，一点不争气呢？”说到这里，任氏痛苦地闭上了眼睛，不知不觉流下了眼泪，说话的声音也渐渐沙哑了。

皇甫谧听着婶母的这番肺腑之言，越发感到悔恨交加，惭愧得无地自容。他向婶母表示，今后一定要痛改前非，重新做人。任氏故意表示不相信，她说："我看，你改也难哩！俗话说：江山易改，本性难移啊！”说完，便不理他继续织起布来。那沉重的机杼之声，一下一下地敲打着皇甫谧的心。

婶母这次煞费苦心的教育，深深感动了皇甫谧，成为他人生的转折点。他想，孟子、曾子经过苦学能成为有学问的人，我为什么就不能呢？他跪在地上向婶母庄重表示，今后一定痛改前非，发愤学习，做一个有学问、有出息的人。

从此以后，皇甫谧果真变得勤快了。白天，他帮助婶母料理家务，下田干活；晚上，他埋头灯下，苦读书卷。皇甫谧一边辛勤务农，一面挤些时间跑到邻近的一位叫席坦那的老先生家里去读书求教。后来，他渐渐有了自学能力，更是起早贪黑，勤学苦练，甚至在耕田种地的时候，也随身带着书，边劳动边学习。这样的学习生活一直坚持了好几十年，终于成为一位品德高尚，学问渊博的人。

皇甫谧中年患病，半身不遂，痛苦得想死。婶母又教他身残志坚，战胜困难。他终于在医学、文学、史学等多方面著书立说，卓有贡献。

皇甫谧中年不幸患了风湿麻痹症，半身不遂，行动非常困难，他痛苦极了，想自杀一死，了此一生。这时，婶母对他说："你读了那么多书，就是要为世上做点事，这样随便就死了去，过去的辛苦不是白费了吗？况且，怎么知道病一定治不好了呢？"皇甫谧听了婶母的话，打消了自杀的念头，鼓起了生活的勇气。他以惊人的毅力继续攻读，手不释卷，刻苦钻研，潜心著书，常常连吃饭睡觉都忘了，被人称为"书淫"。有人劝他说："你这样废寝忘食，不要命地用功，会伤害身体的，还是节制一下吧！"他回答说："朝闻道，夕死可矣！"意思是说：只要早上能学到知识，即使让我晚上死了，也不觉得命短。何况一个人寿命的长短，并不决定于是否勤学呢！

皇甫谧是个博学多才的人，不仅著有大量的诗、赋、诔、颂、传等文学与史学作品，还精通医学。他翻阅了许多医书，终于找到了针灸可以治麻痹症的记载。他仔细研究《明堂孔穴针灸治要》等书，先在自己身上试验，以亲身体会各个穴道，并在此基础上写了《针灸甲乙经》，阐述经络理论，明确穴位名称和位置，并阐述疾病的针灸取穴法等，总结了晋以前针灸学成就，是我国论述针灸学的第一部完整的专著。他写的《帝王世纪》《高士传》《烈女传》《玄宴春秋》等著作，也有重要的文学和史学价值。

皇甫谧有了名气之后，不少人劝他放弃乡居生活，出去广交名流，以求得自己更大的名气。皇甫谧却不以为然地说："一个人居住在穷乡僻壤，耕种在广阔的田野间，生活在熟悉的亲朋中，也是很有乐趣的事，又何必为了自己出名而去趋炎附势，追逐势利呢？"皇甫谧还数次拒绝皇帝的诏命，不愿到朝廷去做官，只以"著书为务"。他姑母的儿子梁柳，做了阳城郡的太守，将赴任时，有人劝他准备酒肉送行，他说："梁柳没有做官时，到了我家，我不过拿家常的咸菜招待他，贫寒人家哪里拿得出酒肉来啊！现在他做了一郡的长官，却叫我备办酒食送行，这就变成了奉承阳城太守，而小看梁柳本人，我不干这样的事。"这反映了他为人的高尚品质。为了把自己的治学经验传给后人，他还热心地教授学生。像《文章志》《三辅决录志》《文章别流集》等书的作者挚虞，就是他的弟子之一。

狄青不怕出身低

虽然在中国封建社会中，人们一向推崇一条原则："将军起于行伍，宰相起于胥吏。"但是，贵族门第的人往往要比下级官吏有更多的提拔机会，靠关系、靠资历是长官的捷径，真正能从最基层升到朝廷最高层的人实在少得可怜。而宋仁宗时候的大将军狄青，就是这少之又少的人物中的一个。

狄青是山西汾州人，自幼习武，练就一身骑射绝技。成年之后，他到处流浪，最后来到开封，投身行伍，成为宋王朝的官吏卫兵。宋王朝时候，凡是以普通士兵身份投军的人，都要在脸上刺字，就好像流放的囚犯一样，防止士兵开小差逃跑。狄青的脸上，当然也少不了那个人人引为耻辱的记号。

别人怎么想，狄青全然不顾，他有自己的想法。狄青名挂军籍，脸上刺字的那天，正是开封科举发榜的日子。春风得意的新科进士们，从狄青他们守宫士兵们的身旁经过。别人都在哀叹：同是新人，状元郎跟新兵的命运悬殊，真有天壤之别呀！狄青却不以为然："今后如何还很难说，得看各人才能如何呢。"他这句话，曾是人们嘲笑狄青的证据，但这句话却正是此后狄青一生奋斗的动力，也成为他行伍升至枢官密使的一生写照。

施展自己才能的机会终于来到了。西夏建国，骚扰宋朝边境，朝廷不得不派兵增援陕西边境州郡。狄青也随一些宫廷卫士来到了延州，担任了指挥使，在他麾下，有一支大约 500 人的队伍。

从开封到延州，别人都不认为是升官，反当作一种变相流放。在边境的战争中，宋军吃的败仗太多了，将士们大都产生了畏敌的消极心理，而狄青当时的心态却完全不同，他在这里找着了表现才能的机会。

每次作战，狄青总是披散了满头长发，戴上青铜面具，只露出一对炯炯有神的眼睛。他横枪跃马，身先士卒，冲进西夏军阵，所向披靡，无人能挡。在延州 4 年，经历 25 战，建城寨，破敌阵，8 次负伤，却坚持战斗。有一次大战于安远，狄青身负重伤，偏偏西夏士兵大举反扑，他立即挣扎着重上战马，带领士兵击退来犯之敌。正因为狄青如此英勇，西夏士兵都称他为“天使”。狄青出阵，西夏士兵人人胆寒，避之唯恐不及。

后来，韩琦和范仲淹到了延州主持军政。当地的经略判官尹洙向范仲淹推荐了狄青。范仲淹跟狄青一见如故，连声称赞：“这是一位能成为良将的人才！”他特地送狄青一部《左氏春秋》，开导狄青说：“当将领的不仅要勇敢善战，还应该通晓古今。”对狄青认真读书，吸取历史的经验和教训。

狄青深受感动，从此利用战斗间歇刻苦阅读古代史书，把秦汉以来各次大战过程、各位名将的兵法都研究了一遍。他们的成败得失，狄青烂熟于胸，最后，狄青终于成为一位既能冲锋陷阵，又精通兵法的将领。一颗新星终于升起在西北的天空。

狄青久经沙场，战功赫赫，官至枢密副使（全国军事副统帅）。他从士兵行列中出身，经过十几年的奋斗而升任军官，才获得荣耀和尊贵的地位，但是他当兵时被刻在脸上的“刺青”还在。

宋仁宗曾经赐给他可以除去刺青的药物，要他把它除净，但是狄青却指着自己的脸孔说：“皇帝陛下是以我的战功来提升我，并不在乎我的出身和地位。微臣之所以有今天的成就，就是因为脸上被刺了字，想着要力争上游的结果，我愿意留下它，用它来劝勉、鼓励军中的同胞，跟我一样奋斗不懈，所以臣下不敢遵照陛下的命令去做。”

狄青任枢密使时，有唐代名将狄仁杰的后代，拿着狄仁杰的画像和家谱来见狄青，说狄仁杰是狄青的远祖，狄青说：“我今天的地位是际遇好，这算不了什么，我本来就出身卑微，怎么可以高攀狄梁公？”

蒲松龄落第不落志

蒲松龄是清代的文学家，他自幼聪明好学，但长大后屡次应试皆落第。蒲松龄并没有因此而气馁，而是继续追求成功。他曾含羞自荐，给当时德高望重的大宗师黄昆圃写信，希望能得到帮助，然终没能如愿。

从此，他不得不在乡间一边教书，一边继续准备应试。正在这时，他的爱妻陈淑卿离开了人世，这使他悲恸欲绝，生活更加清苦。但生活的艰辛与爱妻的去世并没有动摇他追求成功意志。他化悲痛为力量，自作了一副对联来激励自己，上联是："有志者，事竟成，破釜沉舟，百二秦关终属楚"，下联是"苦心人，天不负，卧薪尝胆，三千越甲可吞吴"。

为了实现自己的夙愿，他全身心地投入到读书中去，向时间索取知识和财富。他说："耗精神与号呼，掷光阴与醉梦，殊可惜也！"

他还坚持不懈地从群众中获取知识；他在家乡靠近大路旁的一棵大树下面，铺一张芦席，设茶备烟，凡是路过此地的人，他都免费供茶供烟，请他们讲一两个民间故事。就这样，年复一年，日复一日，他广泛搜集素材，勤奋写作。

历经 20 年，他终于写了闻名中外的短篇小说集《聊斋志异》。这部著作通过说狐谈鬼的表现方式，对社会的黑暗面进行批判，并"寓赏罚于嬉笑"，具有百诵不厌的艺术魅力。同时，他还完成了《聊斋文集》四卷、《聊斋诗集》六卷、《聊斋俚曲》十四种及其他杂著。

聂耳的音乐之路

聂耳原名聂守信，他的父亲很早就去世了，家里境况困难。聂耳该上三年级了，学校马上就要开学，可是哪有钱交学费买书呢？妈妈悄悄把聂耳爸爸在世时最喜欢的八音钟卖了，学费有了着落。可书费呢？开学那天，小聂耳拉住妈妈的衣角说："妈妈，我有书了。"他从书包里拿出两个订得整整齐齐的本子。妈妈翻开本子一看就呆住了，聂耳用香烟盒纸工工整整地抄了两本，一本国语，一本算术。

贫寒的生活丝毫没有影响他对生活的热爱。他家有一位邻居姓邱，是位木匠，闲暇时喜欢拿一支短笛坐在门口吹，那美妙的旋律时而像天上的云彩一样悠扬舒缓，时而像森林里的小鸟一样活泼跳跃。年幼的聂守信陶醉不已，忍不住跑到邱木匠家，跟他学习吹笛子。聂守信很聪明，学得很快，在他的影响下，两个哥哥也跟着一起学。后来，他们用压岁钱买了一支竹笛和一把二胡。从此他的家就乐声不断，常引得路人停下脚步聆听。

后来，聂守信又学会了拉二胡、弹三弦和月琴。在学校，他是学生音乐团出色的小指挥，在他家居住的胡同，他又是街坊儿童小乐团的热心组织者。中学毕业后，聂守信被云南省立师范学校录取。一天，他亲眼看见国民党当局杀害了三位革命者，还割下他们的头，挖出他们的心，暴尸示众。聂守信对此感到无比愤怒，他开始思考民族的命运，并加入了共青团。由于参加革命活动，他被当局列入黑名单，无奈离开家乡去了上海。这一年，他刚 18 岁。

初到上海，他在一家云南人开的商号里当伙计。一天，他在报上看到了“明月歌剧社”招收学员的广告，想到自己从邱木匠那里受到启蒙至今，一直没有机会投身艺术，便马上跑去报名。主考人是音乐家黎锦晖，他见这个年轻人身上洋溢着奋发向上的热情，又有音乐基础，立即录取了他。在歌剧社，聂守信很快就成了首席小提琴手，由于他的耳朵特别敏锐，大家就叫他“耳朵先生”，后来，他干脆改名叫聂耳。

“九・一八”事变后，国家危难，歌剧社的节目仍然是风花雪月，聂耳认为年轻人不应沉迷于靡靡之音，离开了歌剧社。不久，他结识了诗人田汉，参加了革命音乐组织。他开始为电影和戏剧创作主题曲和插曲，《大路歌》、《开路先锋》、《码头工人之歌》、《毕业歌》，一首又一首明快有力的歌曲从他心中涌出，冲击着中国人麻木怯懦的心灵。

1935 年，由田汉和夏衍等人创作的电影《风云儿女》需要一首主题歌，田汉写好了歌词，负责谱曲的聂耳看到歌词后激动不已，他在自己的房间里忘我地投入了创作，时而在钢琴上弹奏，时而用手在桌子上打拍子，时而在地板上走来走去，楼下的房东太太差点把他撵出去。谱好之后，导演许幸之被那激昂有力的旋律深深打动，不过他觉得结尾不够有力，歌曲原来的结尾是“前进！前进！前进！”在他的建议下，聂耳把它改成“前进！前进！前进进！”变得更有气势了——这就是《义勇军进行曲》。

聂耳在外漂泊多年，回到家乡时，邱木匠已经去世，想起童年时邱木匠对自己的帮助，聂耳心里非常感激。

时刻记住自己的梦想

1978年，有个台湾青年准备报考美国伊利诺大学的戏剧电影系，却遭到父亲强烈的反对，父亲的理由是，在美国百老汇，每年只有200个角色。但却有5000人要一起争夺这少得可怜的角色。父亲的反对没有令青年止步，他一意孤行登上了去美国的班机。青年从电影学院毕业后，终于明白父亲当初的良苦用心。因为在美国电影界，一个没有任何背景的华人想要混出名堂来，简直比登天还难！可青年为了自己的梦想，还是耐着性子，帮剧组看管器材、做点剪辑助理、剧务之类的杂事，且一干就是六年。青年30岁，他梦想的事业连一点影子也没有，更谈不上而立，甚至连自己的生活都没有着落。面对残酷的现实，青年脑中开始猜疑自己是否太好高骛远。甚至，他也曾想过放弃梦想的念头。

然而，一个成大事的男人背后必定站着一个坚毅的女人，青年的妻子在他踟蹰不前之际燃起了他梦想的激情。从此，他又过上了一段妻子主外，他助内的生活。他每天在家包揽一切家务，负责买菜做饭带孩子。稍有空闲便夜以继日地读书、看电影、写剧本。

闷在家里的日子，青年再次迷惘起来，一个男人靠女人养着，毕竟是很伤自尊心的事。终于有一天，男人感到了沮丧，无奈地自言一句，还是面对现实吧！后来，他背着妻子，心酸地报了一门计算机课，准备靠一技之长养家，从而平静地做一个平庸的男人。

然而细心的妻子还是发现了他的心境，经过几次的相视无语后，终于一天早晨，妻子在上班登车的一刹那，铿锵有力地扔下一句话："你要永远铭记自己的梦想！"

蓦然，他的心像被揪了一下，梦想的灯盏再次在他眼前闪烁。没过几年，他的剧本得到了基金会的赞助，开始自己拿起了摄像机；再后来，一些电影开始在国际上获奖……他就是《推手》、《喜宴》、《饮食男女》、《卧虎藏龙》、《绿巨人》等影片的导演李安。

二OO六年的《断背山》获得奥斯卡最佳导演奖，当李安捧着奥斯卡的小金人，面对闪闪的镁光灯，他泪光闪烁。内心止不住激动，默说着妻子曾说过的一句话："我一直就相信，人只要有一项长处就足够了，你的长处就是拍电影。学计算机的人那么多，又不差你李安一个！你要捧起奥斯卡的小金人，就要时刻铭记你的梦想！"

张艺谋：从放羊娃到大导演

平凡的他在建国初期生于黄土高原。从懂事起他就知道弟弟是个聋人，父亲是“现行反革命”，正值青春年少的他迫于形势不得不辍学，先后当过放羊娃、纺织工和搬运工等。

命运对每个人都是公平的，但有时也很刻薄，或许你屈服于它，也就只能做一辈子的放羊娃。在那艰苦绝着的年代，在枯燥、繁重的劳动中，他最大的愿望就是能进到工厂的宣传科，做一名干事，从此不愿在流水线上工作，他开始喜欢上摄影，并很快显露出在照相方面的才能，后来他终于如愿以偿。艰苦的生活没有摧垮他的意志反倒增强了他上进的信心，他瞒着妻子远赴首都求学，优异的成绩无法遮掩政治上的阴影，他报考的学校不予录取。他壮着胆子给当时的文化部长写信，才以当年那批学员最高龄的身份勉强入校。为了自己心爱的摄影事业，他甚至到医院去卖血，去换取一个高倍像素的摄像机。

在大学读了两年之后，学校老师找他谈话，意思是他岁数太大，已经29岁了，可以提前离开学校，以西北人倔强的性格，他恨不得马上卷铺盖走人，但是那个时代文凭是一个无法忽略的敲门砖，于是他又硬着头皮待了两年，毕业那年，他已经整整31岁了！

许多人都靠关系或实力留在北京工作，他则被分配到边远的大西南去扛摄像头。他一声不吭地闷头钻研，并向导演行业逐渐靠拢，埋头苦干了六年之后，才导演了人生的第一部电影，就是这部电影让大器晚成的他在国际上获了奖，为他赢得了不少声誉。拍电影时，他通常只睡四五个，甚至两三个小时，他习惯把白天拍的镜头，晚上连夜剪出来。然后看看报，上会儿网，再看一两个碟，这样有时就到了天亮。

他并不满足于现状，马不停蹄地冲向更远的地方，捧回了许多国际大奖，也捧红了一大批影星、作家，成为中国第五代导演里当之无愧的泰山北斗。他平凡而坎坷的人生经历后来都融入他的电影作品中，使他的电影具有一种厚重、神秘的特质。他就是创造了无数票房神话赢得了无数满座奇迹的张艺谋。

卑微：人生第一堂课

鲜花与掌声从来都被年轻人全力追逐，在茶楼当过跑堂，在电子厂当过工人的周星驰也不例外，中学时期就梦想有一天能主演一部电影。然而现实与梦想之间的距离总是很遥远，周星驰在电影剧组的第一个工作是杂役，干些诸如帮人买早点、洗杯子之类的事情，根本没有机会参加演出。

3 年之后，周星驰才开始饰演一些仅有几句台词或根本就没有台词的小角色，如果在今天仔细观看那部曾轰动一时的古装武打连续剧《射雕英雄传》，就会在里面找到他的影子：一个只在画面上闪现了几秒钟的无名侍卫，最后以死亡结束了他匆匆的亮相。

然而没有导演看重外形瘦弱另类的他，因为观众的鲜花与掌声只献给美女与英雄。失落之余，他转行做儿童节目主持人，一做就是 4 年，他以独特的主持风格获得孩子们的喜欢。但是当时却有记者写了一篇《周星驰只适合做儿童节目主持人》的报道，讽刺他只会做鬼脸、瞎蹦乱跳，根本没有演电影的天赋。这篇报道深深刺激了周星驰，他把报道贴在墙头，时刻提醒和勉励自己一定要演一部像样的电影。于是重新走上了跑龙套的道路，虽仍要忍受冷眼与呼来唤去，仍是演出那些一闪而过的小角色，但他紧紧抓住每次出演的机会，拼尽全力展示最独特的自己，就像一束一束的瑰丽烟火冲向漆黑的夜空。一年之后，也就是 1987 年，他在真正意义上参演了第一部剧集《生命之旅》，虽然差不多还是跑龙套，但是终于有了飞翔的空间。从此，他开始用一身小人物的卑微与善良演绎自己的人生传奇。

经历过最底层的挣扎，拍完50多部喜剧作品之后，周星驰成为大众心目中的喜剧之王。他成为香港片酬最高的演员之一。好莱坞翻拍他的电影，意大利举办周星驰电影周向他致敬，他独创的“无厘头”表演风格，成为香港甚至全世界通俗文化的重要一环。

在央视专访节目中周星驰不无自嘲地回忆了走过的路程：有些人说我最辛酸的经历是扮演《射雕英雄传》里面一个被人打死的小兵，但是我记得这好像不是，还有更小的角色，剧名至今也不清楚，只知道应该不是现代的，因为穿古装。一大帮人，我站在后面，镜头只拍到帽子与后脑勺。那种感觉对我来说相当重要，因为这使我对小人物的百情百味刻骨铭心。

人生其实就是这样，充满了光荣与失落，梦想与挫折，奇迹与艰辛。没有人生下来就是大明星，但即使是扮演再普通的小角色，也要用心把他演得最出色。饱尝世事辛酸最后终于站在自己梦想舞台巅峰之上的周星驰，用他的经历告诉我们：卑微是人生的第一堂课，只有上好这一堂课，才有机会使自己的人生光彩夺目。

陈安之的成功之路

1967 年 12 月 28 日，陈安之生于中国福建省。14 岁那年，望子成龙的父母通过姑姑把他送到美国加利佛尼亚州圣地亚哥市留学。美国电视台很流行名人访谈节目，屏幕上名人们近乎天方夜谭的创业传奇，总是让陈安之热血沸腾。16 岁那年，陈安之开始了半工半读的生活，他要在生活中实现“从底层创造奇迹”的梦想。

这年暑假，陈安之拿着报纸上的招聘广告找了一份餐厅服务生的工作。一次，为客人端茶时，陈安之不小心将杯中的茶溅到了一位客人的衣服上。恼怒的经理叫嚷着：如果再出错就炒你鱿鱼！干了一个月的陈安之一气之下“炒了经理的鱿鱼”。

从餐厅辞职后，陈安之一头钻进名人传记的书堆中埋头苦读，希望能从中找到成功的秘诀。

在美国开电脑公司的姑姑为了鼓励陈安之，便聘请他去自己的公司做推销员。这一天，陈安之接待了他进公司以来的第一位顾客，他向顾客推荐公司的电脑和售后服务，顾客很满意，决定购买电脑。来到软件柜台边时，顾客拿起一张软件问陈安之：“这个软件有哪些主要功能？使用起来方不方便？要不你给我演示演示？”陈安之一听，蒙了，在做这份工作前他对电脑一窍不通，软件更是碰都没碰过。陈安之尴尬地对顾客说：“对不起，我也不懂。

要不等我请教技术人员后再告诉你？”顾客用一种让陈安之无地自容的眼神看着他：“这都不懂你还做什么推销员？我很怀疑你们公司的品质。”第一笔生意就这样泡汤了。为此，陈安之恶补了电脑知识，可是顾客仍然能问出许多他回答不了的问题。如此反复几次，电脑推销员的工作陈安之也干不下去了。

姑姑没有责怪陈安之，鼓励他转行做会计，负责核算工资。姑姑公司的规模不大，就几十个员工，会计的工作并不算难。然而，一次在造工资册的时候，陈安之错加了一个零，致使工资一下子多发出了十倍！无奈，姑姑只好又安排陈安之去做没有技术含量的送货员。可是，多数时间沉浸在书堆中的陈安之是一个“路盲”，送货时经常搞错路线，甚至张冠李戴。最后，姑姑不得不“大义灭亲”，炒了他的鱿鱼。

无论是在加利佛尼亚州读中学还是大学，半工半读的陈安之都不是优秀的学生，但他却被老师同学誉为“最优秀的疯子”，因为他是有名的“成功狂”！大学时，大家都背着书包去上课，陈安之却提着公文包，穿着衬衫打着领带去卖菜刀。同学和老师问他：你包里装着什么东西？陈安之拿出好几把闪着寒光的菜刀往前一伸，吓得别人直往后退，他却一本正经地说：“我在打工，我很快就要成为世界上最伟大的菜刀推销员了。”陈安之的举动，让老师和同学们哭笑不得。

陈安之屡战屡败，但他始终不放弃。到 21 岁时陈安之已经打了 18 份工，也失败了 18 次，他雄心勃勃为自己设立了 40 个目标，但是一个也没有实现。

一天，已经穷得快揭不开锅的陈安之去向一个欠了他 100 美元的朋友要债，结果发现朋友负债累累，比他还穷，根本还不上他的钱。两个难兄难弟站在破烂不堪的房间里一筹莫展。这时，一本名叫《激发心灵潜力》的书进入他的眼帘。书的作者是安东尼·罗宾。

安东尼·罗宾写这本书时才 23 岁，他曾经一贫如洗，然而 24 岁时却成为百万富翁，27 岁时成为世界超级潜能激励大师，演说一场的最低报酬达 4 万美元！陈安之诧异：怎么可能有人在一年之内获得这么大的成功呢？事也凑巧，朋友刚好有一张当天下午安东尼·罗宾演讲的入场券，见陈安之感兴趣，便说："Steve(陈安之的英文名)演讲现场，身高两米的安东尼·罗宾神采飞扬、魅力四射。到个人提问时间了，陈安之那张东方人的面孔引起了安东尼·罗宾的注意，特意给了他提问的机会。陈安之把自己几年来屡战屡败的"悲惨"经历说了出来，请安东尼·罗宾指点迷津。安东尼·罗宾笑了，大声告诉他同时也是告诉在场的所有人：第一，过去不等于未来，过去失败了并不代表你下一次不能成功。所以，你要立刻把你过去的历史抛得一干二净，今天就是新的开始。第二，没有失败，只有暂时停止成功。所以你现在只是还没有成功而已，但你并没有失败。第三，所有的成功都是采取大量行动的结果，一般人害怕行动，害怕万一失败了被朋友笑话，而你要成功，就必须克服这些障碍。

醍醐灌顶，茅塞顿开！陈安之激动地跑上台与安东尼·罗宾握手。安东尼·罗宾成了陈安之心中的巨人，他被安东尼·罗宾的魅力与热情所折服。安东尼·罗宾的鼓励让陈安之恢复了自信。更重要的是，安东尼·罗宾教会了他怎样用积极的心态去面对成败得失。

在演讲的最后，安东尼·罗宾说："世界上赚钱的行业很多，但是没有哪一个行业可以比得上帮助别人成功和帮助别人改变命运更加有价值，更有意义。"这一句话改变了陈安之的命运。大三那年，陈安之不顾家人的强烈反对，毫不犹豫地从大学退学，转而研究成功学、潜能开发、目标设定、时间管理、人际关系、领导力。"以最短的时间帮助最多的人成功"成了陈安之新的奋斗目标。

1988 年夏天，陈安之参加了安东尼·罗宾公司的讲师招聘会。面试当天，安东尼·罗宾公司负责招聘的总经理并没有打算录取陈安之。"目中无人"的陈安之对座椅上的总经理说："我已经决定来你们公司上班了，你一定要录取我，我一定要成为你们公司的讲师。"陈安之的狂妄让总经理瞪大了眼睛："那你明天再来，明天再说吧。"陈安之咄咄逼人："我离你的公司很近，可以天天到公司烦你，直到你录取我为止！为了减少你的麻烦，你还是现在就录取我吧！"总经理笑了，说："你这个人很有趣，我已经说了，你明天再来。"见对方仍没有录取自己的意思。陈安之就问："这次面试，谁是第一名？""就是刚好从旁边走过去的那位，那个人很年轻，今年22岁。"陈安之马上反驳："我今年才21岁！"话刚说完，总经理站起来大声说："Steve陈，恭喜你，你被录取了。"

后来，陈安之问总经理："我除了有强烈的进取心，什么优势也没有，你为什么还要录取我？"总经理说："最重要的是，你成功的企图心超越其他84位，所以我录取你，并相信你一定会成功。"陈安之由此认识到，成功的第一个秘诀就是要下定决心。当一个人决定一定要的时候，他的潜能才会被激发出来。

虽然如愿进入了安东尼·罗宾公司，但陈安之很清楚自己的劣势，他要从零开始，他知道更大的挑战还在后面。为了尽快进入角色，陈安之开始了疯狂训练。

每天开车上下班的路上，陈安之一边开车一边"喋喋不休"地大声演讲，以致和他擦身而过的司机都好奇地向他张望。等红灯的时候，他则更疯狂地对着镜子全神贯注地高声演说，绿灯亮了也浑然不觉，后面的车只好用此起彼伏的汽笛声惊醒他。晚上回到家后，他便站在镜子前练习演说，一练就是三四个小时。

在所有的学习中，"走火"训练让陈安之刻骨铭心。那是在夏威夷，训练场上一块17米长的地面上铺着烧得旺旺的木炭，炭火上方铺着一块被火烤得很烫的铁板，参加考验的600多人全部脱掉鞋袜，每个人都必须赤着脚从铁板上走过去，否则就是失败。

烈火、铁板、赤脚……陈安之联想到了烤肉架上的肉，心里充满了恐惧。见陈安之迟迟不动，已经通过考验的一群美国女学员嘲笑他："中国男人真没用！”这句话让陈安之热血上涌，“豁出去了！”他冲入火阵中，快速跑了过去。陈安之不明白自己为什么跑过去没有被烫伤，但是这次体验让陈安之认识到：很多事情看起来几乎不可能成功，其实是我们没有下定“豁出去”的决心而已。功夫不负有心人，通过近乎疯狂的超常规训练，陈安之终于能自信地面对几千名听众口若悬河了。

转眼两年过去了，24 岁的陈安之在安东尼·罗宾的公司里一天比一天成熟，疯狂的训练让他出类拔萃，为公司挣的钱也越来越多。但是，无论怎样，他都只是安东尼·罗宾公司最好的讲师，他不甘心在公司里排名第二，要做就做第一！1991 年，陈安之从安东尼·罗宾公司辞职，准备开创自己的事业。陈安之与朋友合伙成立了“陈安之国际训练机构”，他把公司授权给合伙人管理，他则专门负责演讲。不料，公司经营得红红火火时，合伙人却卷着近百万美元的巨款逃得无影无踪。

陈安之不得不又从零开始。他租不起写字楼，只好租了一间大客厅，员工的吃、住、办公都在客厅里。有一次电视台来访问他，记者惊呆了，无法相信名气正旺的陈安之的公司居然在一个破烂房间的客厅里！老师安东尼·罗宾看了这次采访，特意打电话给他，说：“Steve，从你身上我看到了从前的我。你一定会成功的！”

1992 年，25 岁的陈安之举办了一场 3000 多人的超级大演说，他用了 24 种推广方法使演讲获得了巨大的成功，轰动了美国。接下来的演讲一场接一场，这一年，他赚了 100 万美元。陈安之的事业如日中天。他在亚洲各国每小时的演讲报酬高达 1 万美元，而在香港半岛酒店开设超级总裁班课程时，三天的课程每位听课的总裁交纳的费用高达 18 万元人民币，而且听者依然趋之若鹜。

除了年平均 200 场的成功励志学演讲，陈安之还给康柏、强生、三九等世界知名企业作营销顾问，为这些企业出谋划策。借助陈安之的知名度和极富创意的策划，一些企业一年之内增收几亿美元！陈安之还邀请潜能专家安东尼·罗宾、人脉专家哈维·麦凯、行销专家赖兹等世界顶级大师一起到世界各地演讲。有这些世界瞩目的“高手”助阵，陈安之这个华人世界的励志专家愈发光彩夺目，声名远扬。

赵普：从保安到著名主持人

1971年，赵普出生在安徽省太平县一个贫穷的小山村。他还有一个姐姐和一个哥哥。赵普读初中时，他的姐姐和哥哥都想结婚，可家里却穷得连一张新床都难以置办。懂事的赵普考虑再三，决定放弃读高中考大学的机会，参军去！他慷慨激昂地向父母说明自己的理由："我去参军，既可以为家里节省学费，又能在部队得到锻炼，还能为家里争得荣誉，复员后没准还能找到工作，是一举四得呢！"

就这样，1987年12月，16岁的赵普离开家乡，到北京某后勤部队当了一名士兵。在新兵连的联欢晚会上，他表演了诗朗诵。在场所有官兵都被他饱含真情的表演打动了。新兵连训练一结束，他就被分配到连队广播室当了广播员。为了做好广播员的工作，赵普每天晚7点总会准时守在电视机旁，从头到尾仔细揣摩《新闻联播》主持人的一言一行，暗暗发誓以后要成为一个像样的电视节目主持人！

然而，1990年3月，赵普退伍后，却到安徽省体育局下属的省体育馆当了一名保安。要强的他想：虽然是金子总会发光，但埋在地下与一块石头又有什么两样？只有朝理想不断努力，有一天机会降临时才会被伯乐发现。从此，每个月几百元的工资，大部分都被他用来买有关主持艺术的书籍。

为了练好普通话，咬准每一个字音，每天下班后，他都会将《新华字典》

上的字连同拼音抄满6页，折成小卡片，放在衣兜里，一有时间就一个字一个字地进行练习。为了练好形象和表情，他又专门从书店里搜集一些印有电视主持人形象的挂历，贴在镜子旁边，对照着模仿。

功夫不负有心人。不到半年，赵普的普通话就已练得炉火纯青，就连当初曾笑话过他的同事，也都纷纷竖起大拇指，称赞他的普通话说得顺溜。

不久，机会真的降临了。1991年，安徽省气象台面向社会公开招聘一名临时气象播报员。虽然，气象播报员只有短短3分钟的出镜时间，而且还只是一个每月只拿200元劳务费的临时工，但赵普还是决定试一试。他向气象台主管人事的领导，递上自己的简历。然而，那位领导只是草草地扫了一眼，便丢还给他，面无表情地说："招聘对象的首要条件是必须具备本科以上学历。"看到对方如此怠慢，赵普心里难过极了，但是他不甘心就这样错过机会。

于是，他压制住自己的情绪，诚恳地说："虽然我没上过大学，但我学习了很长时间的主持艺术，恳请您给我一个机会。"这位领导听赵普的确吐字清晰准确，又经不住他苦苦请求，最终同意让他试一试。经过考核，赵普的综合素质竟远远超过其他竞争者，应聘成功了！为了能够系统地学习和掌握有关播音主持的知识，赵普还报名参加了北京广播学院的自学考试。从此，他一边当好体育馆保安，一边抽时间做好临时气象播报员，一边自学，每天都忙忙碌碌。

然而，这样准备了近3年，正当他蓄势待发时，一连串的打击突然向他袭来。1994年11月，赵普的父亲因患膀胱癌不幸去世；3个月后，他又意外地接到了体育馆"不再续聘"的通知！

接连遭受丧父和下岗的双重打击，24岁的赵普并没有抱怨命运的不公。下岗后的赵普立即开始在合肥找工作。然而，整整两个月过去了，他连当搬运工的活儿都没找到。最终他只好拿出了仅有的2000元积蓄，加盟了一个同学的服装摊位，卖服装。

从此，赵普可谓是身兼数职，为了谋生而不得不放弃自学考试。白天，他是服装小店的伙计，为了淘到物美价廉的货物，他必须凌晨赶往千里之遥的武汉市汉正街，与小商小贩们讨价还价淘出新货，并且在天黑前赶回合肥；而夜晚，他则是衣着光鲜的临时气象播报员。虽然服装小店在赵普和同学的精心打理下，生意越来越红火，但每天巨大的失落感却使得他的内心十分痛苦。一种想要成为真正主持人的渴望，仍然强烈地刺激着他的内心。

恰在这时，北京广播学院播音系干部专修班正在全国招生。这个消息就像一支强心针，扎在了他那梦想“休克”了几个月的心间。他毅然决定报考。但他从招生简章中得知，北广播音系属艺术专业，既要考文化课又要考专业课。文化课需要参加全国统一的成人高考，专业课则是寄送本人主持或播音的作品。此时已是 1995 年 6 月，离文化课考试只剩下 4 个月了，他能在这么短的时间里学完整整 3 年的高中课程吗？

朋友们都觉得这是天方夜谭。但赵普想：是男人就要像上战场那样去战斗，只要自己努力了，即使失败了也不会留下遗憾。为此，他给自己制订了详细的学习计划，从早上 5 点到子夜一点，所有的时间都被充分地利用起来。即使是上厕所，他也要带上英语单词书，后来索性到一所中学的高三班插班学习。1996 年 2 月，只有初中文凭的他终于接到了北广播音系的录取通知书！

1996 年 9 月，赵普拿着退出服装店得到的 8000 元钱，来到了北京。不同于别的公派来参加学习的同学，下岗后的赵普必须在学习之余打工，挣够自己的学费和生活费。为了节省开支，赵普只能在离学校稍远的地方租了一间小小的地下室住下。随后，赵普开始四处寻找兼职打工的机会。可是，一个星期过去了，他还是没有找到活儿。想到自己曾经学过篆刻，赵普就在学校附近的一个地下通道里摆起了印章摊……后来学校老师得知赵普是在一边上学一边挣学费后，为赵普争取到了一个在图书馆勤工俭学的机会，使赵普每月都能有 450 元的助学工资。

转眼半年的学习过去了，1996 年底，学院开始鼓励干修班的学生外出实习。赵普通过 114 台查询各家电视台的电话，然后挨家询问：“我是北广播音系的学生，你们那儿能接收我去实习吗？”功夫不负有心人。通过查询，赵普意外地获悉北京电视台正在招聘节目主持人。他立刻带上自己的资料跑去应聘。北京电视台的领导看了他的资料和临场表现后，最终同意给他 3 个月的试用期。

为了尽早展现个人的主持才能，赵普进台第三天，就主动请缨出镜。但台里只是让他配音。赵普心想：这样长期坐冷板凳，哪里能通过展示自己才能从而留下来呢？必须去寻找机会。当时春节将近，台里一片忙碌景象。赵普觉得越忙越可能出现缺人的情况，便打电话告诉母亲，他春节不回家了……那些天，他日夜守在录播室里，遇到同事们出镜，他就一个声调、一个表情、一段串词细细地揣摩。录制节目的空闲，他就捧着有关主持的专业书籍苦读。

赵普的苦心没有白费。1997 年 2 月 12 日，大年初六，台里提前录制的一档迎新春的节目，需要一个外景主持人补录一些外景。可是这时台里正式的主持人不是正在录制其他的节目，就是回家过春节还没回来。赵普立刻提出申请，制片人同意后，他扛起摄像机，就冲出了门外，出色地完成了这次外景任务。节目一经播出，便受到一致好评。台里另一个制片人在看过这期节目后，竟主动找到赵普，点名要他主持自己负责的《财经报道》节目。

1997 年底，赵普又被选中做《热线律师》的主持人。自此，他开始频频出现在台里的“新闻播音排班表”上，逐渐在台里站稳了脚跟。终于，北京电视台正式与他签订了聘用合同，他真正实现当主持人的梦想了！

到了 2001 年，赵普已经不满足只做一个单纯的主持人。他觉得，主持人只是负责一个点的工作，而制片人则是负责一个面的工作。于是，他开始有意识地从一个制片人的角度来思考问题，并且在非常紧张的主持工作中，挤出时间，到北京电影学院管理系进修制片专业。

2005 年 7 月，通过 4 年的刻苦学习，赵普不仅拿到了制片专业的本科学位，而且因为从制片人的角度思考和主持节目，他的主持效果更好了，先后领衔近 20 档节目，并获得了中国第六届金话筒奖提名。

虽然早已成为北京电视台主持节目类型跨度最大的主持人，赵普居然又攻读了北京师范大学艺术专业硕士，还制定了新的目标：闯进中央电视台，成为中国顶尖的电视节目主持人。2006 年初，恰逢中央电视台举办“魅力新搭档”比赛，赵普出人意料地拿着材料去报了名。经过 40 多天的比赛，赵普从千余名选手中脱颖而出，夺得了这次比赛的第三名，果真冲进了中央电视台，成为中央电视台出色的新闻主播之一。

巴赫学习音乐

18 世纪德国音乐大师巴赫，从小父母双亡，跟着大哥过日子。他酷爱音乐，常常一个人躲在低矮狭小的阁楼里，借着昏暗的灯光抄写著名音乐家的乐谱。

然而，严厉执拗的大哥并不理解弟弟美好的心愿，动辄训斥巴赫“鬼迷心窍”。为了防止巴赫晚上抄谱，他还收走了阁楼里的油灯和蜡烛。

这是多么难以忍受的惩罚啊！巴赫陷入了深深的苦闷中。一天晚上，他百无聊赖地坐在阁楼的窗前，哼着一支忧伤的乐曲。忽然，他好像发现了新大陆似的，惊喜地喊了起来：“这皎洁的月光，难道不比灯光强得多吗！”

于是，他急忙从枕头下摸出乐谱集，借着月光，聚精会神地抄写起来。

正当巴赫沉浸在这优美的旋律中的时候，大哥上楼来了。他发现弟弟不听自己劝告，又在偷偷抄谱，怒不可遏，不由分说便是一记耳光，接着，又把巴赫辛辛苦苦抄写的乐谱撕了个粉碎。

大哥气呼呼地警告了巴赫一顿，下楼去了。但是，他这番不通情理的粗暴干涉并没有动摇巴赫学习音乐的决心和毅力。巴赫含着委屈的眼泪，又继续借着月光抄起乐谱来了。

安徒生不放弃梦想

一天，安徒生和一群小孩儿获邀到皇宫里去晋见王子，请求赏赐。安徒生满怀希望地唱歌、朗诵剧本，希望他的表现能获得王子的赞赏。等到表演完后，王子和蔼地问他："你有什么需要我帮助的吗？"

安徒生自信地说："我想写剧本，并在皇家剧院演出。"

王子把眼前这个有着小丑般大鼻子，和一双忧郁眼神的笨拙男孩儿从头到脚看了一遍，对他说："背诵剧本是一回事，写剧本又是另外一回事，我劝你还是去学一项有用的手艺吧！"

但是怀抱梦想的安徒生回家后不但没有去学糊口的手艺，却打破了他的存钱罐，向妈妈道别，到哥本哈根去追寻他的梦想。他在哥本哈根流浪，敲过所有哥本哈根贵族家的门，没有人理会他，他从未想到退却。他一直写作史诗、爱情小说，未能引起人们的注意，俏虽然伤心，仍然坚持写了下去。

1825 年，安徒生随意写的几篇童话故事，出乎意料地引起了儿童的争相阅读，许多读者渴望他的新作品发表，这一年，他 30 岁。

直至冷日，《国王的新衣》、《丑小鸭》等许多安徒生所写的童话故事，陪伴了世界上许多儿童健康地成长。

巴尔扎克的文学之路

一位出生在普通人家的年轻人十分喜欢文学，但在他 30 岁之前从来没写过令他满意的作品。他的亲人希望他能经商，这样生活可以因此更富足些，但是他却希望能够写作。他最大的希望就是有人能提供他一年生活费用，让他能够安稳地写作。

但残酷的生活让他不得不走上经商的道路，他先后办了不少厂子，但没有一家能够成功；他也曾和出版商合作，经营书籍，但也失败了；他又办了铸字厂和印刷厂，但厄运连连，这两家厂先后倒闭，而且欠下的巨额债务足以让他还 30 年。

没有钱的他不得不走上卖字求生和还债的道路。一年之内，他发疯似的写下了 3 部小说，但那些书反响平平，销售也不理想，而且因为版权得不到保护，即使小说写成，也不足以解决生计问题。他改做记者，为多家日报撰稿，他每天写大量的文字，换来一些微薄的稿酬。

债主天天上门逼债，他绝望过，也想过放弃。但他十分崇拜白手起家、意志坚强的拿破仑，他把拿破仑的画像放到书桌前，鼓励自己必须坚持下去。

他开始创作小说。他一天睡四五个小时，喝大量咖啡，每天晚上 8 点上床，午夜起来写作，直到早晨 8 时。为了让自己的文字尽快变成金钱偿还债务，每天早餐之后，他就把手稿送到印刷厂。因为创作时间仓促，文章上经常有错字和文理不通的部分，他只好对校样改了又改，而且他不是只改动几个标点，而是大段大段地重写。一本名叫《老处女》的小说，他一连改了9次，最后让排字工人十分厌烦，他们甚至抗议以后不再排他的文字。

他在30岁之后的生活几乎全是为债务而发疯似的写作。在后来的20年内，他创造了100多部小说，其中的《人间喜剧》、《高老头》等数十篇小说成为传世之作。在他逝世的前两年，他还在修改20多年前的手稿。

他就是法国著名的作家巴尔扎克。巴尔扎克能从一个平庸作家成为著名作家，动力竟来源于那些巨额债务。为挣钱还债，他写作写作再写作。

林肯：一生只成功两次

美国第16任总统林肯，一生遭遇了许多挫折。

在从政之前，林肯从事过许多艰苦的工作。1832年，他失业了，变显然使他很伤心，但他下定决心要当政治家，当州议员。糟糕的是，他竞选失败了，在一年里遭受两次打击，这对他来说无疑是痛苦的。

接着，林肯着手自己开办企业，可一年不到，这家企业又倒闭了。在以后的17年间，他不得不为偿还企业倒闭时所欠的债务而到处奔波，历尽磨难。

随后，林肯再一次决定圣驾竞选州议员，这次他成功了。他内心萌发了一丝希望，认为自己的生活有了转机："可能我可以成功了！"

1835年，他订婚了。但离结婚还差几个月的时候，未婚妻不幸去世。这对他精神上的打击实在太大了，他心力交瘁，数月卧床不起。

1836年，他得了神经衰弱症。

1838年，林肯觉得身体状况良好，于是决定竞选州议会议长，可他失败了。

1843年，他又参加竞选美国国会议员，但这次仍然没有成功。

林肯虽然一次次地尝试，但却一次次地遭受失败：企业倒闭、未婚妻去世，竞选败北。

但林肯没有放弃，他也没有"要是失败了会怎样？"的想法，而是又一次参加竞选国会议员，最后终于当选了。

两年任期很快过去了，他决定要争取连任。他认为自己作为国会议员表现是出色的，相信选民会继续选举他。但结果很遗憾，他落选了。

因为这次竞选他赔了一大笑钱。林肯申请当本州的土地官员，但州政府把他的申请退了回来，上面指出：“当本州的土地官员要求有卓越的才能和超常的智力，你的申请未能满足这些要求。”

接连又是失败两次。然而，林肯没有服输。1854 年，他竞选议员，但失败了；两年后他竞选美国总统提名，结果被对手击败；又过了两年，他再一次竞选参议员，还是失败了。

林肯尝试了 11 次，失败了 11 次，但他一直没有放弃自己的追求，他一直主宰着自己的生活。1860 年他获得了生命中的第二次成功，当选为美国总统。

凡尔纳的失败与成功

凡尔纳是一位世界闻名的科幻小说作家，但很少有人知道凡尔纳为了发表他的第一部作品，曾经遭受过多么大的挫折！这里记录的，就是凡尔纳的一段令人难忘的经历：

1863 年冬天的一个上午，凡尔纳刚吃过早饭，正准备到邮局去，突然听到一阵敲门声，他开门一看，原来是一个邮递员。

邮递员把一包鼓囊囊的邮件递到了凡尔纳的手里。一看到这样的邮件，凡尔纳就预感到不妙，自从他几个月前把他的第一部科幻小说《乘气球五周记》寄到各出版社后，收到这样的邮件已经是第十四次了。

他怀着忐忑不安的心情拆开一看，上面写道："凡尔纳先生：书稿经我们审读后，不拟出版，特此奉还。"

每看到这样一封封退稿信，凡尔纳心里都是一阵绞痛。这次是第十五次了，还是未被采用。凡尔纳此时已深知，那些出版社的"老爷"们是如何看不起无名作者。他愤怒地发誓，从此再也不写了。

他拿起手稿向壁炉走去，准备把这些稿子付之一炬。他妻子赶过来，一把抢过书稿紧紧抱在怀里。此时的凡尔纳余怒未息，说什么也要把稿子烧掉。

他妻子急中生智，以满怀关切的语言安慰丈夫，"亲爱的，不要灰心，再试一次吧，也许这次能交上好运的"。

听了这句话以后，凡尔纳夺书稿的手，慢慢放下了。他沉默了好一会儿，然后接受了妻子的劝告，又抱起这一大包书稿到第十六家出版社去碰运气。

这次没有落空，读完书稿后，这家出版社立即决定出版此书，并与凡尔纳签订了 20 年的出书合同。

没有他妻子的疏导，没有“再努力一次”的勇气，我们也许根本无法读到凡尔纳笔下那些脍炙人口的科幻故事，人类就会失去一份极其珍贵的精神财富。

计算机之父——托马斯·沃森

托马斯·约翰·沃森是个地地道道的美国人，1874 年 2 月 17 日，他出生于美国纽约州北部一个贫困的农民家庭。父亲是来自英国的移民，靠伐木和种地谋生。虽然家境贫苦，但他们始终对生活有种乐观的态度，相信只要努力，就会有回报。

沃森就是在这样的家庭长大的，从父母的身上，他继承了美国农民许多优秀的品质：正直、踏实、认真、乐观、崇尚个人奋斗。

因为家里穷，当时教育还不是很普及，所以沃森没有上过几天学。为了减轻父母的负担，他 17 岁就开始进入社会，替一家五金店老板走街串巷推销缝纫机。而在当时，推销并不被多少人看得起，因此小沃森受到了很多白眼，但正是推销的经历锻炼了他，后来沃森在谈到自己早年的辛苦时，也说："一切始于销售，若没有销售就没有美国的商业。"

刚开始，他对老板付给他的每星期 12 美元的工资还挺满意。后来，他从另一个推销员那里得知，他实际上被老板耍了，因为其他推销员通常拿的是佣金，而不是工资，如果按佣金计算，他每个星期应得 65 美元。于是，他愤而辞职。从此，他找工作再也没有同意过"死工资"的报酬方式。

1895 年 10 月，困境中的沃森把谋生的目光投向"全国现金出纳机公司"，因为这里月薪平均 400 美元，收入可观。而老板帕特森是当时有名的"推销天才”，在他手下，很多质朴勤奋的青年成长为一流的推销人才。

沃森去拜访公司分所经理兰奇先生，结果被拒绝了。但是无论被怎么打击，沃森总是以微笑来面对兰奇。被他的韧劲打动，兰奇决定给沃森一个机会，试用他。但是第一次推销的经历却是惨败的，沃森遭到了兰奇的百般责骂和斥责，被骂得不知所措、面红耳赤。放在一般人身上，早就拂袖而去，但沃森在羞辱中表现出惊人的忍耐，在绝对服从中去学习。因为这就是推销的职业训练。

兰奇是帕特森的优秀学徒，而沃森则成了最好的再传弟子。从兰奇那里，沃森学到了很多，以后在 IBM，沃森还经常对下属们介绍兰奇怎样用实例去推销产品，推销自我。事实上，比起老师来，沃森青出于蓝而胜于蓝，一年之后，他成为东部最成功的推销员。25 岁时，他取代了兰奇的位置。1899 年，沃森被提升为分公司经理。到 1910 年，他已经成为公司中仅次于帕特森的第二号人物。但在那以后，厄运又一次向他袭来。

帕特森是个专横粗暴的人，他用优厚待遇来换取雇员的忠诚和服从。然而他也是个多疑的人，当总经理查尔摩斯忍无可忍对他进行反抗时，他立即解雇了他，让沃森取而代之。所以，沃森在公司里也是战战兢兢的，帕特森在，他就非常紧张，如果老板不在，他就能发挥自如。1909 年，在查尔摩斯的协助下，州法院以垄断罪起诉了国民收款机公司。最后，沃森获得了保释，而帕特森入狱一年。

就在这段灰暗的日子里，沃森遇到了自己的终身伴侣珍妮特，并用自己的技巧赢得了“平生最成功的推销”。没过多久，儿子出生了。然而，正在沃森最高兴的时刻，生性多疑的帕特森却认为沃森暗自培植亲信，拉帮结派，尽管沃森努力为自己申辩，但毫无结果，无奈于次年 4 月愤而辞职。他立誓报仇，走出公司办公大厦时转身对一个朋友说：“这里的全部大楼都是我协助筹建的，现在我要去另外创一个企业，一定要比帕特森的还要大！”

然而，重新创业又谈何容易。虽然帕特森给他一笔 5 万美元的分手费，但沃森失去了生活保障，丢了饭碗，年龄也快 40 岁了。他只好带着新婚不久的妻子和一个嗷嗷待哺的儿子，去纽约闯荡。

40 岁的年龄，按照一般人的想法，早过了创业的年龄，但沃森不这么想，他对自己有信心，认为自己的潜力还远远没发挥出来，潜意识里，他认为自己可以干出一番大事业。

两个月后，沃森遇上了 IBM 前身的奠基者弗林特。弗林特是华尔街最红火的金融家，号称"信托大王"。他对沃森的才干早有所闻，旋即聘任他为计算制表记录公司的经理。这家弗林特属下的公司，主要生产天平、磅秤、计时钟和制表机等。由于前任在经营方面不得要领，成立不到三年已是负债累累、濒临破产。沃森之所以对这家公司感兴趣，主要看中的是它的产品。他认为计时钟、制表机等都是办公自动化的工具，具有广阔的商业前景。

最初，因为沃森曾经被定过罪，董事们只让他当一个小小的经理，但精明的沃森除了要得一份体面的薪水外，还要求能够得到利润的一定比例作为奖励。而董事们急于扭亏，对沃森的要求一一答应，但是大家在心里是看不起他的。公司里沃森是孤立的，只有弗林特一个人支持他。从 1914 年到 1924 年，沃森就这样忍辱负重地一直工作着，发挥了当初死缠烂打当上推销员的精神，用自己的成绩改变众人对他的歧视。

沃森上任后的第一件事便是向银行借贷 5 万美元，用于产品研发。当银行对公司的偿债能力提出质疑时，他解释说："负债只说明过去，而这笔贷款是为了未来。"这句沃森一生中最伟大的推销词打动了银行官员，于是他顺利借得款项。在度过最初的艰难时刻后，公司业绩开始迅速上升。

第一次世界大战结束时，制表机需求量激增，几乎每一家大保险公司和铁路公司都用上了计算制表记录公司生产的霍勒利斯制表机。不久，政府部门也采用了制表机。沃森适时地推出新型的打印机——制表组合机，更是受到广大客户的欢迎，订货单堆得老高，产品供不应求。1919 年，公司的销售额高达 1300 万美元，利润也升至 210 万美元。1924 年 2 月，已经身为公司总经理的沃森决定将公司更名为国际商用机器公司，简称 IBM。是年，沃森刚满 50 岁。

20 世纪 30 年代初，IBM 开始进入打字机行业，生产打字机、打孔卡片以及打孔机、分类机、会计计算机等系列产品，并推出电动打字机、字母制表机等新产品。到 30 年代末，IBM 公司的销售额增长到 3950 万美元，其利润达到 910 万美元，竟超过其他 4 家同类型大公司的总和，一跃而成为全美最大的商用机器公司。

这时的托马斯·沃森不知道，未来的世界将由数字掌控，他生产的打孔机正暗示着未来世界的趋势，他也不知道自己公司生产出来的计算机是多么重要，将怎样改变世界。

20 世纪 30 年代的大萧条几乎使所有公司破产，IBM 的股票也一度暴跌。沃森坚持相信对付经济大萧条最好的办法就是扩大生产。一些人开始酗酒，另一些人轻易坠入情网，沃森的“嗜好”则是雇用推销员。

当其他公司大批裁员时，这种大量雇用职员的做法被人们视为疯狂的举动。不过，正是这种反传统智慧使 IBM 能够承担 5 年后美国联邦社会保障厅的大规模订货。IBM 的公司规模由此扩大了两倍。同时，托马斯·沃森作为第一个现代意义上的 CEO 被载入美国商业史。

列宁的青年时代

1887年春的一天，一个神情严肃的年轻人走到伏尔加河边。他一语不发，凝视着湍急的河水，似乎在思索着什么。过了一会儿，他猛然举起拳头，重重地击在旁边的小树上，缓慢而又坚定地说道："不，我们不走这样的路，应当走的不是这种道路！"说完，年轻人庄严地向哺育他的伏尔加河深深地鞠了一躬，抬头向远方眺望，两眼露出炙热而又充满希望的光芒。这位年轻人，就是刚刚17岁的弗拉基米尔?伊里奇·乌里扬诺夫。他刚刚接到亲爱的哥哥萨沙被沙皇亚历山大三世绞死的消息，心中异常的悲痛，才走出住在辛比尔斯克的家中，来到宽阔的伏尔加河畔。

萨沙是参与谋杀沙皇亚历山大三世而死的。在当时，俄国人民不堪专制、腐朽的沙皇统治，纷纷起来斗争。萨沙同一些正直的知识分子，组织了一个"民意党"。他们斗争热情很高，但始终找不到一条正确的革命道路，因而就把国家落后、人民痛苦，归结到沙皇个人头上。1881年3月，"民意党"组成了一个刺杀小组，在街上用炸弹炸死了亚历山大二世。但没有过多久，亚历山大三世又上台了，仍然沿袭老沙皇政治制度，人民还是生活在水深火热之中。

这些单纯的知识青年，又一次组织一些骨干分子，其中就有萨沙。他们同仇敌忾，又一次行刺沙皇，可这一次沙皇早有准备，刺杀未成反被敌人抓住，萨沙表现得非常英勇，为了保存革命实力，自己一人承担下来，结果，对他们恨之入骨的沙皇。便下令绞死萨沙。

消息传来之后，乌里扬诺夫全家非常悲痛，尤其是这位年轻的弟弟，听到自己尊敬的哥哥被沙皇杀害，心中充满复仇的火焰，但他是一个稳重而又勤于思考的青年，几天来，他一直思考着这样一个问题：怎么才能解救人民的苦难，改变祖国现状？

弗拉基米尔来到伏尔加河旁边，面对流淌河水，终于想通了这个问题，要想救万民于水火之中，只有去发动千百万工农群众，用暴力推翻腐朽的沙皇统治。让劳动人民自己当家做主，才能从根本上解决这些问题。

他心中顿时豁然开朗，哥哥被害的悲伤心情也好了许多。他暗暗在心中念道：亲爱的哥哥，你的鲜血没有白流，它使我擦亮了眼睛，更是懂得了做人的神圣使命。

想到这，弗拉基米尔转身离开了伏尔加，迈着矫健的步伐，从此踏上了革命的征程。

就在这一年秋天，弗拉基米尔全家迁往喀山，他随即进入喀山大学法律系学习。他发奋研究各种社会学说，并参加了青年学生小组和学生的反抗斗争。他斗争坚决，且对当前的政治问题非常了解，经常向同学们介绍马克思主义的学说，鼓动大家向沙皇政府做坚决的斗争，因此在同学中威望很高，大家亲切地称他列宁（发表文章时所使用的笔名）。

这年冬天，列宁因组织同学参加一个集会，被反对政府逮捕。在解往监狱的途中，一个警官看着走在最前面的列宁说道："年轻的小伙子，你为什么要造反呢？"警察似乎难以理解，接着便以教训的口吻说："要知道，在你的面前是一堵墙！""那只不过是一堵朽墙，只要一推就会倒掉。"年轻的列宁毫不犹豫，勇敢而坚定地答道。

这位警官一听，心中吓了一跳，但马上对这个年轻人由衷地产生敬佩之情。在监狱中，列宁与他的战友们不屈不挠地同敌人展开了斗争。有一次，一位同学与列宁相互交谈时问道："你出狱后想做些什么？"列宁回答："在我面前只有一条路，就是进行革命斗争！"

1887年12月19日，列宁被当局放逐到离喀山40多公里的柯库什基诸村。在村中，他制定一个学习计划，利用这段时间，他博览群书。潜心自修。一年后，列宁又回到喀山，秘密参加了一个马克思主义小组，认真研读马克思的著作，并积极宣传马克思主义。

1889年，列宁迁到萨马拉来住。他刻苦学习，用两年的时间，自学完了大学四年的课程。1891年，他以校外生的资格，参加了彼得堡大学法律系的国家考试，以优异的成绩，被授予最优等的毕业文凭，并成为注册的助理律师。

然而，列宁对律师职业并无兴趣，他关注的是推翻沙皇政府，使人民获得解放。因而，他刻苦学习德文、法文和英文，认真钻研马克思、恩格斯的著作。与此同时，在萨马拉组织了第一个马克思主义小组。但萨马拉远离无产阶级运动中心，他渴望到无产阶级聚集的地区去。终于1893年8月底，23岁的列宁来到了俄国的政治中心彼得堡。

一到这里，列宁便秘密地同马克思主义小组取得联系。他多次发表演讲，经常到工人居住区去，给工人讲解马克思主义政治经济学。在他的积极倡导下，彼得堡很多独立的共产主义小组联合起来，成立了一个名叫"工人阶级解放斗争协会"的秘密组织，表现出他的非凡的组织才能。出于对马克思主义者的尊敬，他成为公认的领导者。

"工人阶级解放斗争协会"的组成，使俄国第一次完成了社会主义和工人运动的结合，也为我国无产阶级政党的建立打下了基础。但组织越大，目标就越明显，不久，列宁便因密探盯梢而被捕。在监狱中，列宁一面进行斗争，一面又勤奋学习，写作，就在一间2米宽、3米长的单人牢房里，他写出了著名的《俄国资本主义发展》一书的大部分书稿。除此之外，列宁还在狱中写了大量的传单和小册子，以指导外面的工人运动。为了把这些文字顺利地传出去，他想了一个巧妙的方法，把字用牛奶写在要归还的书的空白处，干了以后一点也看不出来，然后乘家人来探望时把书带出去，用火一烘，字迹就出来啦！

为了不让看守发现，他便用面包做成“墨水瓶”，里面灌上牛奶，偷偷地用它来写东西。有一次，列宁正沉浸在写作之中，不小心看守已开门走了进来，他急中生智，一口把小“墨水瓶”吃了下去。他曾在一封信中写道：“我今天吃了六个‘墨水瓶’”，就这样，列宁在狱中机智勇敢地坚持同敌人斗争。

列宁在监狱中被关押一年零两个月后，于 1897 年 5 月，被流放到西伯利亚东部的舒申斯克村。这是一个荒僻的村庄，距离铁路有 600 多公里，全村连一份报纸也没有。在这么艰苦的条件下，列宁依然充满着乐观精神，忘我地进行工作。在这三年的流放生活中，列宁完成了《俄国资本主义的发展》这部著作。此外，列宁还写了 30 多篇文章，翻译了 2 本书。期间，列宁还一直考虑着党的建设问题。这首先要办份报纸，才能把工人阶级紧密地团结在党的周围。为此，他勾勒了一个较为成熟的计划。流放期满后，列宁到了国外，1900 年 12 月，这份名叫《火星报》的报纸，终于在法国莱比锡出版了。列宁写了大量文章，来论述党的建设的迫切性和必要性。

这些报纸通过各渠道运回俄国，在工人手中秘密流传。列宁的名字，也随之传遍到整个俄国。经过长期的筹备工作，俄国社会民工党代表大会，终于在比利时王国的首都布鲁塞尔召开了。经投票选举出党中央机关，以列宁为代表的马克思主义者获得了多数票。以列宁为首的布尔什维克党诞生了。从此，他开始领导人民走向胜利的明天！

高尔基的作家之路

1873年，高尔基的父亲因霍乱突然去世。当时高尔基只有5岁，他跟随母亲寄居到开染坊的外祖父家里，不久，母亲又离开了人世。那时，外祖父的家业濒临破产，实在无力供他继续上学。外祖父不得不对他说："好吧，宝贝，你不是一枚勋章，我的脖子上没有你的地位，你到人间去吧……"

从此，10岁的高尔基走向了社会，自谋生计、历尽艰辛。1884年，16岁的高尔基抱着上大学的愿望来到了喀山。但是现实很快使他明白：上大学不过是一个梦想罢了，对他敞开着的只有贫民窟和码头的大门。于是，他又奔波于伏尔加河两岸，备受沙皇统治下人间地狱的煎熬。他彷徨，苦闷，1887年，他多么想以自杀了结这苦难的一生；然而，一种顽强生存的信念终于把他从死亡边缘拉了回来。从那时起，高尔基觉得，要生活下去，总要有个奋斗目标。他怀着"想了解俄国"的愿望，开始了较长时期的艰苦生活。在这期间，他看到了穷苦人民是怎样的生活以及他们身上所蕴藏着的反抗力量。耳闻目睹的丰富见闻及所获得的广博知识，不断地充实着他的心灵，使他愈来愈坚强起来。高尔基开始强烈地意识到，自己看不起自己，自甘潦倒，这比什么都可怕。高尔基对这一段经历曾这样说："对生活的庸俗和残酷的恐惧，我是深深体验过的；我曾经弄到想自杀的地步。后来，在许多年当中，只要一回忆起这种愚蠢行为，我就感到一种奇耻并藐视自己。"

若干年后的一天，高尔基幸遇了革命者卡留日乃，他讲起自己的流离生活，卡留日乃被他的故事深深地打动了。“你为什么不把它写下来呢？这些故事不就是很好的文学作品吗？”卡留日乃建议他说。“我没有把握。”高尔基脸上露出踌躇的神色。

告别卡留日乃后，高尔基就下定决心写诗了，他读过一些意大利和英国诗人的诗。当他动笔时，就抄了其中的一些诗句。他瞒着别人暗暗地写了一本，诚惶诚恐地将它送给作家柯洛连科过目。柯洛连科读了，皱起眉头对他说：“你的诗太难懂了。用你自己的话写点你自己看到的东西再给我看看吧。”高尔基接受了他的意见，忍痛把诗稿投进了火炉里，开始创作小说。1892年9月12日，他在地方报纸《高加索日报》上发表了他的第一个短篇小说《马卡尔·楚德拉》，虽然这只是个小小的成功，但高尔基从此树立起了信心。这年秋天，他白天替人抄写，晚上自己写作和学习。在后来回忆这段生活时，高尔基说：“我不断地、拼命地学习，读书，在我的生活中，开始真正地迷上了文学……我已经开始考虑，在我的生活中，除了文学以外，再也没有别的可干了。”从此高尔基追求着越来越高的目标，逐渐成为举世闻名的作家。

九十岁开始精彩

詹姆斯·亨利出生于葡萄牙，4 岁时随父母移民到美国，后来父亲染上酗酒和赌博，家庭陷入困境。于是，6 岁的亨利走上街头成了一名报童。长大成人后，亨利干过建筑工，当过面包师，为了赚到更多的钱，他甚至还从事了一段时间的拳击运动员。

亨利积累一些钱后，买了一只渔船，到海上以捕捞龙虾为业。虽然他不识一个字，甚至连自己的名字都不会写，但这并不影响他的龙虾生意做大做强。数年后，他又买了几艘大船，雇用了很多工人。渐渐地，他成了当地有名的“龙虾大王”。雪球般越滚越大的巨额财富，并没能让他感到丝毫的快乐，相反，他感到很自卑。自卑源于他是一个“文盲”。

一次，他买了一辆豪华轿车，在申请驾照时，工作人员递给他一支笔，让他在资料表格上填写资料。他抓着笔，脸上火烧火燎，窘得满头是汗。幸好他的老朋友——驾校的校长帮他解了围，帮他填写了资料。

还有一次，他独自到一家餐馆用餐，看不懂桌上的菜单，又不好意思说出口，他就坐在那里等，终于等到邻桌的菜上齐了，他指着邻桌对服务生说，照着邻桌上的菜给他再上一份。他因此遭到了餐馆服务生的嘲笑。那以后，他宁可饿肚子，也不愿单独到餐馆里就餐了。

他也曾多次打算学习识字，可因为整天忙于生意，故而一拖再拖，没想到，这一拖竟拖到了 90 岁。

一天，他的外孙女马尔丽萨为他读了美国作家乔治·道森的《生命如此美好》中的一个片段，里面讲到一个奴隶的孙子在 98 岁高龄时学会了认字。

听后，亨利走进憧憬之中。忽然他对孙女说：“他可以做到，我也可以做到。”儿女们都劝他，你都这么大年纪了，还学什么识字啊？还安慰他说，“你一个字不识，不也把生意做得很大，把儿女们都培养成才了吗？”

亨利却说：“我可不想没一点儿文化去见上帝。”

从那天起，90 岁高龄的亨利，从零开始学习识字，困难可想而知。他先练习写一个一个字母，然后再借助儿童字典学习单词。为了记住这些单词，他时常学习到深夜。有时，不知不觉地睡着了，书从手里滑落到地板上，咣的一声响。他被惊醒后，弯腰拾起书继续学习。再后来，他认识了 69 岁的扫盲志愿者马克·霍根，他的识字速度更加地突飞猛进。

随着识字越来越多，他的“野心”也越来越大。他想把自己一生的传奇经历写成书。他把这个想法说给了马克·霍根，霍根鼓励他勇敢地向自己发出挑战。于是，他开始每天伏案写自传，案头上摆满了字典、辞典等工具书，他还经常打电话向霍根请教。

一年半后，在亨利 100 岁时，他的自传《一名渔夫的语言》出版了。赢得读者的好评。康涅狄格州和加利福尼亚州的几所小学，将此书列为小学生阅读课本，好莱坞的制片人也对此书产生浓厚兴趣。接受采访，亨利说，“90 岁开始精彩，我行，你一定也行！”

只在乎一件事——画画

“从小到大，许多方面我都是非常失败的，简直一塌糊涂。”他说。

他小学时多门功课常常不及格，而到了中学，物理成绩甚至为零分。他在拉丁语、代数以及英语等科目上的表现同样惨不忍睹，就连体育也不好。虽然他参加了学校的高尔夫球队，但在赛季唯一一次重要比赛中，他输得干净利落。在学校，没有人不认为他糟糕透顶。他孤独、落寞，在自己的整个成长时期，在社交场合从来就不见他的人影。

年少的他憧憬爱情。当许多同龄人开始恋爱的时候，他只能独自发愣。有一次，他鼓足勇气给一个女孩子传情，但随后却在废纸篓里发现了“爱的碎片”。

这真是个无可救药的失败者。然而，这个在许多方面无可救药的失败者却麻木地抱守他尚未失败的“一点”；从小到大，他在乎一件事情——画画。

他相信自己拥有不凡的绘画才能，并为自己的作品深感“自豪”。但是，除了他本人，他的那些作品从来没有其他人看得上眼。上中学时，他向毕业年刊的编辑提交了几幅漫画，结果一幅也没被采纳。尽管经历多次被退稿的痛苦，他仍固执己见，决心成为一名职业漫画家。到了中学毕业那年，他向当时的沃尔特·迪士尼公司写了一封自荐信。该公司让他把自己的漫画作品寄去看看，并规定了漫画主题。于是，他投入了巨大的精力与非常多的时间，一丝不苟地完成了许多幅漫画。然而，漫画作品寄出后却如石沉大海，最终他没有被迪士尼公司录用。

生活对他来说只有黑夜。走投无路之际，他尝试着用画笔来描绘自己命运多舛的人生经历。他以漫画语言讲述了自己晦涩的童年、不堪的青少年时光——一个学业糟糕的不及格生、一个屡遭退稿的所谓艺术家、一个没人注意的失败者。他的画融入了自己多年来对绘画的执着追求和对生活的独特体验。

连环漫画《花生》诞生了，并风靡世界。从他的画笔下走出了一个名叫查理·布朗的小男孩儿，这也是一名失败者：他的风筝从来就没有飞起来过，他也从来没踢好过一场足球，他的朋友一向叫他“木头脑袋”……

他的成功出人意料。他叫查尔斯·舒尔茨，一个蜚声国际的漫画大家。

“许多方面我一败涂地，只在画画这一点上稳住了自己。”舒尔茨说，“而所谓成功，也只是需要你在某一点上自命不凡，自始至终。”

76岁开始画画

在美国，有一位妇孺皆知的老太太。她的全名叫安娜·玛丽·罗伯逊·摩西，但大家尊敬地称她“摩西奶奶”。她生于纽约州格林尼治村一个贫穷的农夫家庭，母亲生育了10个孩子。摩西童年时代只受过零星的教育，12岁就离开父母在别人的农场打工挣钱，补贴家用。27岁时，她与托马斯·摩西结婚，这名来自弗吉尼亚州斯汤顿的男子也是农场工人，两人都在斯汤顿谢南多厄河谷的一个农场工作。像母亲一样，她也生了10个孩子。

后来摩西太太重回纽约州，在离出生地格林尼治村不远处的伊格布里奇一个农场居家过日子，一晃近20年。她整日忙于擦地板、挤牛奶、装蔬菜罐头等琐事，还抽出时间刺绣乡村景色，并以此为乐。丈夫去世后，她在小儿子的帮助下继续操持农场。后因年事已高，只得退休和女儿生活在一起。摩西太太76岁时患上关节炎，双手因疼痛而不得不放弃刺绣。但酷爱艺术的她并没有善罢计休，开始拿起画笔。

摩西太太在当地展览自己的绘画作品，女儿还将她的画带到镇上的杂货铺里寄售，每一幅只卖2～3美元。就是这些微薄的收入，也许可以为她含辛茹苦抚养的11个孙辈提供最基本的生活费用。

一天，艺术收藏家路易斯·卡多尔被陈列在杂货店橱窗中的作品吸引，颇感兴趣买了下来，而且提出想多要几幅。为了帮助才华横溢的摩西太太，卡多尔将她的作品带到纽约画商奥特·卡利尔的画廊。从此，摩西太太在当地美术界的名气越来越大。

摩西太太年过80时，在纽约举办个人画展。此事成为一大新闻，引起轰动。从此以后，她变成了名人，每天收到大量的问候卡。她的作品在艺术市场火爆热销，供不应求。在多次比赛中，摩西太太成为获奖“专业户”。由于电台与电视台的采访报道，她的知名度超过别的艺术家。

在公众眼里，摩西太太最使人感动的是她挣脱年龄羁绊和突破教育限制的孜孜追求，最令人羡慕的是她取得的巨大成功和幸福的晚年生活。尽管从来没有接受过正规系统的艺术训练，但对美的热爱使她爆发了惊人的创作力。对于一位年过七旬的老人，在随后20多年的绘画生涯中创作1600幅作品确实不易。她脚踏实地，一步一个脚印，从临摹柯里夫和艾夫斯的图片和明信片开始，随后根据自己早期的农扬生活进行创作。摩西太太的作品丰富多彩，有对童年时代乡村景色的描绘，有对个人生活的记录，有对过往的伤感怀旧，有对永恒东西的向往……摩西奶奶的风景画善于捕捉人与自然和谐相处的意境，体现出季节、天气和时间的细微差别。她通过自己的发现和感悟，用画笔创造出一种别样的精彩人生，让人们看到了奋斗与战功的希望。

摩西太太上过《时代》和《生活》杂志的封面，作品在一流的纽约现代美术馆展出过，被大都会博物馆和白宫收藏，个人画展从美国办到法国和英国等地。在摩西奶奶百岁时，纽约州将她生日那天命名为“GrandmaMosesDay”，给予了极高的荣誉。摩西奶奶101岁逝世时，美国邮政特地为她发行邮票，表示纪念。这位百岁老人一生留下千余幅油画作品，代表作有《过河去看奶奶》、《捉感恩节火鸡》和《戚树园里的熬糖会》等，从这些题目就不难领略到她质朴无华、与众不同的“乡土气息”。说起来也许令人不可思议，其中20多幅是在过完100岁生日之后创作的。

耳聋的幻想家

康斯坦丁·齐奥尔科夫斯基是俄国著名的科学家，有俄罗斯航天之父的美誉。他生在俄国梁赞省的一个美丽的村庄。在父亲的培养下，康斯坦丁从小就养成了谦虚、节俭、热爱劳动及自立的习惯；小康斯坦丁还有一个特点，那就是爱幻想。

8岁那年，母亲送给小康斯坦丁一只氢气球，并且叮嘱道："小康斯坦丁，要拿好了，不然气球会飞走的。"康斯坦丁小心地接过这只红红的氢气球，高兴极了，氢气球一下子就飞了出去，飘飘荡荡地越飞越高，很快飞到了天空深处。

"康斯坦丁，妈妈刚才叮嘱过你了，怎么还是让气球飞走了？"妈妈嗔怪道。

"妈妈，"小康斯坦丁望着越飞越高的气球，若有所思地说："氢气球飞到哪里去了呢？"

"大概到星星上去了吧。"妈妈说。

"那么，我能像氢气球那样飞到别的星星上去吗？"小康斯坦丁好奇地问妈妈。

"那是不可能的。"妈妈回答道。

"如果我乘一只氢气球呢？就可以了吧？"

“也不行。”

童年的康斯坦丁就是这样地喜欢幻想，喜欢问很多奇怪的问题。

但是生活对小康斯坦丁这个小幻想家来说，却是不幸的。10岁时，小康斯坦丁不幸患上了猩红热，由此所引起的严重并发症使他几乎完全失去了听觉。从此，他成了一个半聋的孩子。由于耳聋，小康斯坦丁上学时，听不清楚老师讲的内容，他常常招致其他小朋友的嘲笑。康斯坦丁逐渐与人们拉开了距离，他无法继续在学校读下去了，只好辍学回到家里。母亲把全部精力都用到了对小康斯坦丁的教育上，教他读书写字，常常夸奖他出色的想像力。

可是，灾难接踵而来。两年后，母亲去世了。小康斯坦丁陷入了人生最痛苦、最忧伤的时刻。但是，这些都没有击倒他，反而使他更加发愤地读书，以幻想的方式忘却痛苦与烦恼，从而使他走上了独立思考、立于善与思考的道路。

康斯坦丁通过刻苦的努力，学到了许多物理知识。后来，他又爱上了设计各种模型，以此来检验自己学到的知识。在制作这些模型的过程中，小康斯坦丁学会了木工、钳工和使用其他工具的技能。

后来，康斯坦丁一边教书，一边做独立的研究工作。1883年，他在一篇名为《自由空间》的论文中，正式提出利用反作用装置作为太空旅行工具的推进动力的设想，使人类几千年来关于宇宙航行的幻想终于变成了科学的可能，为后人开拓了一条通往星际空间的广阔道路。

1957年，苏联的第一颗人造卫星上天，以及1969年美国的登月壮举，最终使得他的理论设想成为现实。

电影大院里的童工

一个年仅 12 岁的男孩儿，认为上学对自己是一种负担，便辍学回家了。他想当一名演员，小心翼翼地与父亲商量此事。本以为父亲会勃然大怒，没想到父亲居然同意了他的意见，但同时提出了一个条件：要当演员，先到曼彻斯特电影大院里当童工。

男孩儿与父亲打了赌，自己要凭真本事进入电影大院里当童工三年，三年期满后，父亲要将他送到伦敦电影学院深造，以实现自己的梦想。

他踯躅在电影大院门口好长时间，给每位进入大院的大腕鞠躬，希望他们收留自己。他心甘情愿给电影大院打扫卫生，并且分文不取。令他失望的是，没有人愿意收留一个童工。

一周的时间过去了，依然没有结果，他坐在电影大院门口不停地哭泣。电影大院的管事人出来了，这儿可是全英国的电影中心，他们害怕负面事件会影响他们的生意。男孩儿掷地有声地介绍了自己，说自己辍学在家，想到电影大院里当童工，不要报酬。

管事人犹豫了，最后决定收留他，是以徒弟的身份，而不是童工。表面上虽然如此，但他在电影大院里做的却是童工的活。他每天的工作是帮助著名的演员收拾行李、准备饭菜，帮助他们整理道具，十分辛苦。

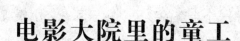

电影大院里有许多著名的导演，库布里克就住在东边的一排楼房里。库

布里克对这个孩子刮目相看，一个合适的时机，他起用了男孩儿。但问题出现了，由于他学业不精，居然看不懂台词，需要别的演员指导，库布里克对他的兴趣转为冷淡。男孩儿在这个触手可及的机会里发现了自己的不足，他后悔自己在上学时没有用心学习。

在与父亲做了简短的沟通后，他保留童工的身份请假三年，进入曼彻斯特第一中学学习。三年的时光里，他几乎学完了中学的所有课程。以他的成绩可以考上一所很好的大学，不可思议的是，他竟然又一次辍学了，要继续去电影大院里打工。

15 岁的男孩儿，重新回到了曼彻斯特电影大院里，他的身份依然是个童工。他每天起早贪黑地忙碌着，闲下来时，他便躲到墙后面，观察演员们一本正经的表演，回到宿舍里，他抓紧时间练习。

终于，他与众不同的行为引起了大导演希区柯克的注意，他没想到，电影大院里居然隐藏着这样一位刻苦学习的孩子。在他的安排下，男孩儿出演了人生的第一部电影《百万小富翁》，这部电影的上映，将一个极具天赋的小演员推向了前台。

接下来的十年时间里，他佳作连连，从《猜火车》到《魔鬼一族》，再到《同屋三分惊》，他几乎是以势不可当的态势占据了英国各个电影排行榜的头名。

28 岁那年，他开始导演电影，凭借着得天独厚的条件和当过演员的经历，在短短的 20 年里，他导演了近 20 部家喻户晓的电影作品，先后八次荣获奥斯卡金像奖。2008 年的《贫民窟的百万富翁》，简直是神来之笔，2010 年的《127 小时》，构思奇巧，让人觉得匪夷所思。

2012 年伦敦奥运会，伦敦奥组委想任用一名才华横溢的电影导演担当开幕式总导演。2011 年年底，总导演一职揭晓，丹尼·博伊尔——这位大导演实至名归地成为开幕式的总导演。

尼克松竞选总统

1959 年，尼克松竞选失败，以区区 1 万张选票的微弱差距败给了自己的对手约翰·菲茨杰拉德·肯尼迪。这次的失败令尼克松感到有些郁郁不平，而更大的困难出现在两年之后——身为艾森豪威尔时期美国副总统的尼克松，竟然在竞选加州州长的时候落败。愤怒的他将责任推到了新闻界身上，在公共场合对媒体进行大肆抨击。这一做法也遭到了后者的报复，一时间铺天盖地的负面报道随之而来，媒体的口诛笔伐压得尼克松喘不过气。在舆论的影响下，他的支持者们纷纷离开了自己。失去了支持自己的民众，就相当于结束了自己的政治生涯。尼克松面临着前所未有的大问题。

对于那些常常把“没办法”、“解决不了”挂在嘴边的人，面对如此问题不啻灭顶之灾——全世界都在指责自己，我还有什么资本可以翻身？问题的确很棘手，却并非无法解决！至少，尼克松这么认为。

目前的困境下他也必须生存下去，而且需要凭借新的焦点赢得选民。于是他蛰居起来，回到家乡继续从事律师职业，并且抓住一切能够重新踏上征途的机会。与此同时，尼克松还针对当时的生活焦点发表一系列符合民意的评论和看法，而且深入越南了解在越美军的真实情况，把它告诉美国民众。经过长达 8 年的“闭关修炼”，尼克松于 1968 年重返政坛，并且一举成为美国第 37 任总统。

虚掩的那扇门

1968 年 10 月 12 日，第十九届墨西哥城奥运会开幕。上午 11 时许，墨西哥总统狄亚斯和 81 岁高龄第五次连任国际奥委会主席的布伦戴奇等人来到会场。狄亚斯总统主持开幕式并宣布了大会开幕。

这是一届在高原上举行的奥运会，同时也是充满了突破的一届奥运会。开幕典礼比 1964 年东京奥运会更为壮观。4 万个彩球飘浮天空，1 万只鸽子迎风飞翔，礼炮声、号角声、乐曲声响彻云霄。整个会场笼罩在富有南美特色的狂欢气氛中。

当墨西哥 20 岁的女田径选手诺玛·恩里克塔·巴西利奥·德索克罗高举火炬绕场一周，登上 90 级台阶点燃火焰时，全场 8 万多观众响起了热烈的掌声和欢呼声。巴西利奥是奥运会历史上第一个点燃奥林匹克圣火的女性。随后，东道主的田径运动员帕布罗·加里多代表运动员进行了宣誓。为了加强裁判员的责任感，本届开幕式上首次列入裁判宣誓。仪式安排在运动员宣誓之后。这次高原盛会除了开幕大典隆重热烈、盛况空前外，使人难以忘怀的是男子田径赛中创造的神奇的世界纪录。

10 月 14 日，美国选手吉姆·海因斯在 100 米短跑决赛中首次突破 10 秒大关，以 9 秒 9 获胜。这项成绩电子计时为 9 秒 95，直到 1983 年才被美国另一名运动员卡尔文·史密斯以 9 秒 93 刷新。当海因斯打破了百米跑世界纪录，并闯进 10 秒大关后，他激动地摊开双手，仰头朝天高喊了一句话。当时他身边没有麦克风，谁也不知道他到底说了什么。

16 年后，一位记者在资料片上看到了海因斯的那个镜头，他想，海因斯当时一定说了非常重要的话，于是，他去采访海因斯，问他当时到底说的是啥。面对记者的提问，海因斯笑着说："我当时冲着天上说，上帝啊，原来那扇门是虚掩着的！"

海因斯接着说，自从欧文斯创造了 10.3 秒的百米跑世界纪录后，科学界断言，人类肌肉纤维所能承载的运动极限不会小于 10 秒，人类不可能跑进 10 秒大关。看到自己跑进了 10 秒大关，他突然明白，原来 10 秒大关这个门并没紧锁，它是虚掩着的，一推就开。人类正是突破一个又一个"不可能"，才走到今天。

对于约定俗成的东西，我们怀着一种莫名的崇敬，以为那是完全不可改变的正确。然而，上帝的那扇门永远是虚掩的，只要你去推，那门便会轰然而开。打开的必然是另一个崭新的世界。然而，推门的勇气来源于不断的拼搏，如果你放弃努力，那门便不是虚掩的而是紧闭的。海因斯的努力，证明了一切都有可能，所谓的科学论断也只是预测，而不是不可改变的事实。只要肯相信，只要肯努力，奇迹就在我们身边。

史泰龙的电影之梦

在美国，有一位穷困潦倒的年轻人，即使在身上全部的钱加起来都不够买一件像样的西服的时候，仍全心全意地坚持着自己心中的梦想，他想做演员，拍电影，当明星。

当时，好莱坞共有500家电影公司，他逐一数过，并且不止一遍。后来，他又根据自己认真划定的路线与排列好的名单顺序，带着自己写好的量身定做的剧本前去拜访。但第一遍下来，所有的500家电影公司没有一家愿意聘用他。

面对百分之百的拒绝，这位年轻人没有灰心，从最后一家被拒绝的电影公司出来之后，他复又从第一家开始，继续他的第二轮拜访与自我推荐。

在第二轮的拜访中，500家电影公司依然拒绝了他。第三轮的拜访结果仍与第二轮相同。这位年轻人咬牙开始他的第四轮拜访，当拜访完第349家后，第350家电影公司的老板破天荒地答应愿意让他留下剧本先看一看。

几天后，年轻人获得通知，请他前去详细商谈。就在这次商谈中，这家公司决定投资开拍这部电影，并请这位年轻人担任自己所写剧本中的男主角。这部电影名叫《洛奇》。

这位年轻人的名字就叫席维斯·史泰龙。现在翻开电影史，这部叫《洛奇》的电影与这个日后红遍全世界的巨星皆榜上有名。

演练梦想的女人

她把演练梦想当成自己的使命，于是她也梦想成真！她就是莎莱恩·鲍威尔。

1983 年，有一天，莎莱恩·鲍威尔站在镜子面前，看着自己肥胖的身材，她想到了母亲缓缓而痛苦地死于静脉炎。莎莱恩想她该做些事情来改变改变了。她去了一个健身班，路上她想：反正自己不是 5 号标准身材，也许是 24 号呢。因为自己正好是 42 岁，她一路一笑。接下来的六个月时间里她还尝试了当地所有的训练班。她在班上总是最高大的，而小巧的指导教师却灵活得可以把自己扭成麻花状，因经莎莱恩从来都没有跟上过她的节奏。1983 年在低强度的有氧运动看起来还是一件很遥远事情时，莎莱恩别无选择，她发现要想使自己变得要健康的唯一途径，就是要开办她自己的健身班。

她说："我认为在我们镇上至少还有 5 名以上的女人和我一样，她们都有不是 5 号体形，都想进行大运动量的训练。"于莎莱恩向她丈夫借了 200 美元租用了一间大厅，然后去寻找一名合适的教练，其前提就是这名教练不能嘲笑她的做法，不能像期货人似的对她说："胖女人是不会锻炼的，她们太懒惰了。"

60 个女人报名。

"只要初期有 5 到 6 个人能来参加训练班我就很知足了，"莎莱恩回忆说。两星期后人数增加到 150 人，莎莱恩不得不把她分成两个班在一天内分两次授课。她以为自己的事业已经走了正轨。

但是两个月后她的训练班关闭了。

“我犯了一个致命的错误，”她承认说。“我基本上是在向她们提供与其他训练班相同的东西——一样苗条的教练，一样的形式，所有的一切都是一样的。”

健身班已成了肥胖女人们感到安全和寻求帮助的场所，然而练习的强度仍然很大，她们仍然感到灰心丧气。她们怀着受挫和失望的情绪离开了。

在许多人看来，莎莱恩不得不在 2 个月之后关闭训练班，只是证实了人们一直以来告诉她的话：肥胖女人是不会参加练习的！但莎莱恩不相信这种话。她坚信如果能为这些肥胖女人提供不同的练习方式，她们是会参加的。“我认识到要么放弃自己的想法，要么再试一次，并且这次首先要按照我想的方式去做，”莎莱恩说，“我自己必须学会怎样当一名健身教练”。

莎莱恩学习了她所能找到的所有有关锻炼和健身的资料，她参加训练班，观察其他教练如何指导学员然后改变这些动作使之于体形肥胖的人练习。莎莱恩和她的一个朋友亲身尝试了新改编的动作。最后，当她们感觉已经可以授课时，莎莱恩在同一个地点重开了训练班，名为“胖女人健身俱乐部。”

第一个星期有 110 名女性到场参加，两个月后，数量增加到 250 人，莎莱恩开始担心她租用的大厅会容纳不了更多参加者。于是她又从丈夫那儿借了 1 万美元买下了一座已经破旧的大楼，这座大楼占地 1 英亩，使用面积为 7000 平方英尺。

莎莱恩就这样把肥胖女人的健身需要变成了一项生意。尤其是随着她和她的顾客变得越来越苗条，越来越健康时，她的生意也日渐红火起来。这使她决定要发奋成为一个更好的教练，并开始摸索更多的训练方式。也就在这时，她遇到了事业上最大的，也是她未预料到的障碍——健身业本身的局限。

她和她的教练朋友——一个看上去比她还胖的女人曾飞往圣地亚哥，参加一个健身大会，期望在那里能够学到一些有关健身的新技巧，并与其他从事本行业的人们建立起联络。“那儿的人们看到我们感到非常惊奇，似乎在说‘那些人来这儿干什么？’好像我们得了重病似的。对他们来讲，由于我们肥胖，就肯定有病，这令人感到厌恶。”莎莱恩回忆道。

莎莱恩和她朋友希望申请获得教练员证书，但是当她们来到审批委员会时，却被审批委员会的人断然拒绝了。他们说，“莎莱恩，我们不知道你要什么；我们从未想过要教你这种人或向你这种人颁发资格证书”。他们的话深深刺伤了莎莱恩的心。

回到家后，她把沮丧的变成了决心。她知道有成千上万像她这样的女人不仅为健身业，甚至被所有的事业所忽视。有些女人已经厌倦不得不去男装部购物，仅仅为了去买适合她们的内裤，厌倦不了只有棕色和黑色可供选择。也有些女人只在午夜后才敢到商场购物，以便让更少人的看到她们，也免得这些人在她们的背后开残酷的玩笑，这使她们感觉就像莎莱恩和她的朋友在健身大会时的感觉一样。

莎莱恩再次发誓一定要尽其所能改变这一切。在她的健身俱乐部，她确保每一个走进这扇门的女人都能受到充满热情和同情的对待。她成了帮助小组，帮助她们树立自尊，解决由于体重问题带来的失败感。她采取特殊推销措施，给每个人来到俱乐部的女人发放一个“心形”图案作为奖励，得到“心形”图案最多的人将被选出来，同她的丈夫一道，乘豪华轿车去一家美丽的酒店，享用丰盛的晚餐。莎莱恩和俱乐部的成员还为她们租下房间，确保房间布满鲜花，床单上撒满玫瑰花瓣，以使她们能够愉快地共度良宵。

“我希望尽我最大努力来使这些女性感到自己很出众。”莎莱恩说。

她的生意非常成功，俱乐部创建两年后，她决定通过授权开办连锁店。她对调查表明美国有 6000 万女人超过了她们理想体重。而且她还拥有关于市场、需求以及解决办法的第一手资料。就这样，到 1987 年，胖女人俱乐部发展到拥有 42 家连锁分部。

坏到极致的时候

克劳德·艾金斯，从小智力低下，学习成绩一塌糊涂，但总算凑合上了高中。父母眼见得儿子上大学无望，希望他能在体育上有所发展，便托人把儿子弄到学校篮球队。但克劳德·艾金斯低能的智商很让教练失望，动作总是不得要领，一个简单的罚球动作，就够他无休无止地练习了，他因此被大家送了个绰号“出色的罚球手”。

那是一次很重要的比赛，克劳德·艾金斯所在的球队被对手打得落花流水，队员和教练已无心再战，但比赛还是要打完的，有队员建议教练，反正也打不赢，就让从未上过场的克劳德·艾金斯去露露脸。

克劳德·艾金斯兴奋无比地披挂上阵了，一有罚球，队员便把球传给他，他虽然信心百倍，但每次总是把球投丢，如此反复，他却乐此不疲。以致后来，对方队员竟和他开玩笑，把自己队的罚球也传给他，但他不管不顾，依然专心投篮，球仍屡投不进。尽管如此，观众还是以热烈的掌声鼓励他，这让克劳德·艾金斯更加兴奋。就在离终场最后3秒钟时，奇迹出现了，克劳德·艾金斯又接到一个传球，他不慌不忙，微笑着把球投了出去，只见那球在空中划过一个漂亮的弧线，然后稳稳当当地落进了篮筐内。顿时全场沸腾了，观众起立为克劳德·艾金斯欢呼鼓掌，他也为自己有生以来投进的第一个球欣喜若狂，激动得脱掉了上衣，一边高喊挥舞，一边满场狂奔。

赛后有评论说，克劳德·艾金斯无疑是此次比赛的最后赢家。

就是那唯一的进球，让克劳德·艾金斯的人生发生了翻天覆地的变化。高中毕业后虽屡遭磨难，但他总把最后3秒钟创造的奇迹当作激励奋斗的灯塔，他坚信，自己一定是笑到最后的那个人。

当地电视台有个《非9点新闻》栏目招聘演员，克劳德·艾金斯勇敢地去应聘，有人讥笑他自不量力，他仍憨厚地笑着我行我素。他滑稽幽默的表演，让导演喜不自禁，当即拍板录用了他，并让他担任主演。他主演的《憨豆先生》几乎一夜之间风靡全球，并与金凯利、周星驰一起被称为"当代最伟大的喜剧之王"。

成功后的克劳德·艾金斯不时会说起那场令人刻骨铭心的球赛，正是那看似让他出丑的罚球表演，却让他得到了观众前所未有的关爱，享受到了人间无限的真情温暖，为以后开发他身上蕴藏着的巨大表演潜能做了极好的铺垫。

生活中，往往看起来已经是很"坏"的事情，如果再让它"坏"一点，在"坏"到极致的一瞬间，希望的曙光却会在刹那间显现。

“父与子”的传奇经历

有位叫沃森的美国人，出生于一个贫困家庭，幼年时没读过几天书，17岁就开始打工谋生，向人们推销缝纫机和乐器。好不容易积攒一笔钱，开了一家肉铺，可人心难测，他的合伙人在一个早上把全部资金席卷一空，逃之夭夭。肉铺倒闭，沃森也破产了，他只好重返老本行搞推销。正当他的事业越来越顺利的时候，一场飞来横祸把他打入人生的谷底。沃森因公司经营问题被控有罪，面临牢狱之灾。虽然沃森交了5000美元的保释金了事，但他的厄运还没有结束。生性多疑的老板对他越来越猜忌，认为他在拉帮结派，结局是被老板扫地出门。在走出公司的那一刻，沃森愤然转身说道：“我要去创办一个企业，比这儿还要大！”那一年他已经40岁了，怀里抱着刚刚出生的儿子小沃森。

再说说小沃森，在沃森的严厉管教下，小沃森产生了逆反心理，成为学校有名的“坏小子”、捣蛋鬼。12岁那年他买了一瓶黄鼠狼臭腺，当学校师生全体集合时，他打开了臭腺瓶，搞得整个校区臭气熏天。学校对此事做了严肃处理，让他暂时休学。他的小学校长还断言：这个孩子长大了也不会有出息。另外，在紧张的父子关系下，小沃森从13岁起得了长达6年的抑郁症，还患上了阅读障碍症。用了6年换了3所学校，他才将高中念完，后来勉强上了大学。大学毕业之后，小沃森成为一名推销员，但他将大部分时间都花在飞行和泡妞上。一位客户说："你这样的人一辈子都会一事无成。"

看看这些，人们会觉得沃森父子俩糟糕透了，不仅命运多舛、为人不容，而且还口出狂言、差劲到顶。如果把思维定格于此，那就大错特错了。

只说沃森这个名字，人们可能不熟悉，但如果说"IBM"也就是"国际商用机器公司"，就恐怕无人不晓了！要知道IBM的创始人就是沃森父子俩。

在40岁这年，沃森来到纽约闯荡，生产制表机、计时钟等办公自动化工具，由此踏出了时来运转、迈向成功的关键一步。在他的不懈努力下，几乎所有的保险公司和铁路公司都用上了他们公司生产的制表机，美国政府也向他们发来了订单，沃森被誉为"世界上最伟大的推销员"。

厌倦推销的小沃森后来报名参军，成为一名飞行员，这段经历让小沃森走向成熟。退役后，他回IBM帮助父亲。20世纪60年代，小沃森投入50亿美元，"以整个公司为赌注"，启动了一条全新的计算机生产线，大获成功，使IBM成为计算机界的"蓝色巨人"。那个时候，美国研制第一颗原子弹的曼哈顿计划才用了20亿美元。IBM以其出色的管理、超前的技术和独树一帜的产品，领导着全球信息业的发展。从阿波罗飞船登上月球，到哥伦比亚航天飞机飞上太空，无不凝聚着IBM无与伦比的智慧。1986年，IBM公司年销售额高达880亿美元，雄踞世界100家最大公司的榜首。在领导IBM公司期间，小沃森表现出了他的卓越才能。有一次，小沃森让一位决策失误使公司损失1000万美元的经理到他的办公室。这人畏畏缩缩进来，小沃森问："你知道我为什么叫你来吗？"这人回答："我想是要开除我。"小沃森十分惊讶："开除你？当然不是，我刚刚花了1000万美元让你学习。"然后他安慰这位经理，而且鼓励他继续冒险。后来，这个人为IBM公司做出了突出贡献。

沃森打破坚冰，开通航道；小沃森继往开来，扬帆远航。沃森父子俩的传奇经历仿佛一部"美国梦"，可能没有另一对父子像沃森父子那样，共同改变了美国现代商业的面貌。

生命最大的犒赏

她出生在英国格温特郡一个普通的家庭，父亲是飞机制造厂一名退休的管理人员，母亲在一家实验室做技术员。小时候的她相貌平平，戴一副眼镜，爱好学习，有点害羞，流着鼻涕，还比较野。她从小喜欢写作和讲故事，6岁就写了一篇跟兔子有关的故事。妹妹是她讲故事的对象。创作的动力和欲望，从此没有离开过她。那时她梦想将来能成为一个大作家，出名的，令人崇拜的。

长大后，她喜欢上了英国文学，大学主修的是法语。毕业后，她怀着美丽的梦幻只身前往葡萄牙发展，随即和当地的一名记者坠入情网。无奈的是，这段婚姻来得快去得也快。不久，她便带着 3 个月大的女儿回到了英国，栖身于爱丁堡一间寒冷无比的小公寓里。找不到工作的她，只好靠着微薄的失业救济金养活自己和女儿。

有一段时间，她疯狂地写作，写自己的遭遇，写人间百态，写自己的所见所想，凡是她能想到的，她都写了。她希望多发表文章，能以此能改善生活，希望自己能像那些成名的作家一样，随便写点文字，大笔稿费就自动送到家了。但现实很残酷，一年间她仅发表了 7 篇文章，其中三篇没有稿费，只给她几本刊物。

没有人知道她当时的郁闷，她没有人知道她的颓废，她觉得自己快要活不下去了。生活实在太窘迫。她原本就是一个爱美的女子，正值青春，她渴望穿时尚华丽的衣服，喜欢把自己打扮得漂漂亮亮的，可每当年幼时那些斑斓芬芳的梦想再次涌现时，她都难过得哭了。

24 岁那年，她从曼彻斯特到伦敦旅游，这次行程改变了她的一生。当行驶的火车在一个小站停下时，她看见外面有一个瘦弱、戴着眼镜的黑发小巫师，一直在穿过车窗对着她微笑。他微笑很可爱，很调皮，一下子抓住了她心，她突然觉得自己好像在什么地方见过这微笑，竟然十分熟悉。于是，她萌生了一个念头：以这个小巫师创作一部作品。这部作品是虚构的，把自己多彩的梦幻融入进去，充分发挥自己的想象，给人展示另一个世界。

接下来，她开始动笔。为了节省家里的暖气费，她总是待在小咖啡馆里写作，由于没钱买纸张，她只有把故事写在捡来的小纸片上。故事的主人公是一个 10 岁小男孩儿，瘦小的个子，黑色乱蓬蓬的头发，明亮的绿色眼睛，戴着圆形眼镜，前额上有一道细长、闪电状的伤疤……

尽管写作很辛苦，但她没有退缩，因为她不甘心领取救济金，她相信自己的能力，即使经历了伤害和磨难，她也要用自己的双手吃饭。

小说完成后，她把它寄给了她几家出版社，但没有哪一家出版社愿意接受。那时，作为一个单身母亲，她的生活极其艰辛，当然没有钱自费出版了。后来，一个家濒临倒闭的小出版社冒险出版了这部小说；再后来，美国一个不入流的小制片人觉得这部小说的故事不错，便把它搬上了荧幕。

谁也没有想到，在短的时间后，她的小说长期占据了世界畅销书榜首的位置，那家小出版社起死回生声誉大震，以小说拍摄的电影风靡全球，那个不入流的制片人也因此跻身一流的制片人行列。

她叫 J.K. 罗琳，她的作品是《哈利·波特》。《哈利·波特》一连出版七部，每部都引起轰动，备受瞩目，好评如潮。已被翻译成 67 种语言，在全世界的发行量已经超过 5 亿（2013 年 10 月），创造了出版史上的神话。哈利·波特电影系列是全球史上最卖座的电影系列，总票房收入达 76 亿美元。

在成功面前，J.K. 罗琳没有忘记自己曾经历过的苦难，成名后，她热衷于人道主义的慈善活动。2000 年 9 月，她出任“单亲家庭委员会”形象大使，并捐出了 50 万英镑。2003 年 3 月，她特地为戏剧救济基金会创作了两部小说，将所得钱款捐助给了该基金会。2005 年 4 月，为了纪念她的母亲，她又为“多发性硬化症协会”捐了 25 万英镑。

她已不再年轻，在岁月的磨砺中，她的面庞留下了沧桑。可是，透过岁月清晰的刻痕，你会发现，她的目光是那么清澈，她的笑容是那么纯真。她长得并不美，可她有孩子般的天真，成就了另一种美。

她说：“在成长的过程中，难免会遇到各种痛苦，敏感、纤细、难堪、害羞、冒失、煎熬，这都是要经历的过程，它们都是成长所必备的元素。成长是生命最大的犒赏，值得我们去尝试。”

希望：生命的全部

一位演奏二胡的盲人，渴望能够在他有生之年看看这个世界，但是遍访名医，都说没有办法。有一日，这位民间艺人碰见一个道士，这位道士对他说："我给你一个保证能治好眼睛的药方，不过，你得拉断 1000 根弦，才可以打开这张纸单。在这之前，是不能生效的。"

于是这位琴师带了一位也是双目失明的小徒弟游走四方，尽心尽意地以演奏为生。一年又一年过去了，在他拉断了第 1000 根弦的时候，这位民间艺人急不可待地将那张永远藏在怀里的药方拿了出来，请明眼的人代他看看上面写的到底是什么药材，好治他的眼睛。

明眼人接过纸单一看，说："这是一张白纸嘛，并没有写一个字。"

那位琴师听了，潸然泪下，突然明白了道士那"1000 根弦"背后的意义。就为着这一个"希望"，支持他心情地演奏下去，而匆匆 53 年就如此活了下来。

这位老了的盲眼艺人，没有把这故事的真相告诉他的徒儿，而是又将这张白纸慎重地交给了他那也渴望能够看见光明的弟子，这个盲眼艺人就是创作《二泉映月》的阿炳。

人生的锅底

他出生的时候，恰逢抗战胜利，父亲欣喜之下，就给他取名凌解放，谐音“临解放”，期盼祖国早日解放。几年后，终于盼来全国解放，但是凌解放却让父亲和老师们伤透了脑筋。他的学习成绩实在太糟糕，从小学到中学都留过级，一路跌跌撞撞，直到21岁才勉强高中毕业。

高中毕业后，凌解放参军入伍，在山西大同当了一名工程兵。那时，他每天都要沉到数百米的井下去挖煤，脚上穿着长筒水靴，头上戴着矿工帽、矿灯，腰里再系一根绳子，在齐膝的黑水中摸爬滚打。听到脚下的黑水哗哗作响，抬头不见天日，他忽然感到一种前所未有的悲凉，自己已走到了人生的谷底。

就这样过一辈子，他心有不甘。每天从矿井出来后，他就一头扎进了团部图书馆，什么书都读，甚至连《辞海》都从头到尾啃了一遍。其实，他心里既没有明确的方向，也没有远大的目标，只知道，如果自己再不努力，这辈子就完了。以当时的条件，除了读书，他实在找不出更好的办法来改变自己。

书越看越多，渐渐地，他对古文产生了浓厚兴趣。在部队驻地附近，有一些破庙残碑，他就利用业余时间，用铅笔把碑文拓下来，然后带回来潜心钻研。这些碑文晦涩难懂，书本上找不到，既无标点也没有注释，全靠自己用心琢磨。吃透了无数碑文之后，不知不觉中，他的古文水平已经突飞猛进，再回过头去读《古文观止》等古籍时，就非常容易。当他从部队退伍时，差不多也把团部图书馆的书读完了。就连他自己也没想到，正是这种漫无目的的自学，为自己日后的事业打下了坚实基础。

转业到地方工作后，他又开始研究《红楼梦》，由于基本功扎实，见解独到，很快被吸收为全国红学会会员。1982 年，他受邀参加了一次“红学”研讨会，专家学者们从《红楼梦》谈到曹雪芹，又谈到他的祖父曹寅，再联想起康熙皇帝，随即有人感叹，关于康熙皇帝的文学作品，国内至今仍是空白。言谈中，众人无不遗憾。说者无心，听者有意，他心里忽然冒出一个念头，决心写一部历史小说。

这时候，他在部队打下的扎实的古文功底，终于派上了大用场，在研究第一手史料时，他几乎没费吹灰之力。盛夏酷暑，他把毛巾缠在手臂上，双脚泡在水桶里，既防蚊子又能取凉，左手拿蒲扇，右手执笔，拼了命地写作。几乎是水到渠成，1986 年，他以笔名“二月河”出版了第一部长篇历史小说——《康熙大帝》。从此，他满腔的创作热情，就像迎春的二月河，汹涌澎湃，奔流不息。他的人生开始解冻。

毫无疑问，如果没有在部队的自学经历，就没有后来名满天下的二月河。他在 21 岁时跌入了人生最低谷，又在不惑之年步入巅峰，从超龄留级生到著名作家，其间的机缘转折，似乎有些误打误撞。但二月河不这么理解，他说：“人生好比一口大锅，当你走到了锅底时，只要你肯努力，无论朝哪个方向，都是向上的。”

站上梦想的凳子

都快 8 岁了，他 10 以内的加减法还是算得一塌糊涂。父亲把墙根下玩打石头的他拽起来，给了他一个书包说，上学去吧。

父母一天到晚想着他能有一个正经营生。有一年秋天，他蘸着黑墨水，在自己家的围墙上画了一个四角的亭子，几棵高树，还有一些波光粼粼的水。邻居说，这孩子画得不赖，将来当个画匠吧。他以为，他将来能当走村串户的画匠了，就有意无意地留心看画匠干活。那年，有一个人给他大舅家画墙围子，也画了一处山水，还题了“桂林山水贾天下”的字，他明知道那个“贾”字错了，但没敢讲出来。

就在他还不能确定是否能当画匠的时候，父母又发现了他的另一个“长处”。有一次他和隔壁春四家的小子，剪下许多猫猫狗狗的纸样，拿着手电钻进鸡窝里“放电影”。在浪费了好几节电池之后，父亲去公社找放映队的人，看能不能给他找下一个营生，哪怕打打杂，抱抱片子什么的都可以。后来公社倒是给了他们村一个名额，不过，不是给了他，而是村支书的儿子。

眼看当画匠无望，又当不成放电影的，父母盘算着该让他回家种地了，并预谋着要为他订下邻村的一个女孩儿。就在这时候，他竟然又稀里糊涂地考上了县里的高中。父亲一下子发了愁。上吧，非但会误了田地的活，而且还会误了邻村的女孩，更要紧的是，村里边从来没有谁考上过大学，于是坚信自己家的祖坟也不会有这根草，父亲说，别上了。母亲见他支支吾吾的，说，上吧，走一步算一步。

上完高中，他考上了一所三流的专科学校。他的人生如果就这样下去的话，毕业了，回老家教教书，或许一辈子就这样没有波澜地过完。然而，大二的时候，他突然冒出一个想法来。那时，学校办着一份自己的报刊，有一个副刊，一个月要出一两期的，他常常见有同学的文章在上面发表。他想，在毕业之前，自己要完成一个小小的愿望，那就是一定要在校报的副刊上发表一篇文章，把自己的名字变成铅字。他开始疯狂地写东西，写完后，就拿去让教写作的老师看，稍有得到赞许的，就投给校报编辑部。到后来，老师也不愿给看了，他就埋下头来自己琢磨。他为此看了许多的书，也浏览了不少的报刊。然而，投给校报的许多稿件，都如泥牛入海。

他不想把这些凝着自己心血的文稿扔了，抱着试试看的想法，他向本市的日报社投去几篇，结果意想不到的事情发生了，他的文字竟然出现在了本市的日报上。再后来，他的名字相继出现在了省内外的报刊上。从此以后，他在文学创作方面更加勤奋了，因为他发现，他还有着一项自己都意想不到的才能。

这个人就是贾平凹。这是他在一次笔会上讲出来的。讲完后，他颇有感慨地说，这个世界上更多的人，是被别人安排着过完一生的，被安排着学哪门技术，被安排着进哪个学校，被安排着在哪个单位上班……却从来没有真正自己为自己安排一件事情去做。人在这时候，最需要有一只凳子，你站上去，才会发现，你还有着许多没有挖掘出来的才能和智慧。而这只凳子，就是突然闯进你心中的一个想法，一个念头。

最后，他笑着说，没有这个凳子，你永远看不到梦想，更别说拥有它。

饥饿的作家

这家伙从出生起，就吃不饱，赶上大多数中国人饿得半死的年代。每逢开饭，他匆匆把自己那份吃完，就盯着别人的碗号啕大哭，一边哭，一边公然地抢夺堂姐碗中的那份食物，抢得双泪长流。

那是1960年的春天，能吃的东西似乎都吃光了。草根、树皮、房檐上的草。有一次学校拖来了一车好煤，他拿起一块就放在嘴里嚼，同学们也跟着一起嚼，都说越嚼越香。一上课，老师在黑板上写，他们就在下边嚼煤，咯咯嘣嘣一片响，全都一嘴乌黑。

1976 年，他当了兵，从此和饥饿道了别。从新兵连分到新单位时，精粉的小馒头，他一次就吃了 8 个，肚子里还有空，但不好意思再吃了。炊事员对食堂管理员说："坏了，来了大肚汉了。"

后来，日子好过了，一上宴席，他却仍是迫不及待地，生怕捞不到似的吃。好多朋友攻击他，说他吃起饭来奋不顾身，埋头苦干，好像狼一样。

他一次一次牢牢记着，少吃，慢吃，吃时嘴巴不响，眼光不恶，夹菜时只夹一根菜或一根豆芽，像小鸟一样。他也想痛改前非，但一见到好吃的，立刻便恢复原样。每当他从电视上看到鳄鱼一边吞食一边流泪的可恶样子，马上就联想到自己。

当然，仅仅有饥饿的体验，并不一定就能成为作家，他能成为一个作家，是因为有个大学生说他认识一个作家，写了一本书，得了成千上万的稿费。听说作家每天吃三顿饺子，而且还是肥肉馅儿的，咬一口，那些肥油就地往外冒。

他不相信天下竟有富贵到每天都可以吃三顿饺子的人，但大学生用蔑视的口吻对他说：人家是作家！懂不懂？作家！

从此，他就知道了，只要当了作家，就可以每天吃三次饺子，而且是肥肉馅儿。那时，他就下定了决心，长大后一定要当一个作家。

他，就是著名作家莫言。

桑兰的微笑

桑兰，出生于 1981 年 2 月，浙江宁波人，原国家女子体操队队员，曾在全国性运动会上获得跳马冠军。到今天为止，坚强的桑兰已经笑着度过了 6 年的轮椅时光。

1998 年 7 月 21 日晚在纽约友好运动会上意外受伤之后，默默无闻的桑兰成了全世界最受关注的人。这确实是个意外。当时桑兰正在进行跳马比赛的赛前热身，在她起跳的那一瞬间，外队一教练“马”前探头干扰了她，导致她动作变形，从高空栽到地上，而且是头先着地。

遭受如此重大的变故后却表现出难得的坚毅，她的主治医生说：“桑兰表现得非常勇敢，她从未抱怨什么，对她我能找到表达的词就是‘勇气’。”就算是知道自己再也站不起来之后，她也绝不后悔练体操，她说：“我对自己有信心，我永远不会放弃希望。”因为她的坚强、乐观，美国院方称她为“伟大的中国人民光辉形象”，而那么多美国普通人去看她，并不只是因为她受伤了，而是为她的精神所感染。

原国务院副总理钱其琛在看望桑兰时说：“中国领导人和中国人民都知道这位勇敢的女孩儿的事。”美国总统克林顿、前总统卡特和里根都曾给桑兰写过信，赞扬她面对悲剧时表现出来的勇气。桑兰与“超人”会面的经过在美国 ABC 电视台播出，这个电视台 50 年来只采访过两个中国人，一个是邓小平，一个是桑兰。桑兰还如愿以偿地见到了自己的偶像里奥纳多·迪卡普里奥和席琳·迪翁。她的监护人说：“她太可爱了，像我们这些在她身边的人都愿意去帮助她……”

多年来，桑兰用她的行动印证着自己的诺言，在北大学习、加盟星空卫视主持节目、担任申奥大使、参加雅典奥运北京接力……她充满力量的笑容总能给人希望！

恰到好处的掌声

1991年，一位来自辽宁沈阳的父亲带着9岁的儿子，来到北京寻找他们的音乐梦。

可是，父子俩一无关系、二无背景，仅凭着对音乐的执着与热爱，根本不足以引起音乐界的重视。为了能够待在京城，父亲费尽周折，勉强将儿子送进了一家小学。儿子的特长是弹钢琴，父亲花高价联系了一位有名的钢琴师上辅导课。第一天，钢琴师只教了儿了一段简单乐谱，就摇起了脑袋："这孩子，脑子比一般人笨，反应也慢，肯定上不了中央音乐学院的，趁早改行吧！"结果，性格倔强的儿子当场就和老师吵了起来，父亲怎么也劝不住，师生俩闹得不欢而散。

看着不争气的儿子，父亲心里一阵难过："这些年，爸爸辞职、卖房子，背井离乡，到处求人，不都是为了你能学好钢琴，将来上中央音乐学院吗?你现在却成了这个样子！"儿子的倔劲又上来了："爸，我再也不学琴了，我想回沈阳！"经过又一场争执之后，父亲由失望变成绝望，决定带儿子离开北京了。在他们动身的当天，接到了一个意外的通知：儿子所在的小学办晚会，老师们指定要儿子弹奏一曲钢琴。儿子显然还在气头上："不弹了，不弹了，连钢琴老师都说我笨，反应慢，我再也不摸琴了！"几位老师都很奇怪："弹得好好的，怎么说不弹就不弹了？""不摸琴？你父亲送你来北京，不就是为了学琴的吗？”然而，无论老师们怎么做工作，儿子就是不肯再摸琴了。

他们的争执引来了一群好奇的观众，那就是儿子班上的同学。接下来，令儿子感动的一幕出现了，小朋友们你一言我一语地帮着劝开了：“弹吧，我们都喜欢听你弹琴！”“在我们心中，你的钢琴是弹得最棒的！”……那天晚上，儿子流着泪，以从未有过的激情，弹奏了几支中外名曲。台下的听众们如痴如醉，掌声四起，久久没有停下。儿子站起身来，一遍又一遍向着鼓励他的人们鞠躬，在那些连绵不绝的掌声中，儿子做出了一个改变一生的决定：“我要学钢琴！我一定要学好！”凭着过人的自信加努力，两年后，儿子以第一名的成绩考入中央音乐学院附小；10年之后，他成了中央音乐学院最年轻的客座教授，并且凭着一系列成功的演出技惊中外。他，就是被誉为“百年不遇的钢琴天才”郎朗。

成名之后，很多人问起郎朗成功的秘诀，郎朗无一例外都会提及小学时那场特殊的晚会，提及激励自己上路的掌声。后来，一位记者在专访中动情地写道：“这些掌声，是对草根艺术的肯定。尽管它们不是出自名人大腕，但却在关键时刻，以恰到好处的声音，拯救了一位音乐天才。”

欧拉：被除名的学生

欧拉是史上著名的，他在数论、几何学、天文数学、微积分等好几个数学的分支领域中都取得了出色的成就。不过，这个大数学家在孩提时代却一点也不讨老师的喜欢，他是一个被学校除了名的小学生。

事情是因为星星而引起的。当时，小欧拉在一个教会学校里读书。有一次，他向老师提问，天上有多少颗星星。老师是个神学的信徒，他不知道天上究竟有多少颗星，圣经上也没有回答过。其实，天上的星星数不清，是无限的。我们的肉眼可见的星星也有几千颗。这个老师不懂装懂，回答欧拉说："天上有多少颗星星，这无关紧要，只要知道天上的星星是镶嵌上去的就够了。"欧拉感到很奇怪："天那么大，那么高，地上没有扶梯，上帝是怎么把星星一颗一颗镶嵌到天幕上的呢？上帝亲自把它们一颗一颗地放在天幕，他为什么不清楚星星的数目呢？上帝会不会太粗心了呢？"

他向老师提出了心中的疑问，老师又一次被问住了，涨红了脸，不知如何回答才好。老师的心中顿时升起一股怒气，这不仅是因为一个才上学的向老师问出了这样的问题，使老师下不了台，更主要的是，老师把上帝看得高于一切。小欧拉居然责怪上帝为什么没有记住星星的数目，言外之意是对万能的上帝提出了怀疑。在老师的心目中，这可是个严重的问题。

在欧拉的年代，对上帝是绝对不能怀疑的，人们只能做思想的奴隶，绝对不允许自由思考。小欧拉没有与教会、与上帝“保持一致”，老师就让他离开学校回家。但是，在小欧拉心中，上帝神圣的光环消失了。他想，上帝是个窝囊废，他怎么连天上的星星也记不住？他又想，上帝是个独裁者，连提出问题都成了罪。他又想，上帝也许是个编造出来的家伙，根本就不存在。

回家后无事，他就放羊，成了一个牧童。他一面放羊，一面读书。他读的书中，有不少数学书。爸爸的羊群渐渐增多了，达到了100只。原来的羊圈有点小了，爸爸决定建造一个新的羊圈。他用尺量出了一块长方形的土地，长40米，宽15米，他一算，面积正好是600平方米，平均每一头羊占地6平方米。正打算动工的时候，他发现他的材料只够围100米的篱笆，不够用。若要围成长40米，宽15米的羊圈，其周长将是110米（15+15+40+40=110）感到很为难，若要按原计划建造，就要再添10米长的材料；要是缩小面积，每头羊的面积就会小于6平方米。小欧拉却向父亲说，不用缩小羊圈，也不用担心每只羊的领地会小于原来的计划。他有办法。

父亲不小欧拉会有办法，听了没有理他。小欧拉急了，大声说，只有稍稍移动一下羊圈的桩子就行了。父亲听了直摇头，心想：“世界上哪有这样便宜的事情？”但是，小欧拉却说，他一定能两全其美。父亲终于同意让试试看。小欧拉见父亲同意了，站起身来，跑到准备动工的羊圈旁。他以一个木桩为中心，将原来的40米边长截短，缩短到25米。父亲着急了，说：“那怎么成呢？那怎么成呢？这个羊圈太小了，太小了。”小欧拉也不回答，跑到另一条边上，将原来15米的边长延长，又增加了10米，变成了25米。经这样一改，原来计划中的羊圈变成了一个25米边长的正方形。然后，小欧拉很自信地对爸爸说：“篱笆也够了，面积也够了。”父亲照着小欧拉设计的羊圈扎上了篱笆，100米长的篱笆真的够了，不多不少，全部用光。面积也足够了，而且还稍稍大了一些。父亲心里感到非常高兴。孩子比自己聪明，真会动脑筋，将来一定大有出息。

父亲感到，让这么聪明的孩子放羊实在是极可惜了。后来，他想办法让小欧拉认识了一个大数学家伯努利。通过这位数学家的推荐，1720 年，小欧拉成了巴塞尔的大学生。这一年，小欧拉 13 岁，是这所大学最年轻的大学生。

马登：向前线挺进

奥里生·斯威特·马登在 7 岁时就成了孤儿，这时他不得不自己去寻找住房和饮食。早年他读了苏格兰作家斯迈尔斯的《自助》一书。斯迈尔斯像马登一样，在孩提时代就成了孤儿，但是，他找到了成功的秘诀。《自助》一书中的思想种子在马登的心中形成了炽烈的愿望，后来又发展成崇高的信念，使他的世界变成了一个更美好的世界。

在 1893 年经济大恐慌之前的经济繁荣时期，马登开了四个旅馆。他把这四个旅馆都委托给别人经营，而他自己则花许多时间用于写书。实际上，他要写一本能激励美国青年的书，正如同《自助》过去激励了他一样。正当他勤奋地写作时，令人啼笑皆非的命运捉弄了他，也考验了他的勇气。

马登把他的书叫作《向前线挺进》。他采用的座右铭是："要把每一时刻都当作重大的时刻，因为谁也说不准何时命运会检验你的品德，把你置于一个更重要的地方去！"

就在这个时候，命运开始检验他的品德了，要把他安排到一个更重要的地方去。

1893 年，经济大恐慌袭来了。马登的两个旅馆被大火烧得精光，即将完成的手稿也在这场大火中化为灰烬。他的有形资产都付诸东流了。

但是马登具有积极的心态。他审视周围，看看国家和他本人究竟发生了什么事。他的第一个结论是：经济恐慌是由恐惧引起的，诸如恐惧美元贬值、恐惧破产、恐惧股票的价格下跌、恐惧工业的不稳定等。这些恐惧致使股票市场崩溃，567 家银行和贷款信托公司以及 156 家铁路公司都破产了。失业影响了数以百万计的人们，而干旱和炎热，又使得农作物歉收。

马登看着周围物质上的和人们心灵上的废墟，觉得有必要来激励他的国家和人民。有人建议他自己管理其他两个旅馆，他否决了。占据他身心的是一种崇高的信念，马登把这种信念同积极的心态结合在一起，又着手写那本书，他新的座右铭是一句自我激励的语句："每个时机都是重大的时机。"

他告诉朋友们说："如果有一个时期美国很需要积极心态的帮助，那就是现在。"

他在一个马厩里工作，只靠 1.5 美元来维持每周的生活。他夜以继日地工作，终于在 1893 年完成了初版的《向前线挺进》。

这本书立即受到了热烈的欢迎。它被公立学校作为教科书和补充读本，它在商店的职工中广泛传播，它被著名的教育家、政治家以及牧师、商人和销售经理推荐为激励人们采取积极心态之最有力的读物。它以 25 种不同的文字同时印刷发行，销售量高达数百万册。

欣赏是另一种阳光

卓别林小的时候，有一年学校圣诞节组织合唱团，卓别林却落选了，他很沮丧。一天在班上，卓别林背诵了一段喜剧歌词，博得了大家的喝彩。老师说："虽然你唱得不好，但很有幽默的天分。"

后来，父亲早逝，母亲患上严重的精神病。为了生计，卓别林四处到剧院打听，能演上一个角色。一天，伦敦一家剧院要上演一出戏，剧院答应让卓别林演一个的角色。演出并不成功，《伦敦热带时报》在批评该剧的同时却说："幸而有一个角色弥补了该剧的缺点，那就是报童桑米。以前我们不曾听说过这个孩子，但可以预见，在不久的将来定会看到他不凡的成就。"

后来，年轻的卓别林获得了一个去美国演出的机会。不巧的是，这次演出没有引起任何轰动，然而美国的《剧艺报》在谈到卓别林时说："那个剧团里至少有一个很能逗笑的英国人，他总有一天会让美国人倾倒的。"

多年后，卓别林终于成为享誉世界的艺术家。我想，除了天才与勤奋之外，他的成功与年轻时候宽松的社会氛围是分不开的。

对于一个人一生的成长来说，欣赏是另一种必要的阳光。这一缕纤细的阳光，能使将要跌入暗处的人，及时得到一丝光亮的指引，获得前进的勇气，让他看到走向成功的希望，从而最终引领他走到明媚的未来。所以，请不要吝惜你的笑容和欣赏，只要在他们最需要的时候，能有一句肯定的话就足够了。

扎克伯格的故事

马克·扎克伯格的父亲艾德·扎克伯格出生于弗拉特布什一个绿树成荫的街道上。马克的爷爷是邮递员，奶奶是家庭主妇。上学的时候，父亲艾德的理科很好，如果按照父亲的志愿，他也许会考上哈佛大学，也许会成为比尔·盖茨，成为乔布斯。但是，由于家庭的原因，爷爷希望父亲早日挣钱养家。于是，父亲就上了纽约大学口腔学院，最终成为纽约市布鲁克林区一名牙医。

艾德吸取自己成长路上的教训，尽量给自己的孩子创造一个比较宽松的成长空间。他有四个孩子，马克是最小的，经常与三个姐姐疯玩、恶搞。可是，艾德一点也不生气，任马克做他喜欢的一切。

那时候，美国流行一部名叫《星球大战》的科幻电影，马克看得入了迷。不过，马克不是单纯地看，他看了《星球大战》，竟然想拍一部电影。姐姐们都觉得马克是无理取闹，但是，艾德对儿子马克很支持，他买来了拍摄需要的一切设备，交给马克说："不要拘束，只要你喜欢，你可以做一切可以做的！"马克很高兴，便开始了自己的创作。一个多月后，马克竟然真的创作拍摄了一部电影。当然，这是一部恶搞片，影片的滑稽恶搞让三个姐姐笑得吃不下饭。

按照正常的发展，马克也许会成为好莱坞的剧作家或者导演。可是，马克的兴趣很快就转移了。他很快喜欢上了电脑，喜欢上了网络游戏。那时候，电脑很贵。可是，艾德举全家之财力，给家庭每个成员买了一台雅达利800电脑。妻子凯伦生气地说："艾德，你疯了？你怎么能够跟着孩子们一起恶搞？你应该帮助他们理清人生的方向才对！"艾德笑着说："我不会给孩子设计未来，我只会帮助他们做他们喜欢的一切！"就这样，马克开始在电脑上玩《模拟城市》，玩《马里奥赛车》。虽然，那个时候的电脑速度很慢，但是，他的《马里奥赛车》却玩得非常好，全家人谁也玩不过他。为此，马克曾经高兴了好一阵子。

不要认为马克是一位贪玩的孩子。他与其他孩子不一样的是：他沉迷于游戏的奥秘，而不沉迷于游戏本身。当马克把所有的电脑游戏玩转之后，就觉得没有意思了。这时候，马克打算自己编写一个游戏。

编写游戏需要写编码，而编码对于孩子来说，那是一个非常深奥的课题，况且，还需要美术、音乐等方面的技术支撑。不过，困难就像是一块磁铁，深深地吸引着马克，他从书店买来一本写编码的书籍，偷偷地看了起来。几天后，他便开始了自己的游戏编写。他做的第一款游戏是一部名叫《摇滚乐团》的视频游戏。道具是一个塑料拨浪鼓，场景就在自己家的客厅里。游戏编好后，三个姐姐都很喜欢，可是，很快，她们就发现了游戏的漏洞，玩起来很糟糕。

马克有些失望，有些胆怯。看到儿子不高兴，艾德明白了其中的原委。在一个晚饭后，艾德走进马克的房间，坐在马克的身边。他用手摸着儿子的头，慈祥地说："不要胆怯，不要害怕困难。只要你决定了，就要不顾一切地往前冲，成功才会属于你！"马克看着父亲，泪水禁不住从眼角流了出来。

马克重整旗鼓，再次开始了自己新的征程。这次，他决定编写一个可以交流的程序。这是一个类似于现在QQ交流的信息系统。这个编码程序很复杂，马克一放学就把自己关在房间里，不停地敲打着自己的键盘，常常因此忘记了吃饭和睡觉。这次，马克成功了。他创作的交流平台，可以把爸爸、妈妈和三个姐姐的电脑联系起来。家里的人可以坐在自己的房间里，通过这个平台交流。虽然这个信息交流平台的速度非常慢，交流起来很费力，甚至没有直接跑到对方的房间里的速度快，可是，家里的人都感到很神秘，很兴奋。大家称这个信息平台为“马克网站”。

马克在哈佛上大学的时候，创建了脸谱社交网站。当时，专业人士评估这个网站价值 2000 万美元。马克决定退学创业。这对于一般家长来说，简直是一个荒唐的决定，也是不可能同意的。可是，当马克把自己的想法告诉父亲艾德的时候，艾德毫不犹豫地对儿子说：“不要胆怯，只要你决定，你就坚定地往前走！”艾德的话给了马克很大的鼓励，他向学校递交了退学申请，致力于自己的事业。

马克成功了，他所创办的脸谱社交网站成为全球最大的社交网站，财富急剧膨胀。在脸谱网站第一次董事会上，董事们一致认为，马克的父亲艾德对于脸谱网站的贡献是不可磨灭的。因为，艾德不仅培养了一个优秀的儿子，更重要的是，马克在创建脸谱的过程中，艾德给予了马克以及脸谱其他创建者莫大的精神支持。于是，董事会决定给予艾德 200 万脸谱网站股权。

马克带着董事会分给父亲的股权，回到了自己的家里。可是，当马克把这笔股权手续交给父亲艾德的时候，艾德并没有马克想象的那么高兴。他把那笔股权接过来看了看，又还给了马克。他对马克说：“你不要牵挂我，我有自己的工作，有自己的事业。你不要因为自己的成功而剥夺我工作的权力，我完全能够凭借自己的能力养活自己！”

马克愣住了。世界上哪有这么傻的人，这可是 200 万股权呀。他对父亲艾德说：“这是你应该得到的，你完全有资格拥有！”可是，艾德坚决拒绝。最后，还是脸谱董事会所有成员出动，才说服艾德勉强收下。

马克越来越红，财富越来越多。可是，艾德却依然在纽约布鲁克林区做自己的牙科医生。虽然，他曾经在儿子的脸谱网站推销自己的牙科诊所，但是，他从来不对人提起自己的亿万富翁儿子，他的病人也没有一个人知道他就是脸谱 CEO 马克的父亲。

终于，媒体发现了艾德，把艾德推到了人们的视线内。当网民们看到真实的艾德的时候，说什么也不敢相信他就是马克的父亲。因为，当时一个身家 260 亿美元的父亲，竟然还在靠自己的劳动养活自己。面对媒体，艾德微笑着说："我工作，我快乐！"也许，这就是艾德给予亿万富翁马克·扎克伯格最大的精神财富。

选择做豹子

他的父亲希望他长大后能成为一名美术家，只是他偏偏对美术毫无兴趣，很简单的一幅水彩画，他坐了一天，却未曾落一笔。

他也想过认真读书，他是尽了力。下课，别人都去玩，他在教室里依然认真地复习，只是每一次考试，他都排在倒数第一，特别是数学，每次都是零分，这让他十分尴尬。同学们也嘲笑他，经常在他背后指指点点。

他甚至想到了辍学，可母亲不肯。为了他的前程，母亲只好给他请家庭教师，却没有一个能待过一周，几乎所有的老师，临走前，都扔下一句话："他不是块读书的料，还是让他选择其他的吧。"

母亲为此怒不可遏，她说："想让你成为狮子，成不了，做老虎也做不成，难道你真是一个无用的人？"

这话让他伤心不已。一个下雨天的晚上，他选择了离家出走。他要离开这个家，去寻找适合自己的舞台。

不知不觉就走到了叔叔家中。他突然想起，叔叔曾经跟他说过的一句话：其实你在篮球方面很有天赋，如果你坚持下去，将来一定会大有出息。

他决心到叔叔家待一个月，好好地练球。为了不让母亲担心，他还是给家里打了一个电话，也许是母亲对他过于失望，电话里只是淡淡地嘱咐他万事小心。

日复一日，他的球技越来越精湛，尤其是他的三分定投，已经到了弹无虚发的境地。一个月后，他带着一只球回到了家中，出乎意料，在观看了他的精彩表演后，母亲脸上露出了久违的微笑，为了奖励他，母亲还做了他最喜欢的面条和肉丸。

凭着出色的表演，他进入了一所高中，业余时间里就代表学校参加各地的比赛，他的出色表现很快引起了诸多 NBA 球探的注意，不久后，他成功实现了从高中到 NBA 的飞跃。高三那年，他被《今日美国》评为年度最佳球员，还被美联社评选为北卡罗来纳州年度最佳球员。

拿到奖杯后，他激动万分，他立刻打电话给母亲。在母亲工作的单位，在众目睽睽之下，他把金灿灿的奖杯递上。

他就是大名鼎鼎的 NBA 球星——特雷西·麦克格雷迪。成名后，他多次在接受电视采访时概括自己和勉励年轻人："如果成不了老虎，那就做一只豹子吧，借着雄心和奔腾的力量，你照旧可以称雄草原。"

卓别林的喜剧之路

喜剧大师查理·卓别林出生在一个贫寒演员家庭，一岁时父母离异，他跟随母亲生活。

他母亲 16 岁就开始在剧团演主角，卓别林认为，“她有足够的资格当一名红角儿”。但是她的嗓子常常失润，喉咙容易感染，稍微受了点儿风寒就会患咽喉炎，一病就是几个星期，然而又必须继续演唱，于是她的声音就越来越差了。

卓别林 5 岁那年一天晚上，他又一次和母亲去一家下等戏院演唱。母亲不愿意把他一个人留在那间分租的房子里，晚上常常带他上戏院。

那天晚上，卓别林站在条幕后面看戏，只见他母亲的嗓子又哑了，声音低得像是在悄声儿说话。听众开始嘲笑她，有的憋着嗓子唱歌，有的学猫儿怪叫。他糊里糊涂，也闹不清楚发生了什么事情。但是噪声越来越大，最后母亲不得不离开了舞台，并在条幕后面跟舞台上管事的争吵起来。管事的曾看到卓别林表演过，就建议让卓别林上场。

在一片混乱中，管事的搀着 5 岁的卓别林走出去，向观众解释了几句，就把卓别林一个人留在舞台上了。面对着灿烂夺目的彩灯和烟雾迷蒙中的脸，卓别林唱起歌来：“一谈起杰克？琼斯，哪一个不知道……可是，自从他有了金条，这一来他可变坏了……”

卓别林刚唱到一半，钱就像雨点儿似的扔到台上来。他立即停下，说他必须先拾起钱，然后才可以接下去唱，这几句话引起了哄堂大笑。舞台管事的拿着一块手帕走过来，帮着他拾起了那些钱。卓别林以为他是要自己收了去，就把这想法向观众说了出来，这一来他们就笑得更欢了。管事的拿着钱走过去，卓别林又急巴巴地紧跟着他，直到管事的把钱交给他母亲，他才返回舞台继续唱。台下的观众笑的笑，叫的叫，吹口哨的吹口哨，气氛更为热烈……

受到这种鼓励，卓别林也来了劲，他无拘无束地和观众们谈话，给他们表演舞蹈，还做了几个模仿动作。有一个节目是模仿他母亲唱支《爱尔兰进行曲》："赖利，赖利，就是他那个小白脸叫我着了迷，赖利，赖利，就是那个小白脸中了我的意……那位高贵的绅士，他叫赖利。"在唱歌的时候，他把母亲那种沙哑的声音也模仿得惟妙惟肖，观众被这个 5 岁的小男孩儿逗得捧腹大笑，又扔上了很多钱。

卓别林后来回忆说："那天夜里在台上露脸，是我的第一次，也是母亲的最后一次。"正是那次表演，卓别林找到了自己的坐标点，确定了自己的位置，从而走上了一条成功之路。

在这个世界上，每一个人都有一个属于自己的位置，即人生坐标。谁在最短的时间内，找到了自己的人生坐标，谁就取得了成功的优先权。

卡耐基与继母

卡耐基是美国著名的企业家、教育家和演讲口才艺术家。戴尔·卡耐基，被誉为“成人教育之父”。早在20世纪上半叶，当经济不景气、不平等、战争等恶魔正在磨灭人类追求美好生活的心灵时，卡耐基先生以他对人性的洞见，利用大量普通人不断努力取得成功的故事，通过他的演讲和著作唤起无数陷入迷惘者的斗志，激励他们取得辉煌的成功。

卡耐基小时候是个大家公认的非常淘气的坏男孩儿。在他9岁的时候，他父亲把继母娶进家门。当时他们是居住在维吉尼州乡下的贫苦人家，而继母则来自较好的家庭。

他父亲一边向她介绍卡耐基，一边说：“亲爱的，希望你注意这个全郡最坏的男孩儿，他可让我头疼死了，说不定会在明天早晨以前就拿石头扔向你，或者做出别的什么坏事，总之让你防不胜防。”

出乎卡耐基意料的是，继母微笑着走到他面前，托起他的头看着他。接着又看着丈夫说：“你错了，他不是全郡最坏的男孩儿，而是最聪明，但还没有找到发泄热忱的地方的男孩儿。”

继母说得卡耐基心里热乎乎的，眼泪几乎滚落下来。就是凭着她这一句话，他和继母开始建立友谊。也就是这一句话，而成为激励他的一种动力，使他日后创造了成功的28项黄金法则，帮助千千万万的普通人走上成功和致富的光明大道。因为在她来之前没有一个人称赞过他聪明。他的父亲和邻居认定他就是坏男孩儿，但是继母只说了一句话，便改变了他的生命。

卡耐基 14 岁时，继母给他买了一部二手打字机，并且对他说，她相信他会成为一位作家。他接受了她的想法，并开始向当地的一家报纸投稿。他了解继母的热忱，也很欣赏她的那股热忱，他亲眼看到她用她的热忱如何改善他们的家庭。

来自继母的这股力量，激发了他的想象力，激励了他的创造力，帮助他和无穷智慧发生联系，使他成为 20 世纪最有影响力的人物之一。

本田的创业史

1938年本田先生还是一名学生时，就变卖了所有家当，全心投入研究心目中所认为的理想的汽车活塞环。他夜以继日地工作，与油污为伍。累了，倒头就睡在工厂里。一心一意期望早日把产品制造出来，以卖给丰田公司。为了继续这项工作，他甚至变卖妻子的首饰，最后产品终于制造出来了，并送到丰田去，但是被认为品质不合格而打了回来。为了求取更多的知识，他重回学校苦修两年，这期间，经常为了自己的设计而被老师或同学嘲笑，被认为不切实际。

他无视这一切痛苦，仍然咬紧牙关朝目标前进，终于在两年之后取得了丰田公司的购买合约，完成了他长久以来的心愿。此后一切并不是一帆风顺，他又碰上了新问题。当时因为第二次世界大战，一切物资吃紧，政府禁止出售水泥给他建造工厂。

他是否就此放手了呢？没有。他是否怨天尤人了呢？他是否认为美梦破碎了呢？一点都没有！相反地，他决定另谋它途，和工作伙伴研究出新的水泥制造方法，建好了他们的工厂。战争期间，这座工厂遭到美国空军两次轰炸，毁掉了大部分的制造设备，本田先生是怎么做的呢？他立即召聚了一些工人，去捡拾美军飞机所丢弃的汽油桶，作为本田工厂的原材料。

在此之后，他们又碰上了地震，整个工厂被夷平。这时，本田先生不得不把制造活塞环的技术卖给丰田公司。

本田先生实在是个了不起的人，他清楚地知道迈向成功该怎么走，除了要有好的制造技术，还得对所做的事深具信心与毅力，不断尝试并多次调整方向，虽然目标还不见踪影，但他始终不屈不挠。

第二次世界大战结束后，日本遭逢严重的汽油短缺，本田先生根本无法开着车子出门买家里所需的食物。在极度沮丧下，他不得不试着把发动机装在脚踏车上。他知道如果成功，邻居们一定会央求他给他们装部摩托脚踏车。果不其然，他装了一部又一部，直到手中的发动机都用光了。他想到，何不开一家工厂，专门生产所发明的摩托车？可惜的是他欠缺资金。

他决定无论如何要想出个办法来，最后决定求助于日本全国 18000 家脚踏车店。他给每一家脚踏车店用心写了封言辞恳切的信，告诉他们如何借着他发明的产品，在振兴日本经济上扮演一个角色。结果说服了其中的 5000 家，凑齐了所需的资金。然而当时他所生产的摩托车既大又笨重，只能卖给少数的摩托车迷。为了扩大市场，本田先生动手把摩托车改得更轻巧，一经推出便赢得满堂彩，因而获颁“天皇赏”。

今天，本田汽车公司是日本最大的汽车制造公司之一。

丘吉尔：坏的开始

有一段时间，丘吉尔在政治上面受到打击，无事可做，终日抑郁。家人看在眼里，于是忙不迭地给他找活干。

他的一个邻居的妻子是画家，于是家人鼓励他去跟女画家学画。丘吉尔在政治舞台上面敢作敢为，横冲直撞，但是面对干净洁白的画布，他却迟迟不敢下笔。毕竟，这是一个重要的开始！丘吉尔面对画布发呆了十多分钟，还是不知道第一笔从哪里下手。

女画家见到了，一言不发，将所有的颜料都涂到了画布上，画布瞬间变得乱七八糟。丘吉尔看到画布反正已经变成这样，就拿起笔在上面任意地涂抹起来。

这就是丘吉尔的第一个开始。虽然惨不忍睹，但是丘吉尔的心门已经打开了！

从此丘吉尔在画画上一发而不可收，一边从政，一边画画长达十余年，留下来很多风格迥异、思维大胆的油画。更加重要的是，丘吉尔重新开始恢复自信，在政治上开始重新崛起。

这个故事告诉我们，如果你没有一个好的开始，不妨试试一个坏的开始吧。因为一个坏的开始，总比没有开始强。开始让人可以丢下不满的现状，进入到一个全新的希望中间去。

好的开始等于成功的一半，坏的开始至少等于成功的三分之一。无论你有什么梦想，都请给自己一个新的开始吧！

艾森豪威尔的故事

艾森豪威尔是美国第34任总统，陆军五星上将。他指挥了“二战”中著名的“诺曼底登陆”战役，取得了反法西斯战争的最重要的胜利。

艾森豪威尔出生在一个贫困的家庭，不过父亲和母亲都是正直善良的人，妈妈是个坚强的女子，她教育儿子要有积极的人生态度。

有一天，妈妈拿出了一只又大又花的苹果，说：“家里的草坪需要修剪了，如果谁能修剪得又快又好，这只苹果就属于谁！”

妈妈手里的苹果一定很美味，小艾森豪威尔当然想把它据为己有，要得到苹果只有卖力地工作。那天下午，艾森豪威尔用尽了所有的力量来打理草坪，他的工作成绩是孩子们当中最出色的！

妈妈把红苹果交到艾森豪威尔手里，她语重心长地对孩子们说：“一个苹果虽然不值几个钱，但是要你们用工作来换得，世界上没有平白无故得来的东西，所以，你们虽然生在贫困的家庭，只要积极努力地生活，还是一样能争取到自己想要的东西！”

妈妈的话成了艾森豪威尔人生命运里的一座丰碑！他每天都用这些话语鞭策着自己，他要用自己的积极努力证明：艾森豪威尔是个有用之才。正是有了积极身上的心态，艾森豪威尔才逐步走向了成功。

拥抱比耳光更有力量

球王贝利出生在巴西海岸线附近一个贫困的小镇里，父亲是位因伤退役、穷困潦倒的前足球运动员。贝利从小酷爱足球运动，很早就，显现出踢球的天分。因为家里穷，父亲没有钱买足球，但为了鼓励儿子贝利对足球的热爱，他用大号袜子、破布和旧报纸，做成了一个自制“足球”送给儿子。从此，贝利常常光着黑瘦的脊梁，在家门前坑坑洼洼的街面上，赤着脚向想象中的球门冲刺。

10 岁时，贝利和伙伴们组建了一支街头足球队，在当地渐渐小有名气。足球在巴西人的生活中有着举足轻重的地位，因此，镇里开始有不少人向崭露头角的贝利打招呼，还给他敬烟。贝利很享受那种吸烟带来的“长大了”的感觉，渐渐有了烟瘾。但因为买不起烟，他开始到处找人索要。

一天，贝利在街上向人要烟时被父亲撞见了。父亲的脸色很难看，眼里充满了忧伤和绝望，甚至还有恨铁不成钢的怒火，贝利不由得低下了头。

回家后，父亲问贝利抽烟多久了，他小声辩解说自己只吸过几次。忽然，贝利看见面前的父亲猛然抬起了手，他吓得肌肉紧绷，不由自主地捂住自己的脸。父亲从来没有打过他，可今天他的错误确实有些大了，小小年纪就抽烟，而且还撒谎。然而出人意料的是，父亲给他的并不是预想的耳光，而是一个紧紧的拥抱。

父亲把贝利搂在怀中说：“孩子，你有踢球的天分，可以成为一个伟大的球员。但如果你抽烟、喝酒、染上各种恶习，那足球生涯可能就至此为止了。一个不爱惜身体的球员，怎么能在 90 分钟内一直保持较高的水平呢？以后的路怎么走，你自己决定吧。”

父亲放开贝利，拿出瘪瘪的钱包，掏出里面仅有的几张纸币说：“如果你真忍不住想抽烟，还是自己买的好。总向别人索要。会让你丧失尊严。”

贝利感到十分羞愧，眼泪几乎要夺眶而出，可当他抬起头时，发现父亲的脸上已是泪水纵横……后来，贝利再没有抽过烟，也没有沾染任何足球圈里的恶习。他以魔术般的足球天赋和高尚谦逊的品格，被誉为 20 世纪最伟大的运动员。

多年以后，已成为一代球王的贝利仍不能忘怀当年父亲的那个拥抱，他说：“在几乎踏上歧路时，父亲那个温暖的拥抱，比给我多少个耳光都更有力量。”

贫穷不会贬低你的价值

威廉·劳伦斯·布拉格是英国著名的物理学家，曾获得诺贝尔物理学奖。

布拉格出生在英国一个贫困的家里，尽管贫穷，父母仍然懂得知识的重要性，省吃俭用供他到寄宿学校读书。布拉格知道父母辛苦，这个机会来之不易，于是学习非常努力。一些富家子弟常常攀比新衣服、新鞋子，他总是无动于衷，从不参与。

布拉格学习成绩很好，老师常常在班上表扬他。这引起了一些富家子弟的妒忌，他们开始和布拉格作对。布拉格总穿一双破旧的大皮鞋，样式古老，非常不合脚。于是大家就开始说这双皮鞋是布拉格偷来的。

学校里的流言蜚语瞒不过学监的耳朵。得知自己学校有学生有偷东西的行为，学监非常气愤，他绝不允许这种有损学校声誉的事情发生，准备开除这个品德败坏的学生。

看到学监把布拉格叫去了，那些富家子弟在背后偷笑，他们心想：这个讨厌的家伙终于要被开除了。

来到学监的办公室，布拉格看见学监盯着自己的大皮鞋，难色铁青，心里知道是怎么一回事了——那些讨厌的谣言被学监知道了。问心无愧的布拉格昂首挺胸，迎着学监的目光走上去，递给学监一封信。学监疑惑地打开，慢慢地，他的脸色变得祥和起来。

原来，这封信是布拉格父亲写给他的，上面说：“孩子，真抱歉，希望过一两年，我的那双破皮鞋，你穿在脚上就不会嫌大了。我抱着这样的希望：等你一旦有了成就，我将引以为荣，因为你是穿着我的破皮鞋奋斗成功的……”

最后，学监向布拉格道歉，并且在后来的日子里，在生活和学习上都给了他不少帮助。

布拉格也没有辜负父亲的希望，这个穿着大皮鞋奋斗的孩子，长大后因为非凡的科学成就，获得了诺贝尔奖。

最伟大的推销员

许多年前，有一个名叫海菲的人。他恳求老板改变他地位低下的生活，因为，他爱上了一位美丽的姑娘，而姑娘的父亲却富有而势利。

不想他的恳求获得了老板——大名鼎鼎的皮货商人柏萨罗的恩准。为了验证他的潜力，柏萨罗派他到一个名叫伯利恒的小镇去卖一件袍子。然而，他却失败了，因为出于一时的怜悯，他把袍子送给了客栈附近一个需要取暖的新生儿。

海菲满是羞愧地回到皮货商那里，但有一颗明星却一直在他头顶上方闪烁。柏萨罗将这种现象解释为上帝的启示，于是，他给了男孩儿10道羊皮卷，那里面记载着震撼古今的商业大秘密，有实现男孩儿所有抱负所必需的智慧。

海菲怀揣着这10道羊皮卷，带着老板给他的一笔本金，走向远方，正式开始了他独立谋生的推销生涯。若干年后，这个男孩儿成了一名富有的商人，并娶回了自己心爱的姑娘。他的成就在继续扩大，不久，一个浩大的商业王国在古阿拉伯半岛崛起……

熟悉以上这段文字的人都明白，这是一部奇书的故事梗概，它的名字叫《世界上最伟大的推销员》。作者奥格·曼狄诺，1924年出生于美国东部的一个平民家庭。28岁以前，他完成了学业，有了工作，并娶了妻子。但是后来，由于自己的愚昧无知和盲目冲动，他犯了一系列不可饶恕的错误，最终失去了自己一切宝贵的东西——家庭、房子和工作，几乎赤贫如洗。于是，他开始到处流浪，寻找自己、寻找赖以度日的种种答案。

两年后，他认识了一位受人尊敬的牧师，解答了他提出的许多困扰人生的问题。临走的时候，牧师送给他一部圣经；此外，还有一份书单，上面列着 11 本书的书名。它们是《最伟大的力量》《钻石宝地》《思考的人》《向你挑战》《本杰明·富兰克林自传》《获取成功的精神因素》《思考致富》《从失败到成功的销售经验》《神奇的情感力量》《爱的能力》《信仰的力量》。

从这一天开始，奥格·曼狄诺就依照牧师开列的书单，把 11 本书一一找来细细地阅读。渐渐地，笼罩在心头那一片浓重的阴云褪去了，似有一抹阳光照射进来，他激动万分，终于看到了希望。

人是自然界最伟大的奇迹，一旦曼狄诺意识到自己的潜力，便焕发出前所未有的生活热情和勇气。他遵循书中智者的教诲，像一位整装待发的水手手中有了航海图，瞄准了目标，越过汹涌的大海，抵达梦中的彼岸。

在以后的日子里，曼狄诺当过卖报人、公司推销员、业务经理……在这条他所选择的道路上，充满了机遇，也满含着辛酸，但他已不可战胜，因为，他掌握了人生的准则。当遇到困难甚至失败时，他都用书中的语言激励自己：坚持不懈，直至成功！终于，在 35 岁生日那一天，他创办了自己的企业——“成功无止境”杂志社，从此步入了富足、健康、快乐的乐园。

奥格·曼狄诺的成功为他带来了巨大的荣誉，成为美国家喻户晓的商界英雄。

曼狄诺没有就此止步，开始著书立说。1968 年，他写出了《世界上最伟大的推销员》一书。该书一经问世，包括社会各个阶层人士，都被这部作品充满魅力的风格深深吸引，人们争相阅读。

被锯去 30 厘米的球杆

埃迪·盖尔从小就很不快乐。他想不明白，为何自己的父亲和两个哥哥都是身高 1 米 8 的大个子，自己却是个身高不到 1 米的侏儒。在学校，他坐在最前一排，同学们都比他高出几个头。在家里，那 3 个大个子也都是俯视着看他，总把他当个小孩子。

埃迪·盖尔不愿意与同学们交往，男孩子爱玩的游戏和运动他都参与不了。有时他会坐在角落偷偷地掉眼泪，他心里想，盖尔啊！你真没用，活着真是个大失败。

一天，新来的体育老师杰里弗发现了埃迪·盖尔的不同，他决定帮助这个敏感的男孩儿树立起人生的信心。杰里弗老师说："埃迪，你愿意参加我们的棒球队吗？"埃迪·盖尔惊讶地望着杰里弗老师，问道："您认为，像我这个样子能参加棒球队，能打好棒球吗？"杰里弗老师同样以反问的语气说："埃迪，难道你缺乏勇气吗？我们棒球队需要的只是勇气，可并没有其他要求呀！"埃迪·盖尔恍然明白了杰里弗老师的良苦用心，他高兴得跳了起来："老师，我明天就报名参加棒球队！"

埃迪·盖尔拿着一杆和自己差不多高的棒球杆打得异常辛苦，杰里弗老师让他回家去将棒球杆锯掉 10 厘米。杰里弗老师还说，第二天有一场重要的比赛，他希望埃迪能够参加。当埃迪回家高兴地将这件事告诉爸爸，并希望爸爸能帮他将棒球杆锯掉 10 厘米时，爸爸似乎并没在意，而是像哄小孩子一样地哄走了他。

埃迪只好去找他的大哥。正在为第二天攀岩做准备的大哥说：“埃迪，真抱歉，你看我实在太忙了，不如你去找二哥。”当埃迪找到二哥时，他正在跟女朋友打电话，二哥用手捂着话筒小声对埃迪说：“小孩子家打什么棒球，赶紧睡觉去！”

埃迪·盖尔失落至极，他觉得自己的家人都不爱他，既然这样，他参加棒球队还有什么意义？他躺在床上默默地流泪，哭着哭着，不知不觉睡着了。第二天，埃迪起床后才突然想起，今天还要参加棒球比赛呢。可又一想，父亲和两个哥哥都不愿意帮他将棒球杆锯掉 10 厘米，可见他们真的是不在乎他了。他颓然地坐在床上，再也不愿去学校了。不经意的一瞥，埃迪·盖尔突然发现了立在床边的棒球杆，棒球杆居然被锯去了 30 厘米！

原来当天晚上，父亲突然觉得自己不应该拒绝儿子的要求，于是便悄悄地将埃迪·盖尔的棒球杆锯去了 10 厘米后放回了原处；同样，埃迪·盖尔的两个哥哥也分别偷偷地将棒球杆又锯掉了 10 厘米。这样，埃迪·盖尔的棒球杆便整整被多锯掉了 20 厘米。埃迪·盖尔拿着超短的棒球杆，兴奋得跳了起来，虽然球杆用起来并不顺手，但因为心里充满了亲人的关怀和爱心，他竟然在赛场上表现极佳，从那些大个子中脱颖而出，成了学校里小有名气的出色的棒球运动员。

那天，当埃迪·盖尔看到父亲和两个哥哥坐在台下热烈地为他鼓掌时，他紧握球杆对自己说：“我一定要成为世界上最好的棒球手！”

1951 年，美国棒球联赛圣路易斯布朗队对底特律老虎队比赛的最后一局，圣路易斯布朗队派上了一个替补击球手。上场的是一个身高不到 1 米的侏儒，圣路易斯布朗队的教练比尔·威克，竟然让这样一名侏儒来当关键时刻的击球手！但是，这名叫埃迪·盖尔的侏儒表现得相当不错，竟然将球赛转败为胜，最终赢取了金牌。

这是埃迪·盖尔一生中最难忘的时刻，他说：“那一刻，我感觉自己就像棒球之王，我今天的荣誉，全都来自我的父亲和两个哥哥对我的爱！”

歌手与疯子

20世纪60年代风靡一时的乡村歌手兼作曲家丹·艾基拉，在他刚出道不久，就是在他20多岁时，他受到了双重打击——一是与相处多年的情人分手，二是评论家们对他的音乐会极不欣赏。他是在一次偶然的机会发现了自己该干什么。

有一次，丹·艾基拉从一所酒吧出来，碰上了镇上的一个疯子。疯子名叫安德鲁，和丹·艾基拉是邻居，两人虽然见面会打打招呼，不过从来没有认真谈过话。安德鲁生着一头蓬松的头发，长着奇怪的胡子，整天疯疯癫癫。安德鲁向丹·艾基拉看了一眼，说："我们得谈谈。你很不对劲，疯子安德鲁全知道。"

丹·艾基向安德鲁讲了发生的一切，安德鲁听后，说："你一天24小时内任何时候都可以来找我，要是我两天没见到你，那我就去找你。"

第二天开始，丹·艾基拉连续两个多星期，几乎天天都去安德鲁家坐一坐，最后，安德鲁对丹·艾基拉说："现在我要给你安排个活干，你必须干。把你的房子粉刷一下，你要改变你的环境，送给自己一件礼物，房子刷成什么颜色都行。"他疯疯癫癫地朝丹·艾基拉笑笑，说："不过，我建议用黑色。"

丹·艾基拉刷了房子，不过他并没有用黑色。从早到晚，艾基拉一心就想着粉刷，丹·艾基拉脱下平时穿的西服，穿上劳动服，挽起袖子，开始劳动了。早晨还是一堵丑陋的墙，中午已变得平整了。

过了好几天之后，丹·艾基拉才意识到疯子安德鲁有多聪明，正是他给予艾基拉所急需的——一次消磨时间的活动；而时间的确是伤口与痊愈之间唯一的缓冲器。

大卫·科波菲尔的转折点

他出生在美国新泽西州一个贫穷的外来移民家庭。从小他是个腼腆内向的孩子，和他一样大的孩子都不喜欢和他在一起，因为他什么也不会。

每次考试，他都是倒数前几名。老师不想让他回答问题，因为他总是羞涩地说不知道。大家认为他是笨蛋，是个白痴。伙伴们嘲笑他，说他永远和失败在一起，是失败的难兄难弟。邻居们说，这个孩子将来注定一事无成。父母听到这样的话，暗暗为他担心。

他努力过，可是收效甚微，自己在学业方面取得的进步近乎为零。但是，他还是在不断加班加点苦读。每天，他醒来后都害怕上学，害怕被嘲笑。周末，他坐在自家的门前，看着草地上喜笑颜开的男孩子们，感到自己的未来一片渺茫。时间在一天天地流逝，而学校也在考虑劝其退学。

一次，他看到一个老人为了一张被老鼠咬坏的一美元钞票而痛哭不已。为了不让老人伤心，他悄悄回家将自己平时积攒的硬币换成一张一美元的钞票，交给了老人，说，这是他用魔法变回来的。老人激动不已，说他是个善良聪明的孩子。

父亲知道这件事后，认为自己的孩子还不是个笨到家的人。接下来的这天，是他永远不会忘记的。

父亲要带他出门，目的地是波士顿。他说，我们坐汽车可以到达。父亲说，那我们坐汽车吧。可是，在中途的一个小站，父亲下车买东西忘记了汽车出发的时间。就这样，汽车在他喊叫声中呼啸而去。他很害怕，心想这下怎么办，没有汽车，父亲怎么能到波士顿呢？波士顿汽车站到了，他下车时却看到父亲正在不远处等着他。他快速跑了过去，扑进父亲的怀抱，诉说一路的忐忑不安，害怕父亲到不了波士顿，并惊讶父亲是如何到达的。

父亲说，我是骑马来的。

是这样的！他惊讶不已。父亲说，只要我们能到达目的地，管它用什么方式呢，孩子，就像你学业不成功，并不代表你在其他方面不能成功，换一种方式吧！此时，他猛然醒悟。

随后，他看到很多人为了自己的理想不能实现而痛苦不已，就想假如自己用魔法帮助他们实现，即使是假的，但起码从精神上减轻了他们的痛苦。

从此，他对魔术表现出浓厚的兴趣，并跟随一些魔术师学习魔术。

他克服心中的怯懦，为自己的梦想开始奋斗。他为了实现自己的梦想而进行的努力受到了父母的鼓励。

教他魔术的老师发现他在这方面具有很高的悟性，学东西很快，而且每次在原有的基础上都能创新。很快老师的技巧便被他学光了，他不得不换老师。就这样，短短的两年时间里，他换了四个魔术老师。

他就是大名鼎鼎的魔术师大卫·科波菲尔，一个匪夷所思的成功人士。

有人问他是怎么成功的，大卫科波菲尔说，父亲告诉我，成功对我们来说好比是个固定的车站，我们在为怎么到达而绞尽脑汁，大家都在争夺汽车上的座位，没有得到座位的人不得不等下一班汽车，可是，为什么我们不能骑马或者乘轮船去车站呢？这样，我们不是也到达了吗？只不过我们换了一种方式。

最后，大卫·科波菲尔又说，后来我知道，这一切是父亲安排好的，其实那个小站离波士顿很近，骑马竟然比坐汽车还快，所以父亲到得比我早。

鲍威尔：凡事悉力以赴

美国国务卿鲍威尔并不出身名门望族，这位黑人显贵原本家道寒微。鲍威尔年轻时胸怀大志，为帮补家计，凭借自己壮硕的身体，从事各种繁重的工作。

有年夏天，鲍威尔在一家汽水厂当杂工，除了洗瓶子外，老板还要他抹地板、搞清洁等等。他毫无怨言地认真去干。一次，有人在搬运产品中打碎了 50 瓶汽水，弄得车间一地玻璃碎片和团团泡沫。按常规，这是要弄翻产品的工人清理打扫的。老板为了节省人工，要干活麻利爽快的鲍威尔去打扫。当时他有点气恼，欲发脾气不干，但一想，自己是厂里的清洁杂工，这也是分内的活儿。于是，鲍威尔尽力地把满地狼藉的脏物扫除揩抹得干干净净。

过了两天，厂负责人通知他：他晋升为装瓶部主管。自此，他记住了一条真理：凡事悉力以赴，总会有人注意到自己的。

不久，鲍威尔以优异的成绩考进了军校。后来，鲍威尔官至美国参谋长联席会议主席，衔领四星上将；又曾膺任北大西洋公约组织、欧洲盟军总司令的要职；现时是布什总统组阁的国务卿。

鲍威尔一直全力以赴地工作，在五角大楼上班时，这位四星上将往往是最早到办公室又是最迟下班的。同僚们曾赞赏说：“我们的黑将军，无处不身先士卒啊！”

鲍威尔在西点军校演说，曾以“凡事要悉力以赴”为题，对学员们讲述了一个颇富哲理的故事：在建筑工地上，有三个工人在挖沟。一个心高气傲，每挖一阵就拄着铲子说：“我将来一定会做房地产老板！”第二个嫌辛苦，不断地埋怨说干这种下等活儿时间长、报酬低。第三个不声不响挥汗如雨地埋头干活，同时脑子里琢磨如何挖好沟坑令地基牢实……若干年后，第一个仍无奈地拿着铲子干着挖地沟的辛苦活儿；第二个虚报工伤，找个借口提前病退，每月领取仅可糊口的微薄退休金；第三个成了一家建筑公司的老板。

据说军校将鲍威尔的故事作为教育学员“凡事都要悉力以赴”的活教材。

让短处变成长处

他从小就不是父母眼里的乖孩子，因为他太爱打架了。更糟糕的是，在他上七年级时，居然差一点将一个同学打死。学校给他的父亲下了最后通牒：如果他再打人，将勒令他退学。虽然父亲想尽了办法，可他的老毛病总是改不了。在 16 岁那年，他被学校开除了。

就在父母为他的前途担心时，原来教他的体育老师找到了他的家里，对他父亲说："国家队正在选拔摔跤选手，不如让他去试试。"

父亲听后连连摇头说："他如此喜欢打架，已经让我头疼不已，现在让他去学摔跤，万一将对方摔坏了，那他以后也许只能在监狱里度过一生了。"

体育老师笑了，他对这位可怜的父亲解释说："只要是在合法的情况下将对手摔倒，那不但不是犯罪，还能为自己和祖国争得荣誉呢！"

从此以后，这个男孩儿的命运发生了彻底的改变，他连续参加了三届奥运会，蝉联了三届奥运会男子 130 公斤级古典式摔跤冠军，成为举世瞩目的体坛巨星。这个男孩儿就是俄罗斯著名的摔跤运动员卡列林。

做一个真正的“超人”

美国人克里斯托弗·里夫在电影《超人》中扮演超人而一举成名。但谁能料到，一场大祸会从天而降呢?

1995年5月27日，里夫在弗吉尼亚一个马术比赛中发生了意外事故。他骑的那匹东方纯种马在第三次试图跳过栏杆时，突然收住马蹄，里夫防备不及，从马背上向前飞了出去，不幸的是，摔出那一刻他的双手缠在了缰绳上，以致头部着地，第一及第二颈椎全部折断。

五天后，当里夫醒来时，他正躺在弗吉尼亚大学附属医院的病房里，医生说里夫能活下来就算是万幸了，他的颅骨和颈椎要动手术才能重新连接到一起，而医生不能够确保里夫能活着离开手术室。

那段日子里夫万念俱灰，许多次他甚至想轻生。他用眼睛告诉妻子丹娜:“不要救我，让我走吧。”丹娜哭着对他说：“不管怎样，我都会永远和你在一起。”

随着手术日期的临近，里夫变得越来越害怕。一次他3岁的儿子威尔对丹娜说：“妈妈，爸爸的膀子动不了呢。”“是的，”丹娜说，“爸爸的膀子动不了”。“爸爸的腿也不能动了呢。”威尔又说。“是的，是这样的。”

威尔停了停，有些沮丧，忽然他显得很幸福的样子，说：“但是爸爸还能笑呢。”“爸爸还能笑呢。”威尔的这一句话，让里夫看到了生命的曙光，找回了生存的勇气和希望。10 天后的手术很成功。尽管里夫的腰部以下还是没有知觉，但他毕竟克服了剧烈的疼痛而顽强地活了下来。他充满自信，每天坚持锻炼，以好身体和好心情迎接每一天。后来，他不仅亲自导演了一部影片，还出资建立了里夫基金，为医疗保险事业做出了贡献。里夫坚信他会在 50 岁之前重新站立起来，他要做一个真正的“超人”。时间飞逝，转眼到了里夫 50 岁生日，他还是没能学会“走路”。不过，里夫并没有放弃，在后来的两年中，他依旧锲而不舍地展示着自己的精神力量，直到心脏病夺去了他的生命。

尽管最终没能实现目标，但里夫已经创造了奇迹：他能活动大部分手足，身体 70% 的部位也重新有了知觉。这在类似病例中实属罕见。

在克里斯托弗·里夫的自传里，他郑重地记下了儿子的那句话：“但爸爸还能笑呢。”是的，不管灾难有多严重，都要记得，我们还有微笑。